妖怪鳴歌錄
FORMOSA
安魂曲
小說 何敬堯
音樂 邱盛揚
鯤島
禁謠令

目次

前情提要——005
角色簡介——006
第六章：黑海鬼門關——007
1. 劫後——013
2. 落漈——021
3. 深林——030
4. 瘧鬼——041
5. 笛音——050
6. 脫逃——070
7. 會合——076
間奏曲：夢——090

第七章：浩劫前夕——117

1. 渡海——129
2. 晶廠——143

變奏曲：惡之始——154

1. 追捕——154
2. 命令——165
3. 特區——173
4. 抉擇——181
5. 心願——191

第八章：島崩倒數——197

1. 三時——199
2. 二時——203
3. 一時——208
4. 牛吼——215

5. 古謠——222
6. 共奏——230
終曲：新的旅程——234
【附錄一】
後記：音樂小說中的臺灣妖怪——246
【附錄二】
作曲家邱盛揚的妖怪音樂錄：音樂與小說共奏魔魅奇譚　邱盛揚——257
【附錄三】
跨界訪談錄：臺灣妖怪的改編齊奏曲——275
1.《妖怪鳴歌錄》手機遊戲：訪談製作人張偉峰——275
2.《妖怪鳴歌錄》音樂劇：訪談作曲家冉天豪、劇作家林孟寰——279
3.《妖怪臺灣》音樂劇：訪談國臺交團長劉玄詠、作曲家張菁珊、劇作家黃彥霖——290

▲「妖怪鳴歌錄」小說系列作
上集（第一章～第五章）：《妖怪鳴歌錄Formosa：唱遊曲》
下集（第六章～終曲）：《妖怪鳴歌錄Formosa：安魂曲》

前情提要（第一章～第五章）

大千世界，山海悠悠，分生「靈界」與「人界」兩種迥異之所。

靈界鬼市有一座妖怪學院，名為「祆學館」。館內的歌謠社成員，接受人族好友杜鵑邀請，前往人界鯤島旅遊。

旅途過程，歌謠社眾妖遭遇諸多事故，意外捲入恐怖陰謀，得知有幕後黑手企圖釋放鯤島地底的地牛魔獸。

歌謠社成員之一的婆娑，無意之間破解了兩處封印石，導致地牛封印鬆動。之後，同伴琥珀背叛眾妖，逼迫婆娑解封地底城的封印石。

第三處封印石解封之際，地底城崩塌，眾妖墜入一片黑暗之中……

角色簡介

婆娑：翩翩鳥妖，斂羽藏華，孑然風中。不爭不求之祆學士，身懷血脈異能。

蛇郎：巫煙飄緲，風采颯爽，弦音浪蕩。率領祆學館歌謠社，創立妖幻樂團。

琥珀：虎骨巫女，昂首無懼。護守虎魔一族，志高氣揚。

菟蘿：戀慕安神，爾雅溫文。玄荊世家繼任者，識曲善譜詞。

林投：怨魂如祟，心願演蛻。祆教師一員，被封惡鬼稱號。

金魅：玲瓏嬌婉，一塵不染。學生會書記，擔當樂團主唱。

第六章

黑海鬼門關

勸君切莫過臺灣，
臺灣恰似鬼門關，
千個人去無人轉，
知生知死都是難。
——〈渡臺悲歌〉

這就是死亡嗎？

人類會死。

妖，也會死。

世界上的任何存在，都會死，都會消亡。

例如石塊，就算再怎麼堅硬，只要長時間經過河水沖刷、風力作用，也會裂開，粉碎，化為細塵，飛散空中，不復原本面貌。這種結局，應該也算是一種死亡。畢竟形貌已經完全改變，再也不是原本的「那個石塊」。

對於靈界中的各種存在，死亡同樣是必經的過程。雖然妖怪們的壽命通常比人類還要長久，鬼魅族群則是受到天地靈氣滋養而再生復甦，但是一旦面臨生死關卡，不管屬於何種族群、何種存在，都只能獨自面對死亡的那一刻。

就像是現在這個時刻。

死亡的時刻。

我可能已經死了。

——靈數靈數，靈之有數，魂火生滅，冥軌鋪路。

這句歌謠在鬼市流傳久遠，說明天地之間自有靈數支配。生即生，死則死，命中注定的事情肯定會發生，誰也無法逃脫早已定下的靈數法則。

若是妖鬼神怪的魂火滅絕，冥軌將在冥冥之中浮現，引導殘存的靈識前往鬼門關。對於妖鬼神怪來說，這就是死亡。

自古以來，鬼市中的妖怪精靈們都信仰靈數的安排，「靈數」這個名稱轉換成人界的用語，類似於「命數」的意思。據說妖怪誕生之時，就會擁有獨特的靈數，不同的靈數將會造就截然不同的境遇。

一直以來，我也深信其理。

既然靈數早有計畫，災禍福祿各自有安排，我何必努力爭取什麼？

生即是生，死即是死，就算是靈術高深無比的妖鬼，誰也逃脫不了靈數的鋪排。隨遇而安，是我的信念。

一直以來，我都秉持這樣的信念在鬼市生活，在祅學館內按部就班進修靈術，日子平淡而簡單。直到六天前，我與眾妖一同來到人界鯤島遊歷，卻發生一連串難以想像的遭遇。

這是靈數早已安排好的情節嗎？

最讓我料想不到的，就是此刻的結局——死亡倏忽降臨。

誰也無法預測，死亡何時到來。

所以，這裡……就是鬼門關？

四周黑暗無比，一片死寂。

我迷迷茫茫，看不見任何事物。

如果這就是死亡，似乎太過空虛了，有點虛假。

但，若真的就是死亡，那麼這就是無法改變的結局，必然抵達的終點。

存在，本來就是空虛一場。

一切都是空虛。

妖，必然會死。

所以，我死了。

如同昔日母親獨自面對死亡。

當時，母親散盡一身鮮血，藉此釋放龐大靈能。就算耗費神魂，就算散盡全身力量，也要護我周全，為我開啟空間轉移法術。

儘管很多當時記憶，依然模糊不清，但是藉由三顆靈珠共鳴的力量，我已慢慢尋回一些殘存的印象。我深深明白，母親臨死之前，一心毫無畏懼。

如今，換我面對死亡了。

死亡降臨，我應該也不會懼怕。畢竟世間萬物原先都只是虛無的存在，如今只是再度回歸虛無，回歸於靈數輪迴。

不管是靈界或者人界，每一天都會有無數的死亡發生。不管身為何種存在，死亡皆會平等對待。

若要與其他死亡的情況相比，我的死其實很平凡無奇，也很幸運。

不久之前，我意外聽聞許多慘不忍睹的死亡方式。

例如，人族為了自身利益，組成獵鬼隊，追捕無數妖怪，並將妖怪監禁在電廠內擷取靈息。許多妖怪，在晶廠牢籠內數十年不見天日，奄奄一息，等到靈力被汲取一空，就會因為魂火熄滅而死。或者，當年鯤島實施禁謠令，許多被逮捕的人族法師死前，也遭受許多慘無人道的折磨。

相較之下，我這種幾乎毫無知覺的死亡，真是好太多了。我應該要心存感激。

每一天，都有無數的死亡。

如今，輪到我。

我希望自己能夠心平氣和，誠心誠意接受自己的靈數安排，等待魂火熄滅的那一刻。

但……心頭驀然浮現出一張又一張的臉龐。

蛇郎、菟蘿、林投大姐、金魅、魔蝠長老、杜鵑、一葉……還有，琥珀。

當我離去之後，他們會記得我的容顏嗎？我是否會在他們的心上，留下一些印記？

當我想起他們的時候，我的情緒倏然浮躁起來。

我回想起與他們作伴的日子，耳畔迴響起我們共同演奏過的那些曲子。

歌謠……迎神曲……月相思……郎君夢……

迷茫的眼前，恍恍惚惚閃爍著記憶片段。

在鬼市的祆學館內，歌謠社平日的聚會。

來到鯤島時，與眾妖四處闖蕩的旅程。

我們曾在北城旅店演出，在度假村合奏樂曲，還有魂樂車奔馳山林之間，樂音高響的轟隆聲……

當我的靈息消散之時，這些記憶，是否也會逐漸破碎，並且消失？最後，只留下一片虛無的空白？

畢竟世界上，不存在「永恆」。

真是如此？

記憶，也會死亡嗎？

不……或許有例外。

就像是那首神祕的歌。

一直讓我困惑無比的古謠，不知來自何方。

原來，那是母親曾經頌唱過的歌曲。

母親曾為了幼時的我，所歌唱過的安眠之曲。

我在龍穴中拾獲的珠子們互相感應，竟能發出悅耳的歌聲。珠子不只保存了昔日鯤島的風景，連昔時吟唱過的歌曲也能保留下來。

死前，我竟然能聆聽到遺忘已久的歌聲。

這樣的死亡，真是一種幸福。

也許，這不是現實，是夢。

或許，永恆可以在夢裡長存。

1. 劫後

水的聲音。

風的聲音。

樹葉摩擦，沙沙沙沙的聲音。

有談話的聲音，模模糊糊，像是魂樂車內的廣播電臺調錯了頻道，收訊不清，發出模糊的雜訊。

一波又一波的水聲，他聽起來像是浪潮聲，不絕於耳。怪異的是，附近還傳來「咕咕、咕咕」的奇音。

不知道時間過了多久，附近的交談聲音總算緩緩增大、漸漸清楚起來，他感覺似乎是十分熟悉的聲音。

突然，一股寒意穿透身軀，他忍不住打了一個冷顫。

婆娑慢慢睜開眼睛。

他的眼前還有些模糊，看不清周遭，只能聽到附近的交談聲此起彼落。

「陳年老酒……品質果然好啊……」

「別喝那麼多……」

「蛇郎，說話小聲，別吵醒婆娑。」

「哈哈哈，這樣正好！要不然，他也許還要睡三天三夜才會過癮。」

婆娑耳邊響起交談的聲音，忽然之間，他的手臂被抬了起來，似乎正被長條狀的布料包裹。

婆娑努力睜大眼睛，逐漸看清夜空中的點點繁星。

仰躺於地的婆娑，感覺渾身濕漉漉，嘴裡還有海水的鹹腥味。他轉頭看去，菟蘿正在幫他的手臂進行包紮。綁在上臂的綠色布帶，雖然緩緩滲出一點一點的血紅色，但是範圍不大，傷口應該沒有太嚴重，婆娑甚至沒有太多疼痛的感受。

婆娑發現自己仍然活著。

活著，所以他聽得到聲音，也看得到朋友的身影。

他見到歌謠社眾妖就在一旁，圍著篝火，飲酒作樂，在滿天星斗之下談天說笑。

這……絕非鬼門關的景象。

他沒死。

婆娑心頭一揪，差點忍不住哭出來。雖然方才在夢中，他盼望著死亡降臨。但是，還活著的事實，卻讓他霎時心懷感激。因為，他還能見到朋友，還能看到他所在乎的一切。

原來，這就是活著。

婆娑想要起身，菟蘿卻大聲喝斥：「我才剛包紮好，別亂動！」

「這裡……是什麼地方？呃……頭真痛……」

「我還沒將你額頭上的傷口處理好，你就亂動，難怪會不舒服。」菟蘿一邊說，一邊在婆娑的額頭上抹藥，並用布條綁好傷口，「你被海邊的礁石割傷了，需要好好包紮。」

「謝謝你……」

「不用太擔心，幸好傷口都不嚴重。沒想到，林投大姐還挺厲害，拿來附近林投樹的根部，用靈火法術燻一燻，搗碎之後就能做出簡單的草藥。」

雖有菟蘿在一旁照料，但婆娑仍然有些身體不適，頭暈目眩，甚至想嘔吐。他只好閉目養神，靜靜調息。

等到頭疼減緩，婆娑才再度睜眼，側著頭，觀察四周。

此時是夜晚時分，星月燦爛，一旁還有亮光閃閃的篝火照明，所以可以清楚望見此處是一座海灘。海灘上，除了菟蘿之外，還看到蛇郎、林投大姐與金魅圍著明亮的篝火。

篝火位於沙灘中央，婆娑看向另一邊，是一波又一波灰白色的浪潮。往另一邊看過去，則是一片陰影幢幢的林投樹叢。

不遠處的沙灘，停放著歌謠社的魂樂車。婆娑心想，難道他們是乘坐車子來到此地？

婆娑無法辨認這座沙灘究竟是何處，因為依照他最後的記憶，他應該深陷於地底才對。

如今，怎麼會來到此地？

一陣寒風吹起，黑森森的林投樹叢搖晃著枝葉，附近有時傳來怪異的聲音，像是鳥類的咕咕叫聲。

婆娑終於感覺不再暈眩，身體狀況好多了。他以手撐著地面，勉強坐起。

「菟蘿，謝謝你，我已經好很多了。」

「別太勉強自己。」菟蘿一邊提醒，一邊扶著他坐好。

「婆娑，你終於醒啦，哈哈！要不要來喝一口？老酒暖身驅寒，很不錯喔！」坐在篝火側邊的蛇郎，遞來一個破碗，盈滿黃湯，酒香四溢。

「酒？哪裡來的酒？」婆娑問道。

「管那麼多？既然你不喝，那我就乾囉。」話一說完，蛇郎捧起酒碗，一口灌下，瞇著眼睛呵呵大笑，看起來十足醉態。

「喂喂，你這笨蛇，別把酒都喝光，我還沒喝過癮啊！小金魅，動作太慢啦！」

金魅聽到林投大姐的呼喚，趕緊拿著酒瓶上前，將她手中的酒碗斟滿。

「太少，太少！這樣根本喝不夠，拿來！」林投姐大聲喝斥，直接將金魅手中的酒瓶搶過來，仰著頭倒酒，咕嚕咕嚕喝不停。

婆娑搖搖頭，勸道：「大姐頭，你喝太多了。」

菟蘿一臉苦笑：「我已經勸過好幾回了，他們根本不聽。」

這時，周遭再度傳來怪聲。

——咕咕～咕咕～

「這是什麼聲音？我方才半夢半醒，一直聽到這種怪聲。」婆娑心生警戒，四處張望。

「別緊張，這只是……」菟蘿指向一旁，此時婆娑才瞧見，灶君躺在沙灘的另一頭，正在呼呼大睡，打鼾聲如雷灌耳，不時製造出奇異的聲響，「沒想到美食專家竟然不勝酒力，被蛇郎強灌幾口之後，立刻倒頭大睡，打鼾聲還這麼奇怪。」

酣睡中的灶君，一臉安逸平和，完全看不出前一刻曾在地底城中歷劫的驚慌模樣。事實上，圍著篝火的眾妖也是如此，全都一派輕鬆自在。地底城經歷之事，彷彿如同雲煙虛幻。

但是，婆娑不可能忘記。他不可能忘記，地底城崩毀之前，發生的那件恐怖無比的事情。

「蛇郎！你還好嗎？琥珀她……」婆娑慢慢回憶起地底城的劫難，他想起琥珀狠心傷害蛇郎，逼迫他釋放靈力，最後甚至讓地底城的封印石能量消散。

沒想到身為事主的蛇郎，一副事不關己的模樣，搠著頭說：「別急別急，你先照顧好自己吧！如果你的傷口再度裂開，大姐頭的草藥還有菟蘿的包紮都白費囉。」

「蛇郎，你不是被琥珀弄傷了嗎？還有，這裡到底是哪裡？」

「那種小傷口，我根本不在意啦。」蛇郎哈哈大笑，舉著破酒碗，眼神迷茫，一邊啜酒，一邊說道：「當時我重傷無法動彈，不過你跟琥珀的對話，我都聽得一清二楚。沒想到琥珀那傢伙這麼無情，竟然利用我來威脅你，不知道從哪裡學壞？但是來到這裡之後，我們也沒看見琥珀身影。我記得，人界有句俗話，好像是『船到橋頭自然直』？既來之，則安之吧，雖然這裡沒船也沒橋，不過……我們有酒呀，喝點酒壓壓驚，才能好好想一想接下來該怎麼做。」

林投大姐也附和：「對呀對呀，你別大驚小怪！來來來，你也來喝！就算醉酒也沒關係，因為林投樹的果實可以解酒毒喔，旁邊林投樹果那麼多，別怕啦！」

正當林投大姐要將酒碗遞給婆娑之時，一旁的蛇郎卻劇烈咳嗽起來，皺眉垂首，神情怪異。菟蘿察覺不對勁，趕緊趨前，發現蛇郎竟然吐了一口血，嘴角滲紅，滿臉蒼白。

「你看看，還不保重自己？」

眼見菟蘿橫眉怒目，蛇郎卻不當一回事。他擦去嘴角的血痕，嘿嘿一笑：「安啦，我蛇郎銅筋鐵骨，一點傷不算啥。」

「你別逞強，也別騙我。自從來到鯤島，你一路上都在受傷。舊傷加新傷，從沒好好休息，你以為我不知道？」菟蘿趕緊扶好蛇郎，將林投姐搗好的草藥又抹了一大堆在他的傷口上。

蛇郎不禁哀嚎：「痛……」

婆娑看著菟蘿幫蛇郎敷藥，慢慢回想起這幾天的經歷，忍不住感嘆起來。

抵達鯤島時，原本以為只是輕輕鬆鬆的社團旅遊，沒想到一路上卻遭遇各式各樣的麻煩，還跟許多怪物戰鬥，實在始料未及。

這幾天的經歷可說是處處凶險的旅程。

一開始，歌謠社眾妖到北城旅店，卻意外捲入魔女詛咒的怪事。在古井地洞中，蛇郎為了保護同伴，遭受魔女攻擊，傷勢不小，讓眾妖頗為擔憂。

之後，大家前往鹿港，沒有想到竟然與魔尾蛇、太歲連番激戰。那時的情況危急萬分，眾妖也遍體鱗傷。

隔日，歌謠社為了躲避太歲的追擊，決定接受一葉的邀請，前往雙湖山避難。在雙湖山中，眾妖仍然遇到麻煩，甚至與山中妖怪混戰。雖然最終，大家齊心協力擊退對方，沒有受到太多傷害，但眾妖也因為接連不斷的戰鬥而精疲力盡。

於是，在地底城與太歲他們搏鬥時，眾妖靈力很快就消耗殆盡。導致最後琥珀很輕易就抓住了受傷的蛇郎，蛇郎也無力反擊。

現在，其實只是眾妖來到鯤島的第六天而已。沒想到短短六天，卻經歷了諸多艱難險關。

不只是蛇郎受傷嚴重，眾妖也渾身是傷，心情緊繃到了極點。婆娑心想，也許正因如此，所以蛇郎與林投大姐才會喝起酒來，想要稍微緩解這幾天的緊張情緒。

但是，酒從哪裡來？婆娑不禁開口發問。

聽到婆娑的問話，大姐頭打了一個酒嗝，手指遠方，說道：「喏，那邊一大堆喔！箱子裡全都是酒，不管怎麼喝都喝不完，哈哈哈，放心啦，我還沒醉，還沒醉……嗝……」

婆娑站起身，瞅向稍遠處的海灘，發現那邊竟然堆放著許多老舊的船骸。烏黑損壞的船體木板，顯示這些船隻早已擱淺多年，看起來十分殘破。某艘船的側艙裂開一個大洞，洞口處斜放著許多木箱，箱中堆著許多酒瓶。

再仔細端詳破船周遭，婆娑發現不只有酒箱而已，某些翻倒的箱子下方甚至灑滿了銀幣，還有許多圓滾滾的珠子、閃著瑩光的碧綠玉石。

這些金銀財寶旁邊的沙堆中，也埋著許多灰白色的物體。婆娑瞧了許久，才看出那些灰白物體竟然是人類的白色骸骨。

「走過去要小心喔！」林投一邊催促金魅倒酒，一邊說：「那些寶箱附近的沙地，其實藏著許多巨蚌，要是驚擾到它們，巨蚌就會從沙堆跑出來，把你緊緊夾住喔！幸好我剛才反應快，躲過那怪蚌的攻擊，才沒被吃掉。附近那些骨頭的主人，想必都是巨蚌的盤中飧吧。」

沒想到，沙灘上竟然有這麼恐怖的怪物，這裡究竟是什麼地方？

婆娑再度眺望四處，望向海面時，他赫然一驚。

在月光的輝映下，悠悠海潮沖刷到沙灘上的泡沫呈現迷濛的灰白色，極目眺向遠方的海面，遠處的海上竟然聳立著一座極為高聳並且寬廣的白牆，往左右兩邊無限延伸，看起來無邊無際，沒有盡頭。

「那座白牆是什麼？」

林投順著婆娑的目光看去，點頭說：「嗯嗯，你再看仔細一點，那不是白牆，是瀑布喔。」

婆娑瞇著眼詳細看，如同林投大姐所言，那座白牆確實是由無數的水流組成。水流由上往下傾洩，在底部濺起許多銀白色的水花。

真是太怪異了，他們竟然位於一座巨大瀑布底下的海灘。

「為什麼，我們會在這裡？我記得，最後地底城崩塌，我跟蛇郎都掉進地層中……」

菟蘿處理好蛇郎的傷口，便向婆娑娓娓道來：「地道崩塌之後，我往下墜落，竟然落入水裡。原來，地層的下方就是地下水道。而且，可能因為地層塌陷範圍太大，原本停放在地面上的魂樂車，竟然也掉進地底，落到水裡面。當時一片黑暗，我好不容易看到一抹金光，原來是魂樂車車殼上的魍豆葉彩漆散發光芒，我才發現車子在水中載浮載沉。於是我拚了命游到車旁，打開車門躲進去。之後，我就開啟車子的浮水模式，駕駛車子找尋大家。」

「真是多虧菟蘿機警，才將我們從水中救起來。」林投大姐點點頭，說道：「但是，找到你跟蛇郎的時候，好運也用光了，因為接下來魂樂車就被吞沒了。」

「吞沒？」

菟蘿繼續解釋：「地下水道的盡頭，竟然是一個大漩渦，魂樂車一下子就被吸進去。車子被漩渦吞進去之後，一陣天旋地轉，完全無法辨別任何方位。當車子不再旋轉，一切平靜下來的時候，我們就發現，車子已經擱淺在這座沙灘上。」

婆娑越聽越覺得不可思議，他望向魂樂車，問起話：「那麼，車子還可以發動嗎？」

「車子雖然破損很嚴重，但還是可以發動。你是不是在想，可以搭乘魂樂車離開這裡？」菟蘿搖搖頭，表情苦惱地說：「很可惜，我已經嘗試過了。我剛剛開車出海，但是車子的浮水裝置只能漂浮在海浪上，根本沒辦法爬上那座巨大的瀑布。我也沿著沙灘開車，結果又繞回這裡。當然，四周的海面上全都有巨大的瀑布水牆。經過查探，我才知道這裡是一座小島，而這座島就位於一個圓圈般的瀑布水牆的下方。我猜想，水牆上方，很有可能是一個極為龐大的漩渦。」

「真是匪夷所思。地下水道，漩渦，瀑布，奇怪的島……」婆娑實在想不明白：「究竟，這裡是什麼地方？」

「既然你誠心誠意發問，那我就菩薩心腸說說我的想法吧！」林投大姐放下酒碗，一反常態，意味深長地說：「我想，這裡可能就是靈界流傳已久的落漈，深海的鬼門關。」

2. 落漈

妖鬼神怪們生活的空間，屬於靈界，與人族棲居的人界截然不同。

靈界中的不同地域，時間與空間都有獨特的法則。例如，黑水洋中的鬼市，位於海中巨魔蜃的蜃殼之上，平常四周籠罩著蜃氣，與人界徹底隔絕，所以凡人難以進入，也難以察知巨魔蜃與鬼市的存在。

據說，黑海之中的落漈，也是靈界其中一處神祕的異度空間。不過，落漈比鬼市更加難以抵達，許多妖怪也只聞其名，未見其影。而且，不只是靈界流傳落漈的故事，連人界也有相關傳說。

眼見眾妖大惑不解，林投繼續解說落漈的故事：「萬水朝東，弱水的盡頭，即是落漈。一旦海水到了此處，就會往下傾洩，如果船隻誤入，就會隨著水流被捲進萬丈以下的深海底層，九死一生。這個傳說，至少流傳了三、四百年。據說曾經有水手在這裡遇劫，大難不死，驚訝發現漈中有一座怪異的小島……」

林投大姐猜想，所謂的落漈，應該就是海中的一處大漩渦，所以船隻才會被捲進海底。以前人們說海上的「鬼門關」，其實就是此處。

林投曾經在鬼市聽過傳言，落漈並非固定在某個地方，它的通道位置飄忽不定，會隨著季節變換而移動方位，很難預測入口處移動的規則。而且通道漩渦在海面上的入口可大可小，所以才會有船隻沒有察覺前方有漩渦，結果意外墜落此地。

也許，眾妖經由地下水道，糊里糊塗進入了這座詭異的地界。

為何迷宮城的地底，能夠直通落漈？

林投推敲，雖然古城離海洋有一段距離，但是這座古城在數百年前其實就位於海邊，很有可能地底的水道盡頭就是海岸。當眾妖順著水道漂流，最後就來到了海口附近。結果，落漈的通道恰巧就在此處，眾妖才會進入這個怪地方。

「據說，落漈下方，有一處無名島，島岸堆疊眾多古船殘骸，都是昔日不幸墜落漈中的船隻。沙灘上遍布閃亮亮的銀白錢幣，與無數的人類骷髏交錯並列。聽說島上還有各種毒蛇猛獸，危機四伏，只要誤入此地，很難逃出生天。鬼市安神堂的骷髏掌櫃，曾經跟我聊過八卦，他說以前在這裡遇難的人族水手啊，困守了好幾個月，結果糧食不足，最後只好……」林投沒有把話一次說完，嚥了嚥口水，才高聲說：「人吃人！」

「哇～～」金魅一聽，忍不住摀起耳朵，一臉驚怕。

林投一頭霧水，狐疑問道：「這有什麼可怕？你以前在人界，不是也會吃人？」

「大姐頭，別胡說……我才不會吃人！」金魅向林投抗議，義正詞嚴說道：「關於我會吃人的傳說，全都是胡言亂語！那些失蹤的人，其實只是不小心踩到我的隨身錦囊，結果就掉進錦囊內的異空間。因為異空間實在太寬廣了，最後我也找不到他們……唉，我也對他們很抱歉。結果從此以後，我竟然被謠傳成會吃人的怪物，連女僕工作也無法繼續做下去。心灰意冷之下，我才離開人界，最後在祅學館落腳。總之，我不喜歡聽什麼吃人的故事。」

金魅嘟著嘴巴向林投抱怨，林投只好苦笑著閉起嘴巴，表示不會再講。

被包紮好傷口的蛇郎，又開始大口飲酒。他聽林投講完落漈傳說，就開口發問：「就算大姐頭猜測無誤，這裡就是落漈，但是為什麼我們會這麼湊巧跑來這裡？真是太不可思議了。」

菟蘿說道：「是呀！怪異的事情，實在太多了。像是琥珀，她怎麼會傷害社長？」

婆娑有些驚訝：「你知道琥珀的事情了？」

「你醒來前，社長就跟我們說明琥珀的狀況。」菟蘿一陣嘆息，「但我還是無法相信，一向心地善良的琥珀，竟然會被仇恨淹沒理智。」

「既然講到琥珀，我認為必須先討論一下……」林投眼神嚴肅，字斟句酌地說：「若我們之後遇見琥珀，她仍然執迷不悟，一心想助紂為虐，我們要將她視為敵人嗎？」

菟蘿搖搖頭說：「這也太沒情分了。我相信她只是一時糊塗，我們只要好好跟她解釋，她一定會迷途知返。」

「但是，如果琥珀不分青紅皂白，也不願聽我們解釋，就直接攻擊我們呢？」金魅雙手抱胸，一本正經地說：「一角獸會長總說，要堅持正確之事，就算被討厭，有些事情還是不得不做，不得不去面對。現在，琥珀傷害蛇郎，藉此威脅婆娑解開封印。不論琥珀背後有何原因，她造成的後果已經難以挽回。所以，雖然很難想像……但我覺得我們應該要有心理準備，必須要與琥珀為敵。」

林投點點頭說：「我也贊同小金魅。若是我們心軟，反而可能導致更糟糕的狀況。我不認為琥珀只是暫時鬼迷心竅，她決定幫助對方，肯定經過深思熟慮。一時之間，我們應該很難說服她……」

「真是越來越聽不下去！」蛇郎放下破酒碗，皺眉說道：「琥珀是我們的同伴，也是歌謠社的一員，我們怎麼可以背棄她？既然她是因為處境絕望，才決定做出這種行為，那麼我們就該好好幫她，別讓她繼續在絕望的漩渦裡沉淪。我絕對不會同意將琥珀視為敵人。婆娑，你一直沒說話，你怎麼想？」

「我……」

婆娑腦中一片混亂，面對眾妖投射而來的目光，頓時支支吾吾。

這時，篝火一旁的灶君悠悠醒來，打破了僵局。

「哎，頭好痛……你們說話太大聲啦，把我吵醒了！」

「貪睡鬼，你醒啦！」原本有些生氣的蛇郎，頓時莞爾一笑：「枉費你號稱美食專家，沒想到喝幾口酒就倒下來。」

「誰叫你一直灌我酒？而且，我才不是醉倒。」灶君撫摸著還有些暈眩的腦袋，向蛇郎回嘴：「我只是暈船了，剛才菟蘿在水面上開車橫衝直撞，不暈船才怪！」

「好啦好啦，別生氣。」雖然聽到灶君抱怨，菟蘿依舊微笑著，當起和事佬。

「對了，我突然想到！」林投倏然大喊，向大家說起：「我們不小心跑到這處鬼地方，要是一直找不到路出去，怎麼參加明天的音樂大賽？」

因為遭遇一連串的怪事，讓大家差點忘了，他們本來預定明天要前往鳳山城音樂祭，與人界樂團一拚高下。沒想到沿途與各路妖怪連番對戰，竟然忘了這件事情。

一開始，這場音樂祭比賽，是歌謠社的社長蛇郎決定要參賽。現在莫名其妙跑到這座怪島，嚴重耽擱了參加比賽的行程。

婆婆向蛇郎問：「如果趕不上比賽，該怎麼辦？」

婆婆以為蛇郎肯定很失落，因為他一路上心心念念的就是期待贏得比賽。沒想到蛇郎卻聳聳肩，一臉輕鬆地說：「現在我們困在這裡，急也沒有用。靈數如此命定，莫可奈何呀！更何況……現在琥珀的狀況未明，我其實更擔心她。音樂祭不參加也無妨，我們還是先找回琥珀吧！至於該怎麼面對琥珀，也要等找到她之後，看看她的情況到底如何，才能決定下一步該怎麼做。」

菟蘿開口贊同：「社長說得對，著急也沒有用。現在我們困在這裡，只能一步一步思考對策。」

眾妖也點點頭，一致認同蛇郎的想法。

婆婆心想，果然是蛇郎。他平時雖然作風散漫，看起來吊兒郎當，一開口就想跟人鬥嘴，但他骨子裡還是對同伴非常在乎。

其實，婆婆不只擔心琥珀，他也擔憂杜鵑的安危。既然地面上的魂樂車會掉進地底，那麼留在地面上的杜鵑，是否也安然逃離地層塌陷呢？

此時，一陣咕咕怪聲再度響起。

眾妖往聲音來源看去，原來是灶君的肚子正在鳴叫。

「真是太厲害了，這種聲音跟我的鼓聲實在有得比。」林投大姐不禁拍著手掌大笑。

「喝過酒，感覺更餓啊！」灶君摸著肚子，不停長吁短嘆：「我身為美食評鑑首席店家灶仙樓的老闆，為了讓顧客品嘗山珍海味，一直努力精進廚藝。如今，流落到這個荒郊野外，難道會因為飢餓而慘死嗎？天啊，這實在太荒唐了！」

「這麼唉聲嘆氣，真是沒志氣。」林投大姐嗤之以鼻，隨即起身，往沙灘後方的林投樹叢走去，「別說我沒照顧你，等你嘗過林投樹果的滋味之後，肯定會吃到撐喔！」

眼見林投大姐忙著採果實，眾妖也開始分工合作。

灶君從破船拾來舊鐵鍋，將林投果實熬成熱湯。菟蘿與金魅，則利用古船上的破帆布與舊木板搭出簡易的帳篷。至於傷勢較重的蛇郎與婆娑，不宜活動，只能繼續躺著休息。

驀然，夜空浮現七彩的光芒，像是扭曲的彩虹絲綢在無數星子之間優美飛舞。

婆娑驚訝地說：「這是極地才會出現的極光，怎麼會出現在這裡？」

「落漈是不可思議的異度空間，也許是因為空間扭曲，才會出現這種現象吧。」林投猜測。

飛揚空中的彩色光芒無比亮麗，每一刻都在變換顏色，讓眾妖目眩神迷。大家一邊喝著林投果熬煮的熱湯，一邊欣賞夜空中的絢麗極光。倏然，林投樹後方的密林傳來詭異的聲響。

——嗡～～嗡～～

奇異的聲音迴盪四周，登時讓眾妖心驚膽跳。

「這到底是……」金魅一臉驚惶。

蛇郎笑說：「灶君，又是你的怪聲？」

灶君忿忿不平地說：「才不是我啦！」

這時，婆娑機警地將篝火熄滅，菀蘿也小心翼翼走去外圍觀看狀況。菀蘿在林投樹叢轉了一圈才回來，搖搖頭說：「沒發現什麼，真奇怪。總之，我們不熟此地，凡事還是小心為妙。」

面對怪異的環境，眾妖決定早早休息，並且輪流在帳篷外守夜，以防變數。

首先，菀蘿負責在外守衛，眾妖則在帳篷內歇息。

「菀蘿，輪班的時間一到，記得來叫我。還有，我想拜託你一件事……」婆娑還沒走入帳篷，就拉著菀蘿到旁邊，請他協助一事。

「這件事……應該沒問題，我曾學習過相關的靈術。」菀蘿想了一下，才繼續說：「封印的時間，應該可以維持一天。」

「這樣應該就足夠了，很謝謝你！」

隨後，菀蘿揚起右手，手掌發出淡綠色的光芒。婆娑向前一站，菀蘿便將手掌貼住婆娑的左臉頰。菀蘿點點頭，示意施法完畢，婆娑便轉身進入帳篷，留下菀蘿在外守衛。

因為用來搭帳篷的帆布很寬大，帳內空間頗為寬敞自在，蛇郎、灶君、金魅和林投大姐很快就入睡。但是，婆娑閉著眼睛翻來覆去，卻依舊無法入眠。

婆娑心中，不斷思考這幾天發生的事情。太歲的陰謀，地牛的暴動，以及他失而復得的記憶……這些事情都讓他心神不寧，輾轉難眠。

根據魔蝠長老的說法，數十年前發生的大惡災，起因是人族施行禁謠令，讓天地之間的靈能失衡，導致地底的封印減弱，才會讓地牛趁隙造亂，引起大地震。

婆娑本來對於這場災變沒有太多印象，但是先前透過懷中珠子的共鳴，讓他遺失的記憶得以慢慢復甦——他赫然想起，原來地牛發狂的時候，他與母親都在現場。

他母親，其實是地牛的看守者。當時，婆娑只是一名幼兒，元靈也尚未轉換成童妖。所以，雖然婆娑記憶逐漸回復，但他當時年紀幼小，對於很多事情也不太清楚。

他只能猜測，他身上擁有的金羽族異能，可以和龍穴中的封印石產生共鳴，應該與她母親有所關聯。但是，兩者之間究竟有什麼樣的關係，他仍然無法深刻明白。

現今婆娑回復的記憶中，只能憶起當年慘劇的情況。

當時，發狂的地牛引發地層震盪，母親一邊制止地牛，一邊努力保護婆娑。最後，母親為了拯救他，不惜以體內活血施術，犧牲自身靈能，奮力開啟守護陣法，讓他待在陣法的保護罩之中，並且被空間轉移靈術傳送至遠方的鬼市。

但，婆娑被傳送之前，母親便因為靈力枯竭，倒臥於紅色血泊之中。在陣法保護罩內的婆娑，無論如何叫喊，母親都沒有回應。婆娑儘管年幼，但也明白殘酷無比的現實。

母親已死。

隨後，婆娑便被傳送至鬼市。雖然他性命安全了，但幼小的心靈卻也同時崩潰。

婆娑在鬼市的冥漠灘盲目徘徊，滿臉淚水，徬徨無依，眼前不斷浮現母親渾身鮮血的恐怖模樣，嚇得他驚聲尖叫。

婆娑的叫喊，引來了一位路過灘礁的流浪術士。那名術士自稱魔尾蛇，使用怪異的法術探測了他的內心意識。當時，婆娑心中不停吶喊，渴望遺忘眼前血腥景象，於是那名術士回應了他的請求。

術士嘿然一笑，雙手一揮，婆娑的記憶即刻支離破碎。

如今，藉由三顆異珠的靈能共鳴影響，他想起了一切，慢慢將過往拼湊起來。那些混沌未明的記憶，終於慢慢回復……

正當婆娑的思緒陷入回憶的流沙中，附近乍然傳來嗡嗡嗡的怪聲。

難不成又是灶君打呼？

婆娑本來不想多加理會，任憑灶君繼續鼾聲連連。但是，聲音卻越來越響亮。

——嗡嗡～～嗡嗡～～

婆娑終於受不了，他睜開眼，打算起身搖醒灶君。

猝不及防，婆娑的眼前是一顆巨大無比的黑色骷髏頭，探進帳篷之內，幾乎將帳篷內的空間全部擠滿。

骷髏頭上的兩處眼眶，雖然空空如也，卻彷彿可以感受到它正在仔細端詳帳篷內的狀況。

猛然，黑色骷髏頭轉向婆娑，咧開嘴，發出嗡嗡怪聲。暗墨色的上下顎不停咬合，就像是正在開口笑。

婆娑一時驚愕，還來不及反應，黑色骷髏頭便轉頭一咬，咬住另一邊的蛇郎，將蛇郎拖出帳篷外。

婆娑回過神來，大喊一聲，隨即追出去。

躍出帳篷外的婆娑，這時才看清楚怪物的外貌，竟然是一個黑色骷髏巨人怪物，身高足足比附近的林投樹高了三、四倍以上。

被婆娑叫醒的林投，也跑出帳篷外，眼見情況不妙，即刻匯聚靈能鬼火，朝巨人怪物猛烈攻擊。

黑色骷髏巨人似乎害怕林投的火光，於是將嘴裡的蛇郎往外一甩，低鳴數聲，便趴伏於地，後退到林投樹叢之中。

雖然黑色怪物體型巨大，但移動速度卻十分快，眨眼之間，它就消失不見。

林投大姐本來想追過去，不過婆娑的喊叫聲，卻讓她打消念頭，回頭察看情況。

帳篷外，除了躺著昏迷的蛇郎，旁邊也躺著一動也不動的菟蘿。婆娑檢查兩人狀況，十分擔憂。

「我不停叫喚他們，他們都沒醒，而且還渾身發熱……」

婆娑還沒講完，灶君就拉開帳篷，驚慌喊道：「不好了！不好了！金魅好像生重病了，一直叫不醒，而且全身發燙，狀況很糟糕啊！」

3. 深林

——月濛濛比翼離天涯～～鯤島隔浪花～～

——夜月春暖～～倩影顧盼～～

夤夜時分，淒厲又尖銳的歌聲，在幽暗的密林中乍然迸發，不停穿梭迴盪，驚起無數夜鳥呱呱飛離。

「停！快停！」

灶君一手運轉靈力，化出火球照路，另一手卻緊緊摀住耳朵，滿臉痛苦的表情。可能因為精神太過緊繃，他手中的火球一閃一閃，忽大忽小，彷彿即將熄滅。

「大姐頭，拜託……停、停！我快受不了，這歌聲簡直是十惡不赦的凶器！」

林投停下歌聲，雙手插腰，氣鼓鼓地說：「欸，你嫌什麼？為了緩和大家的情緒，我特別貢獻我的美妙歌喉，你不服氣？你有什麼問題？」

「大姐頭，妳知道自己五音不全嗎？虧妳還是樂團的成員！」

「喂喂，你這麼想跟我打架嗎？在人界的網路討論區，人人都說我是鼓手女神喔！」

「那麼就拜託妳金口休息一下，去拿鼓棒打鼓可以嗎？唉，我怎麼這麼衰，莫名其妙被你們拐去地底城，結果被迫跟團打怪，搞到現在，流浪到這座怪島。唉唉唉，我好想回去我的灶仙樓，方才的林投湯根本填不飽肚子，真想吃我店裡的七巧小籠湯包……」

「你應該也想吃我的拳頭！」

林投大姐一手揪住灶君的衣領，一手握拳揮舞，厲聲威嚇。

「別吵了！」

婆娑再也受不了他們兩人爭鬥，急忙將雙方拉開，無可奈何地說：「你們知道現在情況很危急嗎？」

「我當然知道。」林投大姐一臉理所當然，說道：「蛇郎他們一直昏迷不醒，我們要快點找到方法救他們。面對這麼緊急的情況，千萬不能急。急事緩辦，心情更要放輕鬆，否則只會像無頭蒼蠅胡亂飛。我為了緩和大家的心情，特別獻唱歌曲，這有什麼不對？」

「這哪是什麼獻唱？這是無差別恐怖攻擊！妳想要我們直接滅團吧？」

眼看灶君又要跟林投吵起來，婆娑趕緊說：「好了，別吵了！我們還要專心搜索，趕緊找到那個古怪的黑色怪物。」

「好吧，看在婆娑的面子上，我就不計較了。」林投抬起下巴，冷哼一聲。

婆娑鬆了一口氣，刻意走在灶君與林投的中間，說道：「灶君，你的火光能不能再加大一點？」

「只要沒有魔音干擾，當然沒問題。」

前方的灶君催起靈力，手上的火球緩緩增大，熠熠閃亮，一下子就清楚照亮前方的黑暗樹叢。

「我們現在的任務，就是要找到那個黑色骷髏巨人？」灶君一邊走，一邊詢問。

「不只這樣，我們還要查清楚，那個骷髏怪物究竟對蛇郎他們做了什麼事情。」婆娑解釋：「照我看，蛇郎他們可能是中毒了，才會皮膚發黑，全身發燙，並且昏迷不醒。為今之計，只能冒險走進叢林裡，主動找尋那個骷髏怪物，看看能不能順利找到解毒方法。」

婆娑、灶君與林投涉險進入叢林，雖然危險，但也是逼不得已。他們進入叢林之前，為了防止留在海灘的受傷三妖再受襲擊，灶君便在帳篷外圍點燃一圈火堆，形成一道火牆，保護帳篷內的三妖，防止怪物再度來襲。若是火牆被外力熄滅，火堆燃燒的黑煙因此消失，眾妖也能立即得知帳篷出事，趕緊回返。

不過，一路走進深林，婆娑卻覺得非常怪異。照理來說，那麼巨大的骷髏怪物，應該會留下腳印足跡，而且樹木也會被撞得東倒西歪。但是，叢林裡卻毫無足印，甚至也沒有樹木傾倒的跡象。

他們本來以為，應該可以很快就找到怪物的蹤跡，沒想到卻毫無線索。

婆娑嘆了一口氣。

事到如今，也只能繼續往前邁進。

夜林一片漆黑，幸好灶君手中的火光閃閃，為眾妖照亮前方。每當遇到藤蔓、野草擋路，林投就會抽出身後的朱紅鬼傘，運使靈力揮傘切斷阻礙。如果遇到岔路或者不明前方狀況，婆娑便會化出靈鸚，負責探路指引。

不知道走了多久，眾妖始終沒看到那名黑色骷髏怪物。

「走了那麼久，好累呀！若菟蘿沒事，他就能開車載我們。」灶君嘴裡不停嘀咕抱怨，過了一會兒，他搔搔腦袋，轉身詢問：「仔細想想，這真的很奇怪。一開始，我是聽你們說要去古城救琥珀，我才會幫你們帶路去古城。可是為什麼她後來會背叛你們？還威脅你把封印石的能量解除？搞不好……我是說搞不好啦，她本來就是太歲派來的間諜？」

婆娑聽聞，不禁反駁：「琥珀才不是這種個性，她更不會背叛我們。她只是因為虎魔一族遇難，一時心情不穩，才會被太歲欺騙。」

「遇難？什麼意思？」灶君一臉懵懂。

林投問道：「方才蛇郎解釋的時候，難道你沒聽到？」

「咦？蛇郎有說嗎？我一下子就被他灌醉了，什麼都沒聽到啦。」

於是，婆娑便跟灶君說起琥珀的故事，說明她來自虎魔一族，而虎魔一直被人族欺壓，只能不斷往深山退居。結果，先前地震，山中土石崩塌，據說虎魔一族全都被土石流淹沒。

灶君搖搖頭，仍舊對琥珀不諒解：「就算如此，她不惜傷害一路同行的夥伴，也想要報復人族，實在太狠了。而且，要不是因為她的緣故，我才不會莫名其妙跑來這裡。光講這一點，我永遠不會原諒她！但其實，我也要怪我自己啦，聽到你們想救同伴，心一軟，就替你們帶路。送神送到西，幫鬼幫到底，哪知道真的幫到落漈的海底。唉唉，真衰。」

婆娑不知道該如何回話，林投也嘆了一口氣。

灶君繼續說：「況且，我們現在的境遇，很有可能不是意外，而是直接掉入對方早就預設好的陷阱。我想，你們應該也有所懷疑吧？聽你們說，太歲的陰謀就是要解放毗舍邪，也就是俗稱地牛的恐怖怪物。為了解放地牛，必須讓鯤島各處的封印石被你獨有的金羽族靈能影響，才能讓封印石力量消散，進一步解除地牛的束縛。如今，在北城、雙湖山、古城的封印石，都已經順利破封了，剩下的封印石地點，我想想……根據你們轉述魔蝠長老的說法，位置是在黑水洋的深海底部。當然，黑水洋這麼寬廣，封印石究竟在哪裡，誰也不知道。但是，我們現在來到這座島，落漈裡的無名孤島，恰巧就是位於黑海底下。我東想西想，事情不可能這麼湊巧。地底城陷落之後，我們馬上就來到這座海底之島，這絕不是巧合，很有可能是一個大陰謀。也就是說——封印石應該就在這座島上。我甚至猜想，你們歌謠社去北城、雙湖山，都是太歲暗中搞鬼。現在，太歲大費周章送我們來這裡，就是為了繼續讓你解除封印！」

方才跟灶君吵架的林投，似乎氣消了，點頭讚許灶君的想法：「沒想到你說的挺有道理。」

灶君摸摸鼻子，得意地說：「呵呵，有時候旁觀者看得更透澈喔！」

「你們放心，我絕不會再施展我的異能。」婆娑語氣堅定，繼續說：「經過地底城的戰鬥之後，太歲他們應該負傷累累，也很難追過來。就算我們來到此處，是他們精心策畫的陰謀，我也不會讓他們稱心如意。」

林投擔憂發問：「如果對方又脅持誰，逼迫你幫忙解封呢？」

「就算如此，他們也不會如願以償。」婆娑張開嘴，他的舌頭竟然附著了一圈圈顏色接近透明的小藤蔓。

「哎呀！這是什麼？」灶君一聲驚呼。

「別擔心，這是我請菟蘿施加在我身上的封印，我不會感到疼痛，也不會影響我說話。」

林投恍然大悟：「我想起來了，這是玄荊世家獨門的封印靈術，專門抑制歌聲類型的咒音。」

「沒錯，這就是玄荊封印，雖然我說話自如，但只要想使用靈能詠唱咒音，藤蔓就會壓制住靈能，讓咒音無法順利發出聲。黑色怪物還沒攻擊之前，我想到菟蘿先前說過他們家族獨特的封印術，於是就請他在我身上施法。這樣一來，就算敵人用任何方法脅迫我，我也無法使用金羽咒音。雖然，這種封印術只有菟蘿能解除，但敵人不會知道這件事。」

「這方法真妙！」灶君哈哈一笑，「這麼一來，對方無法逼你使用金羽異能，也不知道該怎麼解除封印。你的這個方法，肯定讓他們嚇一跳！」

「只能期望，真是如此……」雖然已經有預防措施，但婆娑心中仍有不祥的預感。

「如今，只能走一步算一步了。」林投拍拍婆娑的肩膀，說道：「你能做的，都已經做了。就算對方還有什麼卑鄙招數，我們一定可以見招拆招。」

「只不過，我還有疑問。」前頭的灶君突然停下腳步，轉頭發問：「我一直在想……太歲真的有這麼神通廣大嗎？你們歌謠社會去哪些地方，應該都是你們決定的行程，他怎麼暗中干涉你們？」

「的確，這實在很奇怪。」婆娑摸著下巴，一邊回想，一邊說：「最初，我們會去鯤島的北城，其實是因為杜鵑的邀請。現在正好是祆學館一年一度的休館月，杜鵑提議歌謠社眾妖可以來鯤島進行社團旅行，所以我們就去北城旅遊。」

「真可惜那次我沒跟上。」林投一臉惋惜，「幸好隔天我就搭上魂樂車，跟大家一同去了鹿港城。哈哈，我在度假村的花鼓處女秀，真是精采呀！不過，我們會去那裡，其實是因為蛇郎回復王芸的驅魔委託。難道，王芸跟太歲有關嗎？」

「我覺得應該沒有，王芸不可能欺騙我們。」婆娑搖搖頭。

「鹿港城沒有封印石，因此你們去那裡，可能跟敵人的計畫無關。」灶君繼續問：「後來，為什麼你們會去雙湖山？」

婆娑答道：「在鹿港城度假村海岸，我們遇到了魔尾蛇跟太歲的襲擊，幸好杜鵑的大哥一葉出面解圍。那時候，一葉提議我們可以去雙湖山參加音樂比賽，除了可以在鳳山城音樂祭之前磨練身手，也可以藉此躲避太歲的追擊。」

講到這裡，林投突然想到什麼：「聽灶君這麼說，我也覺得很奇怪。我們跟太歲對戰的時候，我感覺他應該是直來直往的個性，難道他也會耍小手段？」

「如果不是太歲暗中搞鬼，難道是他的手下？」婆娑繼續推敲，「麒麟颶個性剛烈，應該不會做這種偷雞摸狗的事情。」

婆娑回想起北城的魔女事件，周小茶坦承自己是犯人，但她也說自己受到一名自稱「吹笛者」的神祕客的幫助。此外，雙湖山的毒眼巴里也說，他收過署名「吹笛者」的信件。

這一連串的事件，應該與這名「吹笛者」有所關聯。婆娑一直以為「吹笛者」就是太歲，但是灶君的疑惑也有道理。幕後黑手，難道不是太歲？

婆娑左思右想，在這一趟旅程中，除了太歲之外，魔尾蛇也對婆娑虎視眈眈。或許，「吹笛者」的真面目，就是魔尾蛇？

婆娑一邊想，一邊說出自己的想法。

林投也提出另一個疑問：「魔尾蛇除了想抓婆娑，也想偷取左旋白螺。為什麼他會對左旋白螺感到興趣？」

討論許久，三妖仍然沒有結論。

這時，旁邊的草叢突然傳來奇異叫聲。

——等等我呀！

近似尖叫般的喊聲令眾妖一驚，謹慎察看附近的草叢。

暗綠色的碩大芋葉後方，探出了一張布滿皺紋的臉龐。一名氣喘吁吁的老者，揮手向眾妖打招呼。

「真是……太好了……過了這麼多年，終於看到有人……」

老者喘著氣，倚靠著一旁的樹幹，滿臉開心的模樣。

灶君將手中的火球光芒對準老者，仔細端詳起對方。

個頭矮小的老者，身披一件黑衣破衫，看起來年紀很大，手腳滿是鮮紅的血痕，似乎是被草叢中的荊棘割傷。

「你是誰？怎麼出現在這裡？」林投站上前，厲聲發問。

老人聽聞林投凌厲發問，一不小心就往後跌跤。婆娑見狀，只好上前扶起對方。

「別……別緊張，我不是什麼可疑的人。我只是看到你們，心情太開心了，才突然衝出來。」老者吞了吞口水，慢慢解釋：「十幾年前，我搭乘的船隻在海上遇難，我也掉入海裡失去意識。沒想到醒來之後，我就來到這座怪島……」

老者看起來十分怯弱，慢慢講起自己遇難的經歷。他說已經在島上孤獨生活了十幾年，雖然想要離開此地，但是面對海面上的瀑布水牆，也無可奈何。如今，經過了這麼久的時光，他竟然在島上看見生人面孔，心情雀躍實在難以形容，於是就在夜晚叢林慌張奔走，一路跑來尋找他們。

「真是太好了……能夠看到你們……嗚嗚嗚……」

黑衣老者講著講著，竟然老淚縱橫，泣不成聲。

婆娑不敢大意，開口問：「你一個人在島上，怎麼生活？」

「平常我就找樹上的果實吃，在樹上搭個小屋棲身，不知不覺就過了這麼久……好慘啊……我這幾年過得好悲慘……嗚嗚……」

「你叫什麼名字？」

「丁……丁伯，叫我丁伯就好。」

面對婆娑的詰問，老者對答如流，反而引起婆娑疑心。

婆娑轉身向同伴使了眼色，大家心領神會。

儘管婆娑心存懷疑，但目前不知對方意圖，只能走一步算一步。

婆娑試探發問：「丁伯，你知道叢林中有一隻黑色的怪物嗎？」

老人聞言，一臉驚恐地說：「黑色怪物……那個怪物，是不是骷髏巨人的模樣？」

婆娑回答正是如此，並向老者說明被襲擊的經過。

「哎呀，這真是麻煩……」老人搖搖頭，「你們遇到的不是巨人，其實是……瘧蚊。」

灶君皺眉說：「丁伯，你是不是唬我們？那怪物明明就是骷髏巨人的模樣，根本不像蚊子。」

「不不，你錯了，那怪物的真面目確實是蚊子，而且是一大堆恐怖的蚊子聚集成骷髏巨人的形狀……」老人淚眼汪汪，說起昔日的恐怖經驗：「回想當初，我跟夥伴們搭船在海上捕魚，遇到暴風雨之後，不小心掉進漩渦，跑到這座怪島。島上沙灘都是數也數不清的金銀財寶，一開始以為大難不死，必有後福。可是沒過多久，黑色的骷髏巨人來到我們的營地，好多人被攻擊之後，數日昏迷不醒，全身發黑，就像是中毒一樣。我跟其他沒受傷的人，跑進叢林裡，想要找尋解毒的方法。走了好幾天，某個晚上，骷髏巨人又再出現，我們提刀對抗，好不容易砍掉了巨人的手掌。但是沒有想到，怪物的手掌竟然裂開，變成了一大堆蚊子。」

丁伯渾身發抖，牙齒直打顫：「那是瘧蚊！它們成千上萬，結合在一起就變成恐怖的骷髏巨人！而且，這些蚊子還是吸血蚊，只要它們一直附著在身體上，除了讓人中毒，身上的血液也會被慢慢吸走。」

丁伯的說法，婆娑半信半疑。

確實，蛇郎他們發病的狀況，與丁伯的同伴情況一樣。如果骷髏巨人真的是瘧蚊組成，就能解釋沿路為何沒有巨人的腳印。

「但是，為什麼這些蚊子會聚集起來，變成骷髏巨人的模樣？」林投提出疑問。

「我……我不敢說。」老者臉露惶恐，縮著脖子搖搖頭，看起來恐懼萬分。

「丁伯，沒關係，請你告訴我們。有了你的線索，我們才可以拯救同伴。」婆娑出聲安慰。

「同伴……沒錯，同伴非常重要，當初我也是為了救同伴，才壯大膽子走進森林。」丁伯深呼吸，才繼續說：「你們相信有鬼嗎？」

林投笑了笑：「這真是蠢問題。」

「好吧，看你們無所畏懼，我就說了。以前我為了救同伴，想要找尋解藥。天地道理，都是相生相剋，所以我猜那些怪蚊子的巢穴附近，可能會有解藥的線索。所以我就暗中跟隨那隻骷髏怪物，來到一處洞穴。洞口附近，竟然有一隻模樣噁心的鬼怪，正在控制這些瘧蚊。那隻鬼，好……好恐怖……」

老者全身忍不住發抖，過了一會兒，才平復心情，繼續述說。

「根據我的觀察，那隻鬼怪可以操縱瘧蚊，讓蚊子變成巨怪。當時，我盡量不被鬼怪發現，在洞口附近摘了一些草葉，就趕緊溜走。後來，我用這些草葉做成草藥，總算發現其中一種草葉可以舒緩同伴的病痛。只可惜，因為中毒的時間太久，有些同伴已經體力不支，無法撐過去，最後還是不幸去世……嗚嗚……」

「丁伯，你別哭啦。逝者逝矣，最重要的事情，是你還活著呀！」灶君平時看似粗魯，沒想到這時卻很體貼，拍了拍老者的肩膀，安慰對方的心情。

這時，林投大姐開口拜託老者：「丁伯，既然你去過那個洞穴，可以帶我們過去嗎？」

「可是……可是洞口有恐怖的鬼怪，你們不怕嗎？」

「哈哈，怕什麼怕？我才是人見人怕的惡鬼喔！」林投開口大笑。

婆娑趕緊將林投拉到一旁，竊竊私語：「大姐頭，絕對有鬼。」

「我知道你的意思。」林投不動聲色地說：「但是，目前這種情況，我們也不知道該去什麼地方找那個怪物。不如就讓他帶路，我們一路警戒。」

婆娑與林投商量好，便走向丁伯，說道：「丁伯，麻煩你帶路，好嗎？」

「可是，我很怕……」

「不用怕，我們絕對會保護你的安全。就像是你想拯救同伴一樣，我們也想救我們的同伴。」

「這……好吧。」

丁伯點點頭，總算願意領路。

4. 瘧鬼

暗夜的樹林，鬼影幢幢，濕氣沉重，遠處傳來無可名狀的嘎嘎怪聲，像是青蛙叫，又像是貓頭鷹的聲音。過了一會兒，高亢的聲調竟然急促起來，就像是連續不斷的尖笑聲，聞者毛骨悚然。

前方不知道有什麼詭異的狀況。

行進過程中，林投大姐會隨時飛上樹梢，觀察遠方沙灘上火堆燃燒的黑煙是否消失，確認帳篷內的同伴安危。

除了要警戒外界，更要提防走在最前面的人。

方才，眾妖在半路上巧逢丁伯，據他所言，他也是漂流到這座怪島的遇難客，已經在孤島住了很多年。儘管丁伯言行無異，甚至好心要帶路去黑色骷髏巨人的洞穴。但是，大家仍然信不過這名陌生人，畢竟在鯤島的旅程遭遇太多怪事，凡事總要小心為上。

現在，丁伯正走在最前方，替眾妖引路。

在灶君的靈力火球照映下，丁伯緩緩前進。一開始，他被灶君憑空化出的火球嚇出一身冷汗，但似乎在島上的驚險生活早已讓他見怪不怪，不久之後就習慣在火球亮光中踽踽前進。

丁伯雖然步履蹣跚，不過似乎真的認得路。他一路上仔細察看地形，指引隊伍前進，看起來並非盲目亂走。

「沒錯，就是這座岩堆，繞過去之後一直走，就會找到洞穴了……呼呼……」丁伯畢竟有點年紀，走了沒多久，就開始大口喘氣。

婆娑問：「你還好嗎？」

「沒什麼，呵呵，年紀大了就是這樣。」丁伯不疾不徐用黑衣袖口擦去額間汗水。

「丁伯，你在島上住了這麼久，應該很了解這座怪島。關於這座島，你知道什麼呢？」婆娑問道。

老伯遲疑了一下，才緩緩開口：「這座島，我只知道位於海底。當初我們的船隻航行海上，意外捲入大漩渦之中，就被沖到這座怪島的沙灘。你們應該也是這樣過來的吧？」

「沒錯。」

「那麼，你們應該也看過海面上那片巨大的瀑布吧！那片大瀑布真是讓人沮喪啊……就算島上的木頭那麼多，製作船筏沒有問題，但是船筏一旦進入海上，要怎麼從那片瀑布逆流而上？」丁伯搖搖頭，苦笑著說：「所以呀，我跟那些沒死的同伴們只能在島上慢慢等死，一年過一年，同伴一個接一個去世，不是因為餓死、病死，就是被骷髏怪物毒死，要不然就是自己拿著繩索吊……總之，最後只剩下我。」

「你獨自在島上生活，肯定很艱苦。」

「當然辛苦囉，平常除了要防備骷髏怪物出現，還要在島上努力找食物。幸好森林裡有果實可以吃，去海邊可以捕魚……」

閒聊之際，婆娑突然察覺有異樣。

方才一路走來，都可以聽見樹林中有古怪的叫聲，但是現在竟然聽不到任何聲響。

霎時之間，黑暗叢林安靜無比，這是不可能發生之事。

倏然，頭頂上的枝葉群起抖動，一大堆林鳥齊聲尖鳴，鼓動翅膀紛紛飛離。

在一陣混亂之中，後方傳來怪異的嗡嗡聲。

來了！

婆娑心中一驚，慌忙轉身，果然又是那隻黑色骷髏怪！

對方搖晃著一顆巨大的骷髏頭，緩緩張開黑色的上下顎骨，露出深邃黯黑的嘴巴，朝婆娑撲過去。

「好哇，臭嘴巴該刷牙！」

林投大姐一馬當先，擋在婆娑面前，舞動手中鬼傘，施展靈術，無數青綠鬼火瞬間擊碎了骷髏怪的牙齒。

骷髏巨人雖然低鳴數聲，但是似乎沒有受到太大的影響。對方再度調整好攻擊姿勢，立即往林投衝過去。

林投步伐矯健，很快就閃避衝刺而來的黑色怪物，但是反應不及的灶君卻被怪物的腿骨撞倒。

「唉呦，搞什麼鬼，我的屁股！」灶君在地上跌了一跤，手中的火球也四分五裂散開。

灶君撫摸著跌疼的臀部，往上一看，赫然與骷髏怪的空洞眼眶互相對視，灶君嚇了一跳，忍不住大叫起來：「哇哇哇！」

跌坐的灶君連忙退後，骷髏巨人伸出骨頭手掌，想要抓住灶君。但是方才四散的火焰，似乎干擾了骷髏巨人的注意力，讓它的大手往後一縮，灶君因此得以逃離。

「不要……不要過來……」丁伯被嚇得動彈不得，同樣也跌坐在地上，全身發抖瑟縮。

骷髏巨人立即被丁伯吸引，巨軀一轉，大手往下一壓，即將壓住丁伯。

婆娑眼看危險，俐落展開身後彩羽，飛過去抱起丁伯，帶他逃離怪物的魔掌，並將他放到一旁樹下。

林投橫眉豎目，喊道：「這怪物怕火！灶君，快點配合我，一起攻擊！」

灶君拍拍身上沾惹的泥土，一臉不願意。

「這怪物很恐怖耶，我又不屬於武鬥派，而且我放出的火球都很小，遠遠不及妳威力十足的鬼火。良心建議，我應該負責後援……」

「別囉嗦，快跟上！」

林投一腳踏出，隨即幻化出青面鬼身，煞氣凌厲。她緊抓住灶君的手，直接往樹頂飛去。

「哇啊～」被林投帶到樹枝上的灶君，重心不穩，頻頻喊叫。

「你快分散怪物的注意力！」

灶君無奈之下，只好配合林投的安排，雙手運使靈能，分化出眾多火球，亮光閃閃。

等林投一聲令下，灶君便雙手揮舞，火球呼呼墜下，紛紛掉落於骷髏巨人的身上。

黑色怪物被火球擊中，身軀不停搖晃，往旁移動，想要逃離火球掉落的範圍。

不只如此，林投還從衣袖裡掏出許多紙張，一撒而下，天女散花，竟是銀晃晃的紙錢。紙錢一碰到火球，就開始熊熊燃燒，火光四起，團團圍住怪物，讓它無路可逃。

「嘿嘿，多準備一些銀錢，真是有備無患。」

灶君持續製造火球，點燃紙錢，製造出無數火團，將怪物困住。這時，林投趁機運轉周身靈力，匯聚出一股強大的能量。

黑色怪物移動速度很快，一旦受到攻擊，總能快速逃離。但是現在受到灶君牽制，一時之間竟然動彈不得。

等到林投匯聚出強大能量，她鬼臉一笑，覷準時機，擎起朱紅鬼傘，旋飛而下。龐大靈能流轉傘面，鋒利無比，紅傘翻轉之間，便將骷髏巨人攔腰切斷。

骷髏怪物被切斷的下半身逐漸崩毀，儘管如此，它卻行動力不減，往前傾倒的上半身仍然怒氣騰騰，向林投撲抓過去。

林投嘿嘿冷笑，吹了一口氣，吐出一團巨大無比的青綠鬼火，附於朱傘之上，往前一揮，骷髏怪物的頭骨就被林投鬼傘瞬間砍掉，怪物也渾身冒火，全身骨頭支離破碎。

「太好啦！」灶君在樹上高聲慶賀。

豈料，怪物身上著火的骨頭忽然一哄而散，碎裂成無數黑點，嗡嗡飛舞。

「小心！怪物果然是蚊子！」婆娑一陣驚呼。

不計其數的蚊子飛舞空中，襲向婆娑與丁伯。但林投早已有了防備，已經在同伴四周，化出許多青綠鬼火，防止吸血蚊繼續襲擊。

儘管如此，林投的防護只能被動防守，無法對吸血蚊造成直接傷害。樹上的灶君不斷釋放火球，但是蚊子群狡猾閃躲，也無法一舉殲滅。

雖然骷髏巨人已經解體，但它分散成吸血蚊之後，同樣難纏。

婆娑想起丁伯的話，喊道：「這些蚊子，是被鬼怪操控！」

林投問道：「那要怎麼辦？」

「洞穴！」婆娑一喊，「丁伯說，解毒的草葉就在洞穴口，幕後的操縱者也在洞穴附近。」

林投抬頭看向樹上的灶君，對方一臉傻呼呼的模樣，讓林投不禁大怒：「你沒聽到嗎？快點看看附近有沒有洞穴！」

「喔喔，好！」

灶君趕緊左右張望，眺看四周。

雖然是黑夜，但在靈火輝映下，灶君很快就發現附近山壁下，有一處洞口。

「往那邊走！」

順著灶君的指示，婆娑帶著丁伯往前奔去。

撥開草叢，眼前豁然開朗，確實是一處洞窟。

洞穴之前，有一隻異形怪物，渾身散發紫色光芒，手舞足蹈，口中念念有詞，正在作法。

怪物體型像是小孩子，渾身粉紫，但是臉孔卻是無比蒼白，黑洞般的碩大雙眼，骨碌碌打轉著墨色的眼珠，並且散發詭異的亮光。除此之外，這隻怪物的頭上，還有數隻血紅色的鬼角，不停分泌出黏稠噁心的紅色液體。

隨著紫色怪物的動作，從後方追來的吸血蚊宛如受到感應，再度聚集成骷髏巨人的模樣。

「這……就是那個鬼！」丁伯大喊。

林投對鬼怪嗤之以鼻：「你就是骷髏怪物的操縱者吧？原來是個小不點。」

對方咯咯笑起：「沒想到，這麼快就找上門。別小看我喔，我可是人見人怕的瘧鬼！」

「快說，解藥在哪裡？」婆娑厲聲詰問。

「嘻嘻，想要解藥嗎？婆娑呀，那就要幫忙破封喔！」瘧鬼猙獰大笑的時候，黑色的雙眼也變大凸出。

「你認得我？」婆娑一時驚異，隨後頓悟：「原來，你也是太歲的手下！」

瘧鬼沒有回答，再度手舞足蹈，骷髏巨人受到操控，也跟著移動身軀，朝向婆娑攻擊。接下來，瘧鬼不斷搖晃頭顱，然後低下頭往前一頂，頭上鬼角分泌出來的毒液就噴發而出。

林投見狀，趕緊撐開鬼傘，擋在婆娑前方，抵抗毒液潑灑。灶君也從後方匆匆趕來，揮出火球對抗骷髏巨人。

婆娑出聲提醒：「灶君，別管骷髏怪，只要對付瘧鬼就好！」

「什麼瘧鬼？該不會就是這個小傢伙吧？」

灶君搞不清楚狀況，眼見前方有一隻發著紫光的怪物，就隨手扔了一團火球過去。

「嗚嗚～哇！」專心針對婆娑的瘧鬼，沒有注意火球飛來，一下子就被火球砸到頭。瘧鬼痛聲哀號，驚慌失措。

隨著瘧鬼的哀叫聲，黑色骷髏巨人也應聲崩解，無數瘧蚊飛離四散，再也無法凝聚成形。

「哈哈，沒想到我這麼厲害！」灶君開心地拍手鼓掌。

林投見狀，機不可失，雙腳一躍，就將身上著火的瘧鬼踢倒在地。

重摔在地的瘧鬼，四處打滾，總算滅掉身上的火苗，倒在地上氣喘如牛。婆娑趁機拿起附近地上的藤蔓，將瘧鬼牢牢綁住。

林投鬼臉猙獰，惡狠狠地說：「別亂動！」

「你們別得意……」

「還說話！」

在林投的恐嚇之下，被綁住的瘧鬼只好低下頭，墨黑色的眼睛失去光彩，縮小了許多。

眾妖制服瘧鬼之後，就在附近搜索一番。果然，洞穴旁的大樹下，長著一叢叢翠綠草葉。經過丁伯的指認，就是可以治病的藥草，灶君趕緊摘採。

這時，婆娑走到瘧鬼前方，出聲質問：「瘧鬼，你為什麼要襲擊我們？」

「嘻嘻，你們還是放棄吧。到了最後，我們才是贏家！」

「你們是誰？你是不是聽命於太歲？如果是這樣，你應該要立刻投降。因為在地底城，我們已經成功擊敗太歲了。他現在應該身受重傷，再也無法領導你們。」

「太歲算什麼？他不過是膚淺又落伍的可憐傢伙，還以為自己是什麼神，嘻嘻嘻，鯤島早就沒有神啦！」

聽聞瘧鬼口中譏笑，眾妖不禁愕然，大惑不解。

一路上，他們都懷疑是太歲安排詭計，讓他們深陷各種危機。如今來到這座怪島，他們也認為應該是太歲的傑作。但是，眼前的妖怪，竟然對太歲不屑一顧？

「你……難道不是太歲的手下？」

「能夠真正為靈界帶來改革的吹笛者，才是我瘧鬼的好夥伴。」

「吹笛者到底是誰？」

「嘻嘻……你想知道嗎？你馬上就會知道答案囉！」

眾妖原先猜測，躲在幕後的吹笛者，很有可能就是太歲。但是根據瘧鬼的反應，吹笛者應該另是他者。

「吹笛者，該不會是魔尾蛇？」

面對婆娑逼問，瘧鬼卻開始咯咯大笑，神情瘋狂，再也不肯開口。

婆娑始終問不出有用的訊息，林投忍不住氣憤，一手抓起瘧鬼，凶惡說道：「你們一心一意，就是想解放地牛吧！你們的計謀，我們一清二楚，絕不會讓你們達成目的，你們快點放棄吧！」

這時，轟然一響，一團火焰遽然飛向洞口旁的草叢，火苗迅速揚起，整片草叢熊熊燃燒起來。

「灶君，你亂搞什麼？」林投大驚失色，放下瘧鬼，趕緊向前撲滅火焰。

正當大家慌張之際，丁伯陡然跳向婆娑，雙手化出焚焚焰火，向婆娑出掌攻擊。

雖然事出突然，但婆娑一直疑心丁伯，所以早有戒備，閃向一旁，躲過了對方的突襲。

「丁伯，你果然有鬼！」

「那又如何？你還是會落入我們手中！嘿嘿嘿。」

「什麼……」

婆娑來不及反應，霎時肩頭一陣刺痛，身軀竟然騰空而起。婆娑往上一看，竟是墓坑鳥用鳥爪勾住他的雙肩，帶著他往上飛。

原來，對方讓瘧鬼故意被擒，然後丁伯再趁機攻擊。但，丁伯的攻擊也只是欺騙目光的幌子，趁婆娑不注意之時，埋伏暗處的墓坑鳥最後再將他抓住。婆娑這時才想通，但已經來不及了。

「嘿嘿，你失敗的原因，就是太過注意眼前，結果忽略了周遭的危險。」丁伯撫掌大笑。

婆娑奮力掙扎，想要張開背後雙翼，一番努力卻徒勞無功。

「哼，別浪費力氣了。你剛才抱著我遠離骷髏怪的時候，我早就趁機用蠟油封住你的翅膀。」

「可惡……」

「我們走吧！」

丁伯一聲令下，就與墓坑鳥竄入深邃黑暗的洞穴之內，消失了身影。

林投與灶君想要追過去，無奈草叢大火竟然延燒至洞穴前方，一下子就嚴密圍住洞口，完全無路可進。

5. 笛音

「快放我下來！」婆娑怒喊。

「哎呦，沒想到我們這麼快就見面了。」墓坑鳥的銳利爪子鉤住婆娑雙肩，毫不放鬆，讓他鮮血直流，染紅了衣衫。

「怪鳥，快放開我！可惡的丁伯，你果然滿口謊話！」

「你再怎麼掙扎也沒用，放棄吧！還有……我不叫丁伯喔，你這個笨小子。」老伯右手往臉上抹去，蠟做的假臉皮唰地甩開，底下現出一副齜牙咧嘴的猴子臉龐。同時，他的身軀也冒出一大堆粗糙黑毛，頃刻顯露出猴怪的真實面目。

「趁這個機會坦白一下，我叫燈猴！」全身黑毛、猴子臉的怪物吱吱訕笑。

「沒想到你這麼陰險狡猾！」

「獲得你的讚賞，是我的榮幸。」

「難道你說洞口草葉是解藥，也是謊話？」

「你這樣說，那些可以解毒的草葉會哭喔！哈哈，騙子說話就是要有真有假，我向你發誓，我沒騙你！」

「喂喂，燈猴，別再閒聊了，我們還要快點過去會合。」墓坑鳥呱呱叫喊。

「好好，為了以防萬一，我再補強一下。」

燈猴話一說完，左手一揮，靈力凝聚，幻化出透明的液體，潑灑至婆娑的雙手。

「你做什麼？」

婆娑還沒反應過來，須臾之間，透明液體就凝固成堅硬的白色枷鎖，將婆娑雙手緊緊銬住。

「這是本大爺特別精製的蠟油，一旦凝固定型，堅不可摧，你別費力掙脫啦！」燈猴尖嘴邪笑，神情狡獪。

婆娑使力撐開雙手，枷鎖卻毫無動靜。雖然枷鎖由蠟做成，但是應該混合了猴怪的特殊靈能，才會變得堅固無比，不論如何費力拉扯，仍舊是紋風不動。

最終，婆娑只能垂手放棄，說道：「燈猴，你們快快停手吧，太歲已經被我們打敗了，你們的詭計絕對不會得逞。」

燈猴喋喋怪笑：「別提那個自我陶醉的笨蛋，我老早就受夠他！這幾年一直在他底下忍氣吞聲，被他呼來喚去，真是悶透了。不過，就算如此，他也是一個很重要的棋子，讓我們能夠借力使力，一步步達成目標。」

「難道……」婆娑驚訝地說：「你們的頭領是魔尾蛇？他命令你們來抓我？該不會……琥珀也是被魔尾蛇欺騙了？」

燈猴露出嘲笑的眼神，說道：「魔尾蛇那個見錢眼開的勢利眼，渾身銅臭味，那種小肚雞腸的傢伙，哪值得我認同？深謀遠慮的吹笛者，心胸廣闊又雄才大略，才是我燈猴願意打交道的對象。」

「你們口中的吹笛者，到底是誰？還有，你們把琥珀拐去哪裡？」

這時，墓坑鳥尖聲插話：「哎呀，明明被綁，動彈不得，還這麼氣勢逼人？何況，我們又沒有拐走琥珀，琥珀是自願協助我們呀！你難道還看不清這個事實？」

「墓坑鳥，難道你也不是太歲的跟隨者？」

「哎哎哎，當然沒錯！」墓坑鳥一邊飛，一邊側著臉向婆娑冷笑：「自始自終，我就不是太歲的夥伴。我們假意幫助太歲，只是為了獲取情報，並且藉由他之手，進一步完成我們的計畫。」

這時，一陣清亮的笛音悠揚而來，旋律恬淡而綿延。

婆娑瞬間憶起，這就是當時在地底城深處傳來的莫名笛聲。

那時候在地底城，眾妖總算齊心協力擊潰太歲，不過卻在逐漸崩毀的地道中四處走散。轟隆塌陷聲響之中，怪異的笛音幽幽傳來，婆娑那時候就像是受到了莫名的蠱惑，一步步踏近笛音的源頭，最後來到通道最底層的一處石牆。那時，他伸手觸摸石牆，磚石竟然緩緩開啟，乍見一處密室。密室的深處，琥珀挾持蛇郎，威脅婆娑使出金羽異能。

沒想到此時此刻，一模一樣的清脆笛聲再度傳來。

燈猴聽到笛聲，獰笑道：「既然你這麼想知道吹笛者是誰，就讓你們好好敘舊吧！」

「敘舊？這是什麼意思？」

面對婆娑提問，兩妖不再回答，逕自往洞中深處而去。這時，通道開闊起來，前方是一個空間很大的洞穴，周圍石壁懸掛著一盞盞閃爍不定的燈火，宛轉笛聲依舊飄盪於四周。

墓坑鳥振翅飛前，鳥爪一鬆，婆娑便跌至地上。

婆娑雖然頭暈目眩，仍然勉強起身。

此時，舒緩的笛曲忽而變調，旋律開始急促尖刺，或抑或揚，音色越來越詭奇。

在火光搖晃中，洞內深處的空氣冷然而陰森。抬眼望去，驀然驚見洞穴中央聳立著一座巨大的灰黑色石柱。斑駁的石柱雖然古老陳舊，不過仍然可見柱子的表面鏤刻著一圈圈奇異咒紋，圖形猶如先前看過的封印石上的特殊紋路。

婆娑心想，果真如此。

此處正是最後的封印之地，解放地牛的終極關鍵。

婆娑慌忙退後，雙手不斷使力，想要掙脫手上的蠟枷鎖，卻依舊無可奈何。

正當婆娑苦思逃脫計策，笛聲戛然而止。突然安靜的空間，顯得怪異莫名。

「阿墓，燈猴，辛苦你們兩位了。」幽微的聲音從洞口的陰暗處傳來。

如此熟悉的聲調，讓婆娑驚惶失色。

婆娑心忖，絕不可能……不可能，怎麼會是他？

「籌畫了那麼久，總算即將成功。」洞中的黑影一步一步往前走。

墓坑鳥嘎嘎說道：「葉哥，我們順利完成任務了喔！」

「接下來，麻煩你們看守一下通道。」

墓坑鳥與燈猴聞言，便退回通道，巡視婆娑同伴是否追來。

這時，婆娑持續注視前方的人影，內心的疑問不斷膨脹。

來人身穿銀白色的皇警隊制服，端正的臉龐，眼神透露著溫煦親切的色彩，雙頰漾著淺淺笑意。

無比熟悉的身影，讓婆娑不敢置信。

那人正是——一葉。

一葉，杜鵑的兄長，婆娑的人類好友。

他竟然就是「吹笛者」。

躲在幕後的「吹笛者」，慫恿周小茶，製造出魔音詛咒的騷動。同時，他也誘騙妖怪們前去雙湖山，與人類互相對立。神祕的黑手，暗中密謀詭計，讓婆娑在無意中解開封印石的能量，企圖釋放恐怖的地牛，達到覆滅島嶼的計畫。

如此邪惡的歹人，竟然是一葉？

個性熱情又誠懇的一葉，竟然是幕後黑手？

一葉手握一把靛青色的長笛，步履輕盈，一下子就走到婆娑前方，擔憂地問：「婆娑，你沒受傷吧？我已經跟他們說過，盡量不要傷害到你。」

婆娑一臉不可置信，問道：「一葉，怎麼會是你？竟是你！」

「聽到你這麼有精神，我就放心了。」

「你快回答我！」

一葉嘆了一口氣：「唉，這該從何說起？」

「你可以現在開始說。」

面對婆娑滿臉怒氣，一葉思考半晌，似乎下定了決心，深呼吸一口氣，開口坦承：「對，沒錯，這一切都是我的計畫。我的終極目標，就是要解放地牛，發起革命，重塑世界的秩序。」

雖然親耳聽見一葉坦白，婆娑還是難以置信，搖頭說：「你……你瘋了嗎？如果你有什麼苦衷，你可以告訴我，我們一起想方法解決。因為，我們不是好朋友嗎？」

「婆娑，你認清現實吧！」

「如果解除封印，就會發生非常恐怖的災難，許多生靈將會喪命，你難道不知道？」

「我當然曉得。」

「杜鵑……你的妹妹，她也是共犯嗎？」

「不，杜鵑她什麼也不知道。你所經歷的一切，都是我在背後默默策畫，暗中推波助瀾。」

「為什麼……你為什麼變成這樣？你到底怎麼了？」

一葉沒有立即回答，反而雙手放在背後，舉足踏步，繞著灰黑斑駁的封印石柱，緩緩走了一圈。

接著，一葉才開口，卻不回答婆娑的疑問，反而講起地牛封印之事：「許多年前，我知曉地牛的封印地點之後，就開始思考，該如何破解它的禁錮？但是，地牛身上的封印非常穩固，根本無法輕易化消。經過調查之後，我才明白，地牛身上有兩層封印。其中一層原始封印，必須等待封印經過三百年歲月，封印本身才會變得脆弱，這時候就有機會破除。明天是日蝕之刻，也就是原始封印即將衰弱的時間。但是，事情沒那麼容易，因為地牛身上還有第二層封印。當初因為禁謠令的關係，鯤島的山海靈能大量流失，地牛藉機鬧動，不只鯤島受到影響，也造成你們靈界口中的『大惡災』。當時為了擋住發狂的地牛，原始封印者祆羅的後繼者就在鯤島的四處龍穴繼續設下封印石，形成第二層封印，加強鎮壓效力，才將地牛鎖在地底。」

「你竟然知道祆羅？你怎麼會知道這麼多事情？」

「當然是用了一些偷雞摸狗的小手段……」一葉笑了笑，繼續說：「但你不用知道，我是如何得知這些情報。總之，後繼者的使命，本來應該要在三百年後才會設下另一道封印，不過地牛卻先大鬧一場，破壞了當初祆羅設想的計畫。於是，後繼者為了阻止地牛，迫不得已，只能提前以自己的性命作為代價，強行設下四處封印石。這麼一來，事情就變得很複雜。因為，如果不將祆羅的原始封印與後繼者的新封印一起破除，地牛仍舊無法順利脫困。所以，我才開始一連串的謀畫。當然，計畫中最重要的關鍵，就是你——婆娑。你是那名後繼者的子嗣，你血脈中的金羽異能，能將封印石上蘊含的能量解除。所以，我暗中布置，讓你一步一步走到我所企望的道路之上。當然，我也不能太早啟動計畫去破除後繼者的新封印，以免打草驚蛇，驚動靈界的注意力。所以，我才必須挑選日蝕時刻的前夕，作為破封的最佳時機。」

「原來，你很早就開始算計我……」婆娑喟然而嘆，開口問：「但是，我和歌謠社來鯤島，許多行程規畫都與你無關。你到底做了什麼，才會讓我依照你的意願前往封印石的地點？」

「很多事情不能只看表面。」一葉以腳尖踢著地上一顆黑色石塊，黑石往前滾動，碰撞到另一顆略小的白石頭，也讓它往前翻滾，「例如這一顆滾動的小石頭，可能以為自己是被一顆黑石撞擊，才會開始滾動。但其實，始作俑者是我的腳。」

「我……是那顆白石。」

「一開始，你們歌謠社會前往北城，雖然是杜鵑建議，但其實是我慫恿她邀請你們。杜鵑心性單純，一直很想帶你們來鯤島旅遊，見識一下人界風光。所以，當我說可以介紹你們去郁金屋旅館投宿，她二話不說就答應。當然，我早就知道郁金屋的地底是龍穴之一。為了讓你們來到旅館時，有機會走入古井通道，於是我讓周小茶刻意製造魔女詛咒的騷動事件，讓你們循著線索進入井底探查。月裡魔女的能力深不可測，極難應付。我認為你們雙方若是爭鬥起來，你勢必會發動體內的異能來對抗魔女。果真如我所料，你當時確實使用了金羽靈能，順利化解了地底封印石蘊藏的能量。」

「小茶說，她收到一封署名『吹笛者』的匿名信，就是你寄的？」

「沒錯，我發了那封信，指導她如何營造魔女詛咒的假象。」

「我們會前往鹿港城，也是你的安排？」

「不，此事是意外。你們會去鹿港城，出乎我的意料。不過，我本來就打算再度借力使力，引誘你們來鯤島。既然你們主動來了，也讓我輕鬆省事。」

「在鹿港城，我們遇到魔尾蛇跟太歲，也是意外？」

「太歲之所以知道你的身分，其實是我前幾天指示燈猴向他透露。我認為，一旦你們面對他強大的武力威脅，會比較願意順從我的安排。果然，你們接受了我的建議，前往雙湖山避風頭。不過，太歲會找魔尾蛇當幫手，倒是我始料未及。」

婆娑越聽越氣憤，搖頭說道：「枉費我那麼相信你，沒想到這一切……這一切竟然是你暗中謀畫！仔細一想，在鹿港城海邊戰鬥時，你很快抵達現場，應該不是巧合，而是因為我們的一舉一動都在你的掌握之中。既然如此，雙湖山發生的事情，同樣是你暗中設計？」

「雙湖山中的巨岩是封印石之一，所以當然是我密切關注的焦點。你說得沒錯，山中祖靈跟人族之間的爭鬥越來越激昂，就是我穿針引線，從中挑撥。我的目標是讓毒眼巴里在山中製造一些動亂，吸引你們前往深山中的封印石位置。」

「在雙湖山中，琥珀失蹤，也是你在背後動手腳？」

「確實如此。不過這件事，和我原本的計畫有所差異。雖然從你的角度看起來，琥珀是被墓坑鳥抓走。但其實，琥珀是自願離開。畢竟，虎魔一族會滅亡，都是人族惹的禍。換成是你，不會生氣嗎？當時墓坑鳥早已發現虎魔村落覆滅的狀況，所以她向我建議，可以試著說服琥珀加入我們。後來的結果，就不用我多說了吧？」

「琥珀……」婆娑強忍感傷，繼續問：「我們會來到這座怪島，也是你的謀畫？」

「正是如此。這座島位於落漈之中，是最後封印石的所在地。雖然落漈入口的位置時常移動，但只要比對歷史上落漈出現的時機以及方位，其實不難預測它的入口。恰巧，這陣子落漈入口處，就位於連接古城地下水道的海岸附近，所以你們才能經由落漈入口，一路抵達這座孤島。若你們的攻擊當時沒有炸毀地底城，我也打算使用之前早已安置好的炸藥毀掉地下城，讓你們掉入水道，一路來到這裡。」

「那時候，你利用笛音引我前往密室。你是什麼時候來到地下城？」

「這幾天，我假借警備訓練的名義，帶著兵警部隊在鯤島各地轉移陣地，其實是一直跟在你們身後。當地底城發生爆炸時，我也立即抵達現場，率領一支小隊進入崩塌的地底城。但其實，我是藉機獨自潛入地層中的密室，與琥珀和墓坑鳥會合，引誘你前往封印石的位置。」

婆娑忽然想到什麼，開口發問：「你是興國皇警隊的副隊長，聽命於皇警隊高層。難道你的所作所為，都是大隊長的指示？」

「到了現在，你怎麼還不相信事實？」一葉微微一笑，「這一切的謀畫，完全是我個人的意願與行為。皇警隊的大隊長，雖是我的義父，不過他一直不知道我暗中在做什麼。當你們來到鯤島，我的計畫開始啟動之後，義父才開始有所警覺。不過，為時已晚。那些跟隨我進入地底城的兵警，都被我騙去容易崩毀的地道之中，現在應該已經全軍覆沒了。我非常清楚，他們是大隊長派來監視我的間諜，必須設法除掉。」

「你怎麼會這麼心狠手辣？你以前不是這個樣子……至少，我們剛認識的時候，你並非如此……」

一葉側頭回想起過往：「二十幾年前，我與杜鵑在海上遇難，恰巧被你所救，大難不死，實在幸運。但更幸運的是，藉由這個機會，我打開了我的眼界，第一次得知妖怪的存在。原來這個世界，並非表面上所看到的那樣。我原本以為，與你認識，將會打開一扇嶄新的大門。但其實，後來我才明白，打開門扉之後……其實必須面對殘酷的真相。」

「你到底在說什麼？」

「婆娑，你應該要學我，接受殘酷的事實，然後思考自己可以怎麼做……」

正當一葉說到一半，婆娑倏然運勁使力，手上的蠟枷鎖應聲斷裂，他即刻轉身欲逃。

豈料一葉不慌不忙，抽出腰間的電曜長鞭，往前揮甩，啪的一聲脆響，婆娑的腳踝瞬間被長鞭緊緊纏繞，他隨即跌倒在地。

「原來你假意聽我說話，不斷詰問，就是為了拖延時間。我警告你，別小瞧我！」

「可惡……」婆娑伸手摸向纏住腳踝的長鞭，碰觸的剎那間，長鞭散發出螢藍色的電曜光芒。

「如果想掙脫，只是自討苦吃。」一葉神情冷然，輕按長鞭把手上的按鈕，將電曜能量轉大。瞬息之間，長鞭上流通的電能就燙痛了婆娑的腳踝，連觸碰鞭子的手掌也被燙出一片紅印，讓他不得不縮手。

婆娑咬牙忍痛，表情扭曲。

眼見婆娑不再反抗，一葉才按下按鍵，降低長鞭上的電曜能量。

「婆娑，你認為什麼是死亡？」

面對一葉突如其來的問話，跌坐在地的婆娑閉口不語。

一葉聳聳肩，自顧自說道：「我認為，死亡是生命必經的過程，也是天理循環的道理。但是，興國皇族，為了本身的私慾，違逆天理，不只殘害妖怪，也對同族犯下不可饒恕的罪行，這絕非天地之理！」講到這裡，一葉霎時變色，原本一直不願顯露出太多情緒的臉龐，終於遏止不住，流露出悲傷、怨恨、痛苦、遺憾……交雜各種情緒的複雜表情。

一葉深呼吸一口氣，眼神才再度回復原本的平靜。

「你……」婆娑一時愕然。

一葉不理會婆娑的困惑，繼續開口說：「現在纏住你的電曜長鞭，是興國引以自豪的電曜技術，能夠藉由電曜晶礦的媒介，傳導巨大的能量。我們人族就是利用電曜能量的威力，創造出興國的輝煌時代。但是，興國的電曜技術，真相究竟是什麼？地底城中，麒麟颶說過的那些話，你應該不會忘記。」

當時，麒麟颶對婆娑說出的真相，言猶在耳，句句驚心，婆娑確實無法輕易遺忘。

人族開發出來的電曜技術，其實隱藏著殘忍狠毒的內幕。

電曜晶礦只具備媒介的功能，無法自主產生電能。所以，晶礦最重要的功用，其實是將妖怪身上的靈能轉化成電力，提供人類使用。

因此，人族組成「獵鬼隊」，捕捉無數妖怪，利用電曜晶礦汲取妖怪身上的靈能。

擁有電曜科技的人們，藉由這個方法，獲得了強大的武力，順利征服了鯤島，並且成立興國。興國皇警隊的前身，即是獵鬼隊。

之後，人們發現地底下被禁錮的地牛，於是轉而汲取地牛身上源源不絕的靈能。這時候，皇警隊才停止狩獵妖鬼的行動，因為地牛身上的熱氣靈能無窮無盡，足以供應全島用之不竭的龐大電力。

儘管如此，先前被捕捉並囚禁於晶廠內的妖怪，也還會繼續被汲取靈能。畢竟只要還有利用價值，人族不會輕易解放晶廠內的妖怪們。

尚未發現地牛之前，人類為了擁有電曜能源，拘禁妖怪的數量恐怕數以萬計。無數的妖怪，因為人類的私慾而慘遭橫禍。

任何生物，都會死亡。

那些被人類捕獲的妖怪們，面對的則是殘酷無比的死亡方式。

生也不能，死也不能，只能永遠被關在暗無天日的晶礦箱籠內，日日夜夜被晶礦強行吸收靈能，渾身皮開肉綻，不停折磨，直到魂火熄滅的那一刻。

麒麟颶曾被抓進電曜晶廠，遭受此種狠毒的酷刑。因此，麒麟颶逃離之後，便一直想向人類復仇。

「我們人類，非常邪惡，是吧？」

面對一葉的問話，婆娑仰望著對方，不知道該說什麼。

「我意外得知真相時，心中震撼無比……當然，興國皇警隊犯下的罪行，不只這樁。當初為了壟斷電曜技術，興國皇族禁止人類學習靈術，隱瞞妖鬼存在，頒布禁謠令，命令皇警隊將島內所有道士、巫師全都逮捕。我經過調查，發現那些犧牲者多不勝數。」

一葉說得沒錯。這些事情，婆娑已經從麒麟颶口中得知。但是當時究竟是何種情況，婆娑沒辦法深刻理解。

婆娑緩緩站起身，一陣嘆息：「我聽杜鵑說，實施禁謠令的時候，是六十幾年前的事情。但是後來禁令慢慢寬鬆，至少這二十幾年都不再實施禁謠令。既然如此，你如何知道以前的情況？」

「確實如此，我們這個年代，已經不再實施禁謠令。不過，在皇警隊的祕密資料庫，仍然保存了當時的檔案，詳細記下當初音輔法實施時，民間道士等等靈術使用者被逮捕的紀錄。所以，我才得知當時的狀況。」

「音輔法？」

「興國曆元年，興國的立法機關『公法院』制定了音輔法。這個法規內的禁謠令，允許皇警隊逮捕使用歌謠咒曲來操縱靈能之人。禁謠令實施之後，大約只花費三十幾年的時間，幾乎就將島內的道士、法師……等等靈力使用者徹底清除。當時受迫害而死亡的人，至少萬人以上。我進入皇警隊之時，音輔法就不再被嚴格執行。畢竟，在我們這個年代，除了興國皇族、政府高層人士之外，島內幾乎沒有人懂得古代留下來的靈術，以及能夠學會那些刺激靈能流轉的歌謠咒曲。所以，音輔法早已達成原本目標，功成身退了。關於這些事情，其實我並非一開始就全部清楚。我好不容易進入皇警隊，努力累積功勳，當上副隊長之後，才有職權可以調閱機密資料庫，進一步得知真相，以及……我家族的祕辛。」

「杜鵑說，你們的父母早亡，皇警隊的大隊長是你們的義父。杜鵑也說，大隊長待你們親如家人。」

「沒錯，義父對我們，確實很好……」一葉眼神飄向遠方，語氣有點顫抖，「但是，我後來才知道，義父對我們的照顧無微不至，其實只是為了彌補他對於好友的愧疚。事實上，我家族的悲劇，都是因為義父的緣故。」

「為什麼？」

「我從皇警隊的機密資料庫中，看到我爺爺的名字，他因為違反禁謠令而被處刑。循線調查下去，我才慢慢拼湊出當年的情況。當時，皇族頒布禁謠令，民間出現反彈，於是有人建立地下組織，企圖反抗皇族，而我爺爺就是其中一員。自從爺爺被抓走之後，組織根據地竟被皇警隊直搗黃龍，一舉捕獲眾多反抗人士。躲過皇警隊搜捕的成員，懷疑爺爺洩密，於是潛入爺爺家中殺了所有人，只有獨子逃過一劫。那名獨子，就是我的父親，當時恰巧出門，才幸運逃離死劫。但僥倖不死，也必須面對艱難的生活。之後，我父親輾轉各處謀生，過了許多年苦日子，尤其與母親結婚生下我們兄妹，生活更加窮困。最後，他們兩人決定輕生，甚至也想帶我們一起上路。」

「怎麼會……」

「別這麼驚訝，我們的父母當然沒有成功。那晚，他們趁我們熟睡，在房裡燒炭。當時，我因為惡夢驚醒，察覺房裡一片煙霧，才趕緊帶著杜鵑躲進廁所，打開廁所窗戶透氣，逃過死劫。」

「杜鵑……從來沒說過這些事。」

「她當然不會說，因為她並不知情。爺爺的過往，我是從檔案庫資料一步步追查出來。我們父母輕生時，她才一歲多吧，根本不知道發生了什麼事情。當時我們幸運生還，很快就被送進政府安排的育幼院。之後，一名皇警隊的人來到育幼院，將我們兩人領養。那人，就是我們的義父。」

「為什麼他會知道你們在育幼院？」

「我猜想，我們的資料被照護單位登記之後，我們家族曾有政治犯的資料，就被送進皇警隊審查。因為義父與我爺爺曾是舊識，所以就趕來找我們。我猜想，義父應該對爺爺充滿愧疚，才會想領養我們。」

「那麼，為什麼你說你們家族的悲劇，都是他的緣故？」

「因為，當初逮捕我爺爺的人，就是他。」

「原來如此，原來是這樣……所以，你才想要對興國的皇族、皇警隊進行報復。」

婆娑沒有想到，一葉的家族竟然有著這麼悲慘的過往。雖然他剛開始得知一葉是犯人，對他難以諒解。但現在聽聞對方的家族經歷，也不禁同情起來。

但是，一葉卻搖搖頭，否認婆娑的猜測：「你別用那種眼神看我，我很不喜歡。況且，你誤會了。我並不打算對任何人報復。的確，我很埋怨，為何我們家族會是受害者？但是，這世界本來就是如此。有時候，人會遇到壞事，但也會遇到好事。像是我與杜鵑，能被義父收養，就是一樁好事。若是當初我們繼續留在育幼院中，我無法想像現在我們會如何。」

「你不恨你義父？」

「說不怨恨，是騙人。但是，我對義父的負面心情，並沒有激烈到讓我想要報復這個世界。」

婆娑大吃一驚，納悶問：「那麼，你為何要安排這些恐怖的計畫，企圖釋放地牛？」

一葉抬起頭，看著洞穴中央巨大的封印石柱，嘆了一口氣。

「人族與妖怪之間的爭鬥，獵鬼隊並非最早挑起爭端。幾百年來，不同種族之間的矛盾，早就發生過無數次。我雖是人類，但我也痛恨人類的虛偽與自私。我同情妖怪的處境，但我也無法想像，若是沒有了電曜技術，今日的鯤島是否也會這麼繁榮富庶？我想了很久很久，想了又想，不斷詰問自己……最後，我終於找到了一個解答。有問題的不是義父，也不是獵鬼隊，而是人類本身。我們人族所做的各種決定，不管對與錯、是與非，都在長久的歷史累積中盤根錯節，怎麼算也算不清了。一言以蔽之，我認為人界墮落太久了。所以，若要讓世界獲得新生，最好的方式就是——毀滅。藉由毀滅，發起革命，清洗一切汙穢，重新調整這個世界的秩序，讓天地自然獲得新生的機會。」

「你的解答，太殘忍！你瘋了！」

「呵呵，你可以說我瘋了。但是，只要最後是好的結果，我不在乎自己是否瘋了。」

「你這麼做，不只人界遭殃，靈界也會天翻地覆！魔蝠長老已經得知有黑手想要釋放地牛，他一定會上報鬼市的奏靈殿，阻止你的計畫！」

「別擔心，這方面我處理好了。燈猴早就在鬼市各處埋下定時炸彈，當你們前往府城時，那些炸彈就已經定時引爆。現在鬼市的妖怪們，恐怕正在各處慌忙救災吧，根本無暇分身。」

一葉的話語，讓婆娑驚訝萬分。他沒有想到，一葉竟然早就安排好各種對策。

「就算如此，你也不會如願，因為我已經無法……」

一葉打斷婆娑的話，悠悠說道：「你已經無法施展金羽異能，是吧？你無法施展異能，應該是利用了某種封印術，將金羽咒音的能力封鎖住。」

婆娑本來以為，異能被封印，應該就能阻止對方計畫。但沒想到，一葉竟然已經知道此事，而且看起來依然胸有成竹。

婆娑極為驚訝，頓時啞口無言。

一葉繼續說下去：「我會跟你聊這麼久，不只是為了敘舊，說實話是為了詳細觀察你的身體狀態。你遭我暗中算計，連續解封了三個封印石的力量，我想你一定悔不當初。因此，你絕對會想方設法，讓破封行動無法順利進行。最直接的方式，應該是使用某種靈術封印你本身的咒音能力。所以，我方才一直觀察你，也藉由長鞭的電曜能量，看看你身體何處與電曜能量有共鳴。照理來說，電曜能量會與妖怪靈力產生共振反應，畢竟兩者本質相同。果然，你在沒有施展靈力的狀態下，被長鞭電擊時，嘴部微微發光，這就是某種靈能正在你身上獨立運作的證據。我判斷，你應該是使用了特殊的封印術，強制封印住你詠唱咒謠的能力。」

「既然你知道這件事，那麼就該放棄！」婆娑仍然不肯認輸。

一葉淡淡一笑：「很遺憾，你錯了。若你使用的封印術，範圍包括你全身軀體，或許我真的會很苦惱。我事先想了一些方法，考慮該如何撤除你的防備。幸好興國的皇家科學院有很多技術，足以應付這種情況。不過，據我判斷，你現在施加封印術的範圍不大，所以我可以使用最簡單的方法達成我的目的。」

「怎麼會……」婆娑瞪大眼。

「我不會破壞你嘴部的封印，而是直接汲取你體內的靈能。這個方法，會有點疼痛，你必須忍耐。」

「你真的瘋了！」

「為了更美好的未來，犧牲勢在必行。」

一葉猝然揚起手上的長鞭，使力一揮，於是被長鞭纏繞住的婆娑，就被甩向洞穴中央的封印石柱。婆娑重重摔到石柱上，一片塵土飛揚。

煙塵中，婆娑扶著石柱，口滲鮮血。他雖然想要將纏住雙腳的鞭子拉開，卻徒勞無功，只能再度跌坐於地。

一葉神情淡漠，丟下長鞭，接著一步一步，邁向婆娑。

他右手緊握靛青長笛，高舉過肩。

接著，他將笛子的一端對準婆娑，使勁將笛身刺入婆娑的胸膛。靛青色的笛子猶如銳利長劍，瞬間穿透婆娑身軀，直接插進他身後的石柱。

血花從胸口盛綻。

婆娑忍不住劇痛，哀號一聲，吐出更多鮮血。

「原諒我吧！我也不希望走到這個地步……我已經盡我所能，讓你不受到更多傷害。」一葉的臉龐，被婆娑胸口噴出的鮮血濺紅，模糊了他的雙眼，「這把笛子是用電曜晶石製造而成，能夠強行吸收你的靈能，並且將靈能轉而注入封印石柱之中。你體內靈力，本來就蘊含金羽族特有的能量。雖然你封印了咒音能力，但只要直接汲取你體內靈能，同樣能讓石柱上的能量潰散。」

「你……」

「其實，解封四處龍穴的封印石，最方便也最快速的方式，就是利用電曜晶石的能力，強制吸取你體內的能量，然後再注入封印石。但是，若要解封四處封印石，所需能量極為龐大。若強硬汲取你體內這麼多的靈能，你肯定會死。」

「一葉，你……咳咳……」婆娑眼前逐漸空白，全身癱軟無力。晶石笛子不斷汲取他體內的能量，讓他毫無力氣反抗。

刺穿婆娑胸口的靛青色長笛，閃閃發光，光芒越來越強，直至整個洞穴都溢滿藍白色的光線。

「我不願看到你死，因為婆娑……你是我的朋友啊！」一葉跪下來，抓住婆娑的手臂，讓虛弱的他倚靠著自己的肩膀，「雖然我們理念不同，但我也不希望為了我的理想，眼睜睜看你死去。所以，我才制定迂迴的計畫，旁敲側擊，讓你主動去解封前三處的封印石。如今，剩下最後一個封印，無論如何誘騙你，你肯定不會幫忙。所以，我只好使用最不得已的手段。幸好，只解封一處封印石，不會汲取你太多靈能，也不會讓你喪命。」

電曜晶石製成的笛身，不斷閃耀螢藍色的光芒，光芒逐漸凝聚，並且往石柱匯集過去。受到刺激的石柱，開始產生劇烈震動，石柱上鏤刻的奇異咒文也開始感應發光。隨著光芒越來越亮，石柱的震盪也越來越激烈。

影響所及，整個洞穴開始天搖地動，揚起一大堆灰撲撲的塵埃。

「我再跟你說明最後一件事情，你就會知道，我的做法是唯一的解答……」

一葉靠向婆娑耳畔，一陣低語之後，便扶起婆娑的身軀，讓他往後倚靠著石柱。

這時，墓坑鳥從通道飛過來，仰首拍翅，向一葉尖聲報告：「葉哥，洞口有動靜！」

燈猴也急奔而來，喊道：「那些傢伙應該已經突破我設下的火牆。」

一葉點點頭，拂去身上塵埃，站起身，俯視奄奄一息的婆娑，柔聲說道：「你被刺中的部位，並非致命傷。你的同伴快要過來了，我就將你交給他們了。他們是很好的同伴，絕對會好好處理你的傷口。婆娑，很謝謝你的付出。」

接著，一葉看向婆娑胸前的晶石笛子，眼神忽然充滿溫和的光彩。

「鯤島總算要改變了，嶄新風景就在前方，這就是我許下的承諾。」

一葉回過頭，揮了揮手，在一片塵埃迷茫中，與墓坑鳥、燈猴一齊往洞口另一邊的深處走去，身影逐漸消失。

6. 脫逃

魂樂車內，蛇郎被一陣喧鬧聲吵醒，一睜眼就看見林投與灶君正在爭執不休。

灶君張大嘴巴喊：「往左走，才是剛才我們走過的路線！難道我記錯了嗎？」

「你當然沒記錯，但是……」坐在副駕駛座的林投舉起右手，不斷砰砰敲擊右邊的車窗，「根據我超級強的方向感，往右邊走，會是更快的捷徑。菟蘿，快往右邊開。」

菟蘿忍不住大叫：「到底是哪邊？」

臉色蒼白的菟蘿，正握著方向盤開車。他嘴唇發白，冒著冷汗，看起來極為衰弱疲倦，卻依然在駕駛座上硬撐。但是負責指示方位的林投與灶君，卻對前進方向有不同意見，爭辯得面紅耳赤。

婆娑被抓走之後，林投與灶君就趕緊返回海岸，帶領大家再度前往瘧鬼洞口。

魂樂車在暗夜的樹林中，顛顛簸簸前進。

菟蘿除了要小心前方路況，還要聽林投與灶君分歧的指揮，簡直快崩潰了。

蛇郎本來就頭昏目眩，在顛簸晃動的車內更加暈眩。他咬著牙努力坐好，一開口就喝斥：「吵死啦！聽你們一個說東，一個說西，煩都煩死了。就走右邊，走右邊！」

「好，沒問題。」接到指示的菟蘿，如釋重負，隨即滑動方向盤，魂樂車閃過一棵大樹，就往右方奔馳而去。

蛇郎往後看了一眼，最後面的座位正躺著昏睡不醒的金魅。

蛇郎嘗試回想到底發生了什麼事情，腦袋卻是迷迷糊糊，一陣噁心想吐。

「你還好吧？」林投轉身，拿出一大把燒焦的草葉，往蛇郎臉上揮來揮去。

「喂喂，大姐頭，妳幹什麼？」

「我是在幫你，幹麼對我這麼凶？真是好心給雷親。」

「什麼意思？」

「這把燒焦的草，可以緩和你的毒患喔。」

林投解釋，蛇郎他們被瘧鬼攻擊，所以才會中毒。後來，罪魁禍首瘧鬼總算被打倒，也找到可以解毒的草葉。她逼瘧鬼說出解毒的方法，據說只要聞草葉燃燒的氣味，就可以暫時舒緩病症。之後，還要定時喝下草葉熬成的藥湯，就可以慢慢解毒。

林投半信半疑，但除此之外也無計可施，只好先依照瘧鬼說的方法試試看。沒想到一試有效，三妖的高燒逐漸減退。

「菟蘿最先醒來，所以就帶著我們開車上路。我想，小金魅應該也會沒事。」

「大姐頭，到底發生什麼事情了？妳講仔細一點吧！還有，婆娑去哪了？」蛇郎雖然因為毒患而眼花撩亂，雙眼迷茫，但他仍舊看得很清楚，車內沒有婆娑的蹤影。

「好吧，我詳細跟你說……」林投慢慢跟蛇郎說明原委。

「那隻紅羽毛的怪鳥也在島上？看起來，我們來到這座島，就是被他們設計。」蛇郎聽聞林投的說明，一邊感嘆，一邊恨得牙癢癢。

「總之，抓走婆娑的怪鳥跟丁伯都逃進洞穴中，但是洞口卻被一道火牆圍住。我跟灶君雖然能操縱火焰，但是卻沒辦法輕易熄滅那道火牆。我們的靈能施加在火牆上，猶如火上添油。所以，我們只好先返回沙灘，替你們治療，然後再前往那座山洞。」

「嗯嗯，總算明白狀況了，我想想……我的巫煙靈能，能製造水霧，應該可以破解那道火牆。」蛇郎撫著仍然有些發燙的額頭，思索片刻，才繼續說：「瘧鬼故意癱瘓我，可能是因為我的靈能性質可以破除那道火牆。金魅的錦囊也可以吸收火焰，所以也被對方襲擊。甚至菟蘿之所以成為目標，就是因為只有他懂得操縱魂樂車。沒有魂樂車代步，我們就無法快速行動。」

灶君聽聞蛇郎的猜想，張大眼睛，一臉詫異，連忙說：「如果真是如此，對方也太了解我們了吧！」

「沒錯，對方簡直把我們摸透了。」

灶君驚呼：「難道我們有間諜？」

林投不禁翻了個白眼：「現在都什麼時候？你還亂講話！」

「喔，好啦好啦……」

這時，菟蘿猛然煞車。

前方是一片山壁，在魂樂車的車燈照耀下，山壁上眾多蕨類植物四處伸展。

林投驚呼：「到了，就是這裡！菟蘿，你沿著山壁往左彎，找看看那座洞口。」

菟蘿再次踩下油門，沿著山壁而行。不一會兒，遠遠就看見前方一片通紅。

洞口四周，火苗四竄，炎風燥熱，將入口團團圍住。

林投東張西望，始終沒看到被綁在原地的瘧鬼身影，嘆道：「瘧鬼果然逃走了，真是狡猾的臭傢伙。算了，不管他。蛇郎，接下來看你囉！」

蛇郎打開車窗，取出腰袋裡的巫煙管，從吸嘴吐了一口靈氣。

吞吐之間，白花花的靈霧從煙口悠悠升起，飄散成一團團蛇型水霧，盤旋在火牆上方。

蛇郎再吹一口氣，淨白煙霧隨即衝向烈火，如同無數條白蛇嚙咬住張狂的火苗。

「咳咳……」

蛇郎身軀尚未復原，一下子運使太多靈能，反而讓他咳嗽不已，無法繼續召喚出更多水霧。

儘管如此，蛇郎製造出的煙霧仍然熄滅了一部分的火焰，洞口前的火牆已破了一個缺口。

「好機會！」菟蘿眼看機不可失，再次踩緊油門，往前直衝。轉眼之間，魂樂車已經突破火牆，奔進洞中。

「好耶！」灶君不禁拍手叫好。

「別大意，我們還不知道敵人在洞中有什麼埋伏。」林投不敢莽撞，示意菟蘿開車慢一點，沿路注意情況。

林投話一說完，洞口驟然震動不已，越搖越劇烈，轟隆隆的巨響從洞穴深處不斷傳來。

在一片昏黑中，通道上方不斷掉落大大小小的石礫，菟蘿趕緊將車燈調到最亮，隨時閃避墜落的石頭，小心開車前進。

過了許久，通道逐漸擴大，魂樂車來到一處極為寬敞的空間，周遭石壁掛著閃爍不定的昏黃燈火。

在這座大洞穴的中央，矗立一個碩大無比的石柱，石柱正散發出藍白色的光芒，奪目耀眼。此外，石柱還不停震盪，左右搖動不已，揚起無數塵沙。看起來，這整座山洞的晃動，都是被這根石柱所影響。

塵沙迷濛之間，蛇郎定睛一看，猛然見到婆娑正在石柱的下方。他倚靠著石柱，頭部低垂，看起來全身癱軟。

「喂喂，婆娑，你怎麼啦！」蛇郎將頭探出車窗，向婆娑不斷呼喊，但是對方毫無反應。

石柱搖動的頻率越來越快，無數巨大岩石從頂端紛紛落下，即將砸中婆娑。

千鈞一髮之際，菟蘿操縱魂樂車往前衝刺，一下子就來到婆娑身旁。蛇郎心有默契，趕緊推開車門，將婆娑一把抓進車內，讓他得以閃避墜落下來的巨岩。同時，菟蘿也開車急奔，躲過接連不斷的落石。

「呼呼……你太重了吧……」蛇郎想向婆娑抱怨一番，卻驚見對方渾身血淋淋，胸口還插了一把散發藍光的長笛，笛身甚至穿透背後。

奄奄一息的婆娑，意識模糊，口齒不清，似乎想講話，但是嘴裡吐出的字句卻無法連貫。

「快……地牛……一葉……」

林投觀察婆娑的情況，搖搖頭說：「這樣不行，他撐不了多久。」

「這把笛子，有古怪。」蛇郎端詳一番，下定決心，伸手緊緊握住婆娑胸口上的長笛，立即將之拔起。

拔起之後，笛子上的藍光逐漸黯淡下來。婆娑雖然吐了幾口血，但呼吸不再急促，緊繃的表情也逐漸緩和下來，似乎好轉許多。蛇郎趕緊撕開自己衣衫下襬的布料，幫他包紮傷口。

這時，菟蘿大喊：「這邊有出口！」

菟蘿開著魂樂車，往石柱後方馳騁而去。沒想到石柱後面的空間頗大，有一面石壁竟然出現好幾處洞口。陰暗的洞口後方，看起來似乎可以通行。

「看起來，好像有五個洞口通道。接下來，該怎麼辦？不知道洞口裡面有沒有危險？」菟蘿停下魂樂車，他往車後看去，石柱的晃動越來越強烈，無數巨石如雨落下，早已將他們進來的入口徹底封住。

「我想想……」林投抓抓腦袋，說道：「看這個樣子，婆娑肯定將最後的封印石解封了。也就是說，這個洞穴是屬於鯤島的一處龍穴。魔蝠長老說過，鯤島是遠古龍鯤死後化成的殘骸，地底下有許多龍穴，其實就是龍鯤遺留的龍氣所造成。龍氣四通八達，所以龍穴彼此之間都會有串聯……」

灶君慌忙說：「大姐頭，妳說清楚一點！我們都快被活埋啦！」

「簡單說，我們只能隨便選一條路進去，看看會通到哪一處龍穴。」

此時，蛇郎已經替婆娑做好簡單的包紮，他拍拍林投的肩膀，喊道：「大姐頭，妳平常賭運最好，快點選一個洞口吧！」

「走錯的話，別怪我喔！菟蘿，往這邊！」

菟蘿接到指示，踩下油門，魂樂車就往林投指示的最右邊洞口疾駛而去。

一瞬之間，石柱也完全崩塌，頂端的岩塊全都落下，整座洞穴一下子就被掩埋。

7. 會合

——椅仔姑，椅仔姐，請汝姑姑來坐椅。

——坐椅定，問椅聖，若有聖，來作聖。

海風獵獵，正是月落星沉之時。

小琉球島某處山崗凹陷處，凹凸不平的珊瑚礁岩構成的洞口旁，一名黑衣老者正在焦急踱步。

晝夜交替的時刻，從海岸不停吹來的冷風，將老者臉上綁成兩串的白花花大鬍子吹得左右飄動。隨著老者徘徊的步伐，及胸的鬍子左搖右晃，令老者極為不耐煩，他氣得用手撥擊鬍子，反而讓一串大鬍子重重甩到他的額頭上。

「哇！」老者不禁大喊。

黑衣老者叫喊之時，一旁反反覆覆的唸謠聲也突然停止，一道童嫩嗓音從後方響起：「長老，你這把年紀，還這麼喜歡玩耍？」

「唉，我都快急死了！椅仔姑，妳在唱什麼呀？」

「長老，請你別打斷我，本仙姑正在重新卜算。嗯嗯……看起來，還是只能確定這個地點。」

在珊瑚礁岩洞的山壁旁，擺放著一張華麗無雙的大椅子。上等楠木製成的孔雀椅，四枝椅腳雕成鳳凰模樣，半圓形的大椅背猶如孔雀尾巴展開，鏤空刻出造型繁縟的花鳥造型。靠背的最上方，則鑲嵌一面明亮的圓鏡。

一名髮型是娃娃頭的女孩子，雙頰紅嫩，身形看起來似乎只有三、四歲，正盤腿坐在這張大椅子上。她的個子十分嬌小玲瓏，坐在椅子上的空間不滿一半。

方才，椅子上的圓鏡正隨著女孩唸謠的聲音一閃一閃發光。唸謠聲一停，鏡子發出的光芒也隨即消失。

「椅仔姑，妳的預測該不會錯了吧？」

椅仔姑的表情悠哉閒適，與焦躁不安的老者形成強烈對比。她緩緩說道：「魔蝠長老，請耐心等待，我的卜算從沒出錯。你看看，一旁的這位人族小姑娘多安分，你應該要多學學她。」

在孔雀椅的旁邊，呆呆站立的杜鵑心神不寧，不停搓弄雙手，眼睛始終盯著黑暗深邃的山壁洞口。

「唉，這小姑娘才不是安分，而是嚇傻了吧！」魔蝠長老邁步走過去，安慰杜鵑說：「別擔心，他們不會有事。」

杜鵑吞吞口水，問道：「長老，那個……婆婆他們真的會出現在這裡嗎？」

「雖然我也很懷疑，但應該沒錯。椅仔姑的占卜術，在鬼市可是第一流，應該沒有問題。」

椅仔姑雙手抱胸，嘟起嘴巴發牢騷：「長老，請收回『應該』這兩字。我本來要去幫忙救災，若不是這位小姑娘請我來協助，我才沒空理你咧。」

「好好好，是我的錯！法力無邊的仙姑娘娘，我不會再懷疑妳的卜算啦。」

椅仔姑聳聳肩，滿意地說：「這還差不多。」

杜鵑揪著頭，疑惑不解，問說：「為什麼要救災？」

「不知道哪個缺德鬼，竟然在鬼市放了一大堆炸藥。」魔蝠長老嘆了一口氣，向杜鵑解釋：「婆婆跟我聯絡之後，過沒多久，鬼市很多地方竟然被炸藥炸毀，造成無數傷亡，許多重要設施也被破壞，所以奏靈殿跟祆學館都忙著救災。雖然我立即向奏靈殿報告地牛封印不穩定，但是因為爆炸事件的關係，奏靈殿與祆學館暫時沒辦法派出更多人手來支援。因此，只有我跟椅仔姑先來鯤島處理封印之事。」

「那麼，這個洞穴究竟是……」

長老答道：「小姑娘，這個洞穴是一處龍穴。」

「難道這裡就是長老說過，埋藏封印石的四處龍穴之一？」

「不不不，小姑娘呀，妳誤會了。」長老搖搖頭，繼續解釋：「其實鯤島地脈中的龍穴非常多，當初武神的後繼者設下封印石的龍穴，只是其中四處而已，而這個洞穴並非其中之一。」

「既然如此……我們為什麼要在這裡等待？」

「根據椅仔姑的測算，目前婆婆他們正位於鯤島某處龍穴之中。不過，確切位置究竟在哪兒，椅仔姑也算不出來……」

椅仔姑雙手用力拍打大腿，再度不滿：「長老這麼說，好像怪我能力很弱？這可不關我的問題喔！應該是婆婆他們位於空間產生扭曲的怪異地界，阻斷了我的靈能探測，所以我的卜算才無法百分之百成功。」

魔蝠長老摸著頭，再度致歉：「對不起啦！大慈大悲的仙姑娘娘，是我說錯話了。」

椅仔姑雙手抱胸，說道：「因為卜算無法完全成功，所以退而求其次，我只能嘗試占卜看看，婆婆他們那邊的龍穴，會連接到哪些地方。妳可以試著想像，每處龍穴的通道就像是蜘蛛網的線路那樣四通八達，每個龍穴彼此之間都可以互相串連。例如鬼市跟小琉球烏鬼洞之間，就有一條龍穴通道，我跟長老就是藉由這條通道來到此處。根據我的測算，小琉球島的烏鬼洞，應該可以連接婆娑那邊的龍穴。不過，烏鬼洞內的龍穴通道有無數條，我也不確定可以從哪條通到婆娑的位置。所以，目前我們只能在此等待。根據我的占卜，婆娑他們可能不久之後就會來到這裡……」

正當椅仔姑解說之際，四周倏然劇烈搖動起來，珊瑚礁岩洞的上方也抖落許多碎石。

魔蝠長老嚇了一大跳，雙手抓著兩串花白大鬍子，倉皇失措地說：「地震啦！怎麼會這樣？」

這時，一輛外觀破舊、沾滿泥沙的四輪汽車從岩洞中飛躍而出，揚起一片塵沙，嚇得魔蝠長老跌倒在地。

塵沙甫定，車子停在椅仔姑的大椅子前。駕駛座的車門受到車子猛然煞車的影響，竟「喀啦喀啦」自動打開了一個小縫。

杜鵑瞠目結舌，趕緊飛奔過去，想把車門往外拉。但是車身經過多次磨損，金屬車門已經變形扭曲，很難順利開啟。杜鵑費了九牛二虎之力，使力一拉，喀喀幾聲，整個車門竟然跟車子分開，掉了下來。

這時，一位男子的上半身往車外傾倒。杜鵑嚇了一跳，趕忙接住對方。

「哇！這是……菟蘿！你還好嗎？菟蘿醒醒呀！」

從後座走出來的蛇郎，扶著婆娑，笑說：「杜鵑呀，妳的嗓門還是一樣驚天動地。」

從副駕駛座出來的林投，向蛇郎罵道：「都這個時刻了，你還有空說廢話？灶君，快點來幫我扶小金魅下車。」

「喔，好啦。」灶君點點頭，依照林投的指示行動。

「你們……到底怎麼了？菟蘿……你怎麼了？」杜鵑心急如焚，不斷搖著菟蘿的肩膀，想將他喚醒。

「杜鵑，妳先停一下，菟蘿快被妳搖到吐了。」林投苦笑著制止杜鵑，並請她將菟蘿安置到山壁旁邊休息，「他先前中毒，雖然已經暫時解毒，但是他為了駕駛魂樂車，一下子耗費太多靈能，才會昏倒。別擔心，先讓他在一旁休息吧。」

此時，魔蝠長老慌慌張張跑到蛇郎身旁，探視傷痕累累的婆娑。

「婆娑啊，你怎麼傷成這樣？全身都是血，天呀天呀……」

「長老，你別緊張，快幫我一起將他扶到旁邊吧。」

在蛇郎的催促下，魔蝠長老趕緊與他合力將婆娑安置在菟蘿的旁邊。

「終於可以休息了。」蛇郎話一說完，全身虛脫，竟往後一倒，躺在地上，不停呼呼喘氣。

魔蝠長老環視眾妖，不只是蛇郎受重傷，婆娑、菟蘿與金魅都昏迷不醒。

「你們到底怎麼了？」

「魔蝠長老，你老愛著急的毛病怎麼改不過來？」椅仔姑搖搖頭，說道：「你先讓他們喘口氣吧！他們肯定經歷了凶險萬分的遭遇。」

「還是椅仔姑最明事理，我真是愛死妳了！」林投大姐熱情向前，想給椅仔姑一個大大的擁抱，沒想到對方卻慌亂搖著手拒絕，躲開對方的懷抱。

「大大大……大姐頭，趕緊幫病患治療，才是最重要的事情。」

「妳還是這麼害羞呀？」林投摸摸下巴，自信地說：「面對我的美貌，沒想到妳還是招架不住。」

倒在地上的蛇郎，儘管力不從心，仍開口吐槽：「大姐頭，妳也別講廢話啦，快點看一看婆娑，他的傷最嚴重，必須快點治療。」

「好好，別催我。」林投吐吐舌頭，走向婆娑，仔細察看他的傷勢。

幸好，方才蛇郎的緊急包紮，似乎讓傷口不再滲血。林投檢視婆娑時，也發現他背後雙翼竟被白蠟封住，於是就叫灶君化出靈火，慢慢烘烤蠟塊，總算成功去除。

這時，婆娑總算睜開雙眼，發出微弱的聲音：「我沒事，謝謝你們的照顧⋯⋯」

魔蝠長老擔憂地說：「傻孩子，你別逞強！你傷成這樣，怎麼可能沒事？」

「阿爺，我真的沒事，休息一下就好了。」

婆娑雖然臉龐毫無血色，但是已經不像方才被救起時說話那般斷斷續續，意識也極為清楚，「剛才，我被電曜晶石刺傷，它會不斷吸收我體內靈能，所以我才會渾身乏力。」

蛇郎問道：「那把長笛，就是電曜晶石？」

婆娑點點頭：「幸虧你將它拔了出來，我才好多了。」

「就算如此，你還是傷勢嚴重呀！你別逞英雄！」魔蝠長老搖頭晃腦，甩著兩串大鬍子，告誡婆娑別再亂動。

婆娑說道：「我必須快點告訴你們一些事情，再遲就來不及了。」

魔蝠長老連忙問：「到底是什麼事情，你這麼緊張？」

婆娑深呼吸一口氣，勉強支撐自己站起來，一步一步蹣跚走到杜鵑面前。

「杜鵑，妳聽我說……」婆娑喘口氣，「我要跟妳說一件事，妳要冷靜。」

「婆娑，你的臉好可怕……到底怎麼了？」

「我身上的傷，其實是被一葉刺傷。」

杜鵑瞪大雙眼。

婆娑雖然傷重，但仍舊一字一句、簡潔扼要說出方才在孤島洞穴中，與一葉對峙的經過。

一葉的陰謀，讓大家不敢置信。

蛇郎坐起身，滿臉氣憤又懊惱地說：「沒想到，我竟然沒有察覺一葉是幕後犯人。不管他有什麼理由，釋放地牛絕對會引發大災禍，這是無可饒恕的罪行！他真的瘋了！」

婆娑繼續說：「其實，最後一葉還跟我說了一件事，說明他解放地牛是不得不為的決定。」

魔蝠長老又急又怒地說：「讓地牛毀滅鯤島，哪有什麼正當理由？我不相信！」

婆娑語帶苦澀，向大家詳細說明最後從一葉口中得知的祕密：「人族科學家發現，他們為了汲取地牛的靈力，將電曜設備刺進地牛的體內，但裝置卻嚴重破壞地牛的身軀，讓地牛體內調節靈力的臟器產生損壞，導致地牛能量狀態不穩定。科學家預估未來，地牛體內能量將會強烈暴衝。」

林投想了想，說道：「如果地牛體內能量不穩定，甚至失控，難道會……爆炸？」

婆娑點點頭：「人族就像是挖開了火山口的岩石，想要擷取地底的熱能。但是，這個行為反而讓源源不斷的岩漿有了宣洩的管道，總有一天將會火山爆發。」

蛇郎搔著頭說：「那麼，只要暫停吸收地牛的靈能，不就好了？」

「一葉說，已經來不及。」婆娑搖搖頭，「地牛體內的熱氣靈能早已產生暴衝現象，他們完全無能為力，也不知如何控制。根據估算，大約再過數年，未來的某一天，地牛體內的靈力將會一夕之間完全釋放。那種威力，就像火山爆發一樣，山毀陸沉，整座鯤島將會消失。所以，一葉說，他必須趕緊解放地牛，讓地牛先自行釋放體內靈能。一葉認為，雖然提前讓地牛釋放靈力，可能會讓一半以上的鯤島遭殃，但也比全盤覆沒來得好。」

聽聞真相，大家驚愕失色。

灶君緊握拳頭，說道：「就算如此，也不應該獨斷獨行。地牛會破壞人界與靈界，應該讓兩邊討論看看該如何解決呀！而且，這個名叫一葉的傢伙，聽起來像是滿肚子壞水，誰知道他有沒有說謊……」

林投惡狠狠瞪著灶君，叱罵：「事情哪有你想得這麼容易？光是要讓人界、靈界兩邊互相溝通，就是難如登天。而且……」林投推了推灶君，讓他看向杜鵑，「你看看場合，別亂說話。」

「不可能，大哥他……他怎麼會這樣？」杜鵑搖搖頭，泫然欲泣，「我要去找他，向他問明白！」

「杜鵑，妳別衝動。現在一葉去了哪裡，我們也不知道呀。」林投趕緊拍拍杜鵑的肩膀，出聲安慰。

魔蝠長老回頭望向椅仔姑，向她詢問：「萬能的仙姑娘娘，妳能卜算出一葉的行蹤嗎？」

椅仔姑卻說：「我測算行蹤，一定需要被占卜者的身上之物。我能找到婆娑，是因為長老你給了我婆娑遺落在你們家中的金羽毛，我才能順利占卜方位。所以，你們有一葉的身上之物嗎？」

大家沉默片刻，灶君突然拍手叫道：「對了，那個笛子，刺傷婆娑的笛子，不就是一葉的物品嗎？」

蛇郎一臉尷尬，答說：「很抱歉，我看那東西很邪門，早就順手丟在那個大洞穴裡了。如今洞穴崩塌，也沒辦法回頭去找。」

這時，婆娑說：「其實，現在我們應該要去的地方，應該是地牛封印處，看看能否阻止地牛逃出來。而且一葉應該也會出現在那邊，畢竟他的目標就是解放地牛。」

魔蝠長老緊緊拉著兩串大鬍子，急忙說：「沒錯！現在得要快點去地牛封印的地方，必須趕緊阻止地牛破封呀！」

「既然如此，地牛被封印在哪邊？」灶君發問。

長老答道：「地牛就在琅嶠。雖然我沒去過，但是我知道地牛封印之處就在琅嶠城下方地層。」

此時，盤腿坐於孔雀椅子上的椅仔姑，突然拍拍雙手，環視大家，出聲提醒：「各位，我知曉目前情況危急。但是，依照你們現在的傷勢，傻傻跑去琅嶠，根本送死。不如，先在這裡好好療傷一下，然後再出發吧。」

椅仔姑的建議，有所道理，大家點頭認同。

於是，林投與灶君從魂樂車的車廂中取出在洞穴前蒐集的草葉，開始就地取材，熬湯煎藥。

杜鵑則在周圍摘取樹枝樹葉，鋪成簡易的床鋪，讓毒患未解的三妖可以躺下歇息。椅仔姑則在一旁，輕聲頌唱安靈養神的咒謠，協助三妖調理靈息。

至於婆娑，則由魔蝠長老負責照料。

「阿爺，趁現在有空，我想要問你一些事情。」

魔蝠長老重新包紮婆娑的傷口時，婆娑一臉嚴肅，開口發話。

長老嘆了一口氣：「你想要問你母親的事情，對吧？」

「沒錯。我已經想起一切了。」婆娑伸出左手，手掌放著四顆圓滾滾的珠子，二白二黑，散發奇異的光彩，「每當封印石能量消散，我就會得到一顆珠子。方才，最後一處封印石解封，我也得到第四顆珠子。我想，這些珠子與我的母親應該有關。你交給我的古歌本，一定也與母親有關。我的母親，應該就是武神祆羅的後繼者，負責守護地牛封印。」

「你說得沒錯，你的母親，確實就是武神的後繼者。」

「請告訴我，關於我母親的事情。」

魔蝠長老眼見婆娑的表情認真無比，已經無法繼續隱瞞下去，決定坦承一切。

「你母親臨終前，隔空以幻影顯現在我面前。她告知我，已經無法制止地牛暴動，所以她決意犧牲全身靈能，在四處龍穴設下封印石，而這四道封印的能量至少可以撐持百年光陰，期間就算遭遇日蝕也不用擔心整體封印衰弱。同時，她也會以空間轉換的高等靈術，將你傳送到鬼市。但她當時靈力已然耗損嚴重，無法將你直接傳送到我面前。所以，她希望我能去找尋你被傳送至鬼市何處，將你好好安頓。她的幻影消失前，更請我幫忙，一定要好好跟你說，千萬不要因此怨恨地牛，她最大的希望就是你能平安生活，莫被仇恨綑綁住。唉，當時浩劫不只導致妳母親死亡，也在人界造成地震災害。而且地牛的狂暴能量，能夠穿越空間限制，讓他方異地同時遭受能量撞擊。所以，當時靈界也受到很大損害。」

「原來，是這樣……」

「我本來打算，等你在祆學館學藝有成，再將事情原委告知你。沒想到，現今你母親的封印，竟被歹人計畫破除，地牛封印岌岌可危，真是讓我始料未及啊。」

「那麼……為什麼？為什麼母親不希望我怨恨地牛？」

「她說，地牛本性良善，情有可原。地牛發狂傷人，引發地震毀滅萬物，都是身不由己。她希望，你不要對地牛懷有怨恨之心，這是她最後的期盼。老實說，為何她會包庇地牛，我也是想破了頭，仍不知緣故。」

魔蝠長老的話，讓婆娑極為震驚。

婆娑沉默之時，魔蝠長老繼續講起當年情況：「後來，我終於在冥漠灘找到了你。但是很奇怪，你竟然失憶了，完全遺忘與地牛相關的任何事情。也許，這就是靈數安排吧！我覺得因禍得福，你母親的遺願因此成真。雖然，你也同時忘記你母親的存在……儘管如此，我還是決定先隱瞞一切，等日後有機會再跟你坦白。」

「那麼古歌本呢？又是什麼由來？」

「你母親看守地牛的期間，曾帶你來訪祆學館。當時，你也與我見過面喔！不過你應該忘了吧，畢竟你那時候年紀還很小。那時候，她將歌本交給我，說這是她精心編寫的歌譜，希望你有朝一日可以進入祆學館，成為一名祆學士。屆時，希望我可以將這冊歌本交給你，讓你好好研讀，傳承她所留下的歌謠。」

「原來如此，歌本中的曲譜，果真是母親所寫。」多年以來，婆娑困惑不已的疑問，如今有了確切的解答，令他感慨萬千。

「當時，你母親除了留下歌本，其實也撰寫了一本關於地牛封印的筆記書，以防未來她發生不測，封印之事就此失傳。」

「祅羅與母親封印的事情，極為隱祕。一葉之所以會知道這麼多祕辛，難道他讀過母親的筆記？」

「怎麼可能呢？這本筆記書，我一直收藏在祅學館的館史室祕櫃之中。先前，我聽到椅仔姑轉述你們的遭遇，就趕緊去館史室查看，不過你母親的書冊依然安放其中……」

聽聞魔蝠長老之言，婆娑忽然想到什麼，一陣驚呼：「館史室！」

「館史室怎麼了嗎？」長老眼露疑惑。

婆娑想起，他曾帶領杜鵑導覽祅學館內部各處設施，也和她走訪過館史室。

館史室專門收藏祅學館歷年紀錄，也設置展示櫃介紹祅學館的歷史。不過，看似平凡的館史室內，房間角落有一扇隱形之門，能通往「長老祕櫃」，是館內長老收藏事物的祕密房間之一。正因為館史室毫不起眼，也非祅學士經常踏足之處，於是室內暗門就設計成可以通往其中一間長老收藏室。

本來，一般祅學士不會知曉長老祕櫃的存在，但魔蝠長老曾跟婆娑提及此事，所以婆娑也知情。

昔日婆娑為杜鵑導覽館史室，婆娑一時不察，脫口說出館史室有祅學館的歷史文獻和長老的收藏。婆娑立即察覺自己講太多，於是沒有繼續說出暗門與祕櫃之事。當時，杜鵑不以為意，所以婆娑也不再多想。但是，若一葉一直以來都是透過杜鵑得知自己的動態，難保婆娑之言不會輾轉被一葉獲知。一葉如此聰明，肯定會懷疑單純介紹校園歷史的館史室為何會有長老收藏……

婆娑說出自己的懷疑，魔蝠長老一邊搔著腦袋，一邊說：「就算一葉那麼敏銳，察覺館史室有暗門，但隱形之門需要特殊祕鑰才能開啟，他是如何竊取到鑰匙？據我所知，這麼多年以來，館內長老包括我，從未遺失過祕鑰。」

「偷雞摸狗……」婆娑想起一葉之語，推測說：「也許，一葉讓誰做了一些偷雞摸狗的事情。例如，他身邊有個叫做燈猴的妖怪，個性非常狡猾，擅長利用小聰明達成目的。或許，燈猴利用了某種特殊方式，順利進入長老祕櫃，並且竊取母親筆記書中的資料。」

「但是，我並沒有發覺筆記書被偷。」

「也許，闖入者謄抄了資料？」

「唉，這也是一種可能性。」

「如果事情真是如此，那麼我就是洩漏祕密的罪魁禍首啊！如果不是我多嘴，也不會引發這麼多災難……」婆娑萬分懊悔，不斷怪罪自己。

「你別這麼說，畢竟誰也不知道幕後黑手是一葉，連杜鵑也被蒙在鼓裡。被欺騙者只是受害者，有罪的是騙子！」

「長老……」

長老唉嘆連連：「而且，我也同樣有罪，責無旁貸！我知曉你母親設下的新封印可以再撐持百年時光，所以就疏忽了關心。而且我將你母親的筆記放入祕櫃之後，也沒有時時刻刻關心筆記的狀況。因為新封印的百年期限未到，我就放鬆了警戒，導致這一連串的災禍……」

眼見魔蝠長老垂頭喪氣，不斷扯抓自己的兩串白鬍子，婆娑心有不忍，趕緊問起另一個問題。

「阿爺，你知道我這四顆珠子的來歷嗎？」

魔蝠長老仔細觀察婆婆手上的四顆異珠，它們互相碰撞時，不只散發出晶虹色的閃光，更會傳出一陣悠悠的歌聲。

魔蝠長老點點頭，答道：「這是你母親精心製作的日月珠，珠子中的景色，都是她日日夜夜飛越鯤島時，她所見到的一景一物。她利用靈力投影，將這些景色置入珠子裡面。除此之外，她也將自己的歌聲收納其中。她來祆學館拜訪我的時候，特別將幾顆日月珠借給我欣賞一番。她說，這是要送給地牛的禮物。我以為，日月珠應該會留在地牛那邊。可是聽你這麼講，我猜想，當初她分散靈力至四處封印石的時候，這四顆珠子可能隨著她的靈能流轉，藉由靈力共鳴相吸的原理，意外跑到四處龍穴之中。」

婆婆想了又想，再度詢問一個問題。

「阿爺，請告訴我，母親的名字。」

「唉，瞞了你這麼久，確實該讓你知曉母親之名。聽好了，你母親的名字就是——金翾。」

間奏曲：夢

黑暗。

安靜。

濕泥的氣味。

沉悶的氣味。

漫無邊際的闃闇中，有時候會出現窸窸窣窣的摩擦聲，或者是怪異的唧唧聲，彷彿低語的聲音。

雖然漆黑一團，但我只要緩緩睜開眼，朱赤目光所落之處，就會照出一片暗紅色的反光。模糊之中，我也能依稀見到眼前事物。

一根一根的長條狀真菌，靜悄悄地布滿前方，彷彿是柔軟的地毯。遠一點的石壁上，也攀爬著一整片毛茸茸的怪異蕈菇。

有時候，石壁上方會滲水。

一滴又一滴的水珠，滴下來的聲音，叮叮噹噹，極其好聽，像是一首誘惑睡意的安眠曲。不過，就算再怎麼悅耳，也比不過她的歌聲。

這時，摩擦聲再度響起。

長久以來趴伏於地的我，瞇眼細瞧，原來是甲殼形狀的小生物，正在我前腳附近竄動。有一群長腳昆蟲被甲殼生物驚嚇到，於是慌亂地爬來爬去。

有時候，會有蛇誤闖此處。不過，這裡沒有太多食物，蛇類通常爬了一圈之後，自討沒趣，就會滑著細長身軀，慢慢離開這座洞穴。

這裡是一座很大很大的洞穴。

而且，洞內永遠一片昏沉，暗無天日，我並不知曉這座洞穴究竟有多麼寬廣，我的目光也無法觸及洞穴所有地方。不過，我的身軀極為龐大，如同平地一座小山丘那樣。所以，能夠容納我的這座洞穴，應該更加巨大吧。

我在這座洞穴之中，待了很久。

對我而言，時間沒有任何意義。

無止盡的陰晦、濕冷，是這座洞穴的日常。

她常常問我：「孤獨在此，難道不會寂寞？」

我總是困惑萬分。

我不明瞭她的意思。

自從我漸漸有了清楚的自我意識之後，這座洞穴就是我的日常，這座洞穴就是我的世界，也是我的家。

我不覺得有何不妥。

倒是她的話，讓我開始思考起「寂寞」是什麼意思？

她是我尊敬無比的教師，不只將語言傳授給我，也教會我許多知識與道理。

不過，關於寂寞的定義，我始終無法深刻領會。

我認為這是一個很困難的概念。

倏然，洞穴上方傳來細微的震動聲。

震動聲越來越大，甚至有許多小石礫從頂端落下。

最近，常常出現這種情況，讓我感到極為煩厭。

落下的小石子，砸到我的身上，就像是搔癢一樣，完全不會痛。但是，每當出現這種震動聲的時候，我就渾身不對勁。

空氣之中，好像出現某種扭曲的氣氛。我的身軀，彷彿受到共鳴般的影響，體內開始燥熱不安，心情動盪，胸口持續發熱。

哎……

我緩緩吐出了一口燒灼的熱氣，蒸煙四散之時，我慢慢閉起眼睛，想要嘗試再度入睡。

但是，洞穴頂端傳來的騷動聲，卻越來越響亮，讓我無法順利入眠。

近來，我越來越無法安心睡去。

嗯～～

我不自覺地悶哼一聲，整個洞穴就開始搖晃，震盪不已，四周不斷響起轟然巨音，頂端落下更多碎石，此起彼落，猛砸我的背部。我的身體越來越不舒服。

我體內湧起一陣滾燙的熱流，彷彿即將爆發。

倏然，一陣嘹亮的高音，在陰黯的世界響起。

我緩緩張開眼睛，恍惚之中，瞥見了一道亮麗的七色虹拔地而起，圓弧形的閃光在前方忽隱忽現。

整座黑暗的洞窟，都被突如其來的彩虹光束給照亮，許多蟲子都急忙躲進石縫之間。

奇幻現身的七色虹，彷彿擁有生命一樣，越變越巨大，不停膨脹起來，幾乎快要觸碰到洞穴的最頂端。虹色越旺，洞頂的怪異震動也越來越減弱，終至停歇。

我緩緩調節自己的呼吸，終於不再被那陣怪異的震動所影響。

幻夢般的彩虹之中，傳來一連串高亢、清澈的鳴唱聲，音律和諧，曲調悠揚。

伴隨著如歌嗓音，一抹彩影從虹橋中翩翩飛出。

歌曲停歇之時，清亮嗓音出聲發問：「毗舍邪，你又失控了？」

我瞇著眼，望向輕盈飄飛的鳥妖。

我隨意呼出一口氣，對方便藉由蒸騰熱氣的緩衝，順風降落於我的前方。

如往常一樣，我催發一陣魂音，在意識空間之中，傳遞出我的無聲之語，與鳥妖進行心靈上的意識交流。

「這並非我的過錯。」

「我知道，這是人族滋事，損害了靈氣流通，造成這些異象，並且影響了你。唉，真是有些麻煩。」

「真稀奇，妳竟會哀聲嘆氣。」

眼前的鳥妖，端麗容顏，猶如仙女下凡。她捧著一只竹籃，一身金黃羽衣，背後雙翼則是七彩色澤，在彩虹光芒的映照下，更加熠熠發光。

她向我踱步而來，收斂起背後彩翼，將竹籃輕輕放下。

烏妖仰著頭望向我，開口說道：「人族實在越來越逾矩，為了私慾，竟讓鯤島靈氣大量流失，造成陰陽失衡，天地變異。如此下去，終究會惹出禍端。」

烏妖雖然語帶無奈與不滿，但是秀麗的臉龐仍是一貫微笑的表情。

我再度發出魂音：「儘管如此麻煩，嘴裡不斷嫌棄，但我猜想妳最後依然會義無反顧，努力處理此種麻煩事。」

烏妖挑了眉，端詳著我，說道：「沒想到這兩百多年以來，你變得越來越伶牙俐齒。」

「不是伶牙俐齒，只是越來越了解妳。金翾，妳一直以來，都是這樣的性格。」

「哦，是什麼樣的性格？」

「同情心氾濫，無法袖手旁觀，對一切樂善好施。就算如履薄冰，心知危在旦夕，仍要貫徹心中的意念，犧牲自我也絕不推遲。」

「呵呵，我哪有這樣？你的說詞真誇張。」

「若妳並非如此，那麼一開始，妳就不會親身涉險，嘗試與我進行交流，甚至願意傳授我世間之理。」

名為金翾的烏妖，嫣然一笑，說道：「你確實越來越伶牙俐齒，能言善道。」

「這都是妳的功勞。」我瞇著眼，望向前方的璀璨光芒，問道：「這一道七色光線，應該就是妳曾經說過的『虹』。為何會出現於此？」

「因為，第二顆日珠已經製作好了。」金翾舉起左手，手掌心有一顆小巧玲瓏的珠子，呈現白潤晶瑩的色澤。珠心透出一道朦朧的光彩，往外折射的澄輝光線不斷擴展，向上延伸，最後形成了矗立於洞穴中的巨大虹橋。

「妳的手藝真是嘆為觀止，連虹影也能收納進珠子之中。」

金翾伸出右手，手掌上還有兩顆圓珠，一黑一白。她說道：「不只是虹，世間風華百態，皆能藉由我的靈能，收納進日月珠子之中，並且投影出來。如今，已經製作好兩顆日珠、一顆月珠。再經歷十次月圓的時間，第二顆月珠也會完成。」

「妳曾經解釋過，日月珠容納了鯤島每一處的風景，那都是妳每一日、每一夜飛繞島上所見景致。日珠專門收納白晝畫面，月珠則蘊含夜晚風光。我很清楚，製造奇珠，需要凝聚極大的靈能。其實，妳不需要耗費如此大的心力。」

「這不是收禮者該說的話。」金翾笑盈盈地將三顆珠子放在我前方的地上，講道：「你在這座洞穴中，應該很寂寞吧？我製作這些珠子，就是為了讓你看一看島上奇山秀水的風景。雖然，你一步也無法離開此處，但是藉由這些珠子的投影，你能盡情欣賞大千世界，山光水色一覽無遺。」

「我已說過，我不明白『寂寞』的意義。所以，我無法回覆妳的假設問題。」

「唉，我怎麼會教出這麼一板一眼的學生？真不知道是哪個環節出了差錯。」

我低首察看前方的數粒珠子，好奇盯著珠內收納的鯤島風景，不禁點點頭說：「珠內風光，確實廣闊無垠。」

「你若喜歡，就不枉費我一番辛勞。」

我將目光轉向鳥妖，瞅望了一會兒。

「怎麼了，為何不說話？」

「其實，妳不需要做這些事情。妳也不需要教導我知識，更不需要處處為我著想。妳應該非常清楚，妳的職責只是一名獄卒，而我則是被禁閉於此的囚犯。妳的所作所為，跨越了妳的本分。」

「你這麼說，也沒錯。」金翾神情輕鬆，仰著頭眺望洞穴內的七色虹橋，緩緩訴說：「不過，賦予我看守職責的祆羅，早已寂滅多時。身為祆羅的後繼者，我有權利決定我該如何做。毗舍邪，你是一個擁有智慧的個體，而不是一個只會帶來毀滅的禍端。當初，我無意間窺探到你的魂火藏有靈性，認為你潛力無窮，所以才願意花費心力與你深入溝通，更將知識傳授與你，讓你領悟天理物情。這些年來，你渾身戾氣早已漸漸消弭，甚至通達事理，懂得靈敏思辨。我認為，你已經不再是那個恣意妄為的恐怖魔物了。如今看起來，我的決定十分正確。我不後悔教導你，也很高興與你成為朋友。」

「朋友……」

「所謂的朋友，就是信任彼此，願意為對方付出的一種情誼關係。」

「妳不需要特別解釋，我知曉這個詞語的意義。」

我仰望著表情堅毅的鳥妖，慢慢回想起當初的情景。

最一開始的情景。

意識初始。

那時，我不知自己身處何處，所見所聞皆是一片黑暗與寒冷。那樣的暗冷，與現在的環境截然不同。不久之後，我的身軀開始混雜一種更深邃的……憤恨。

事後回想，我才知曉昔日我曾漂浮於宇宙之間，而後重重墜落於地面。墜落當下，我全身燃燒著無名焰火，靈魂則充斥著不知所以然、不知緣由的一股憤怒。

那時，我非孤獨身。

——吾將見證，汝之未來。

詭異的語音在耳畔不停迴響，那時候我還不知道這段話語的意涵，直到認識烏妖之後，慢慢回想當初，我才知其意。

那時，我睜眼所見，盡皆焰火，地盤震盪不已，排山倒海的咆哮聲不絕於耳……那是我的吼叫聲。

我不明白自己為何要嘶吼，我只記得當時的自己，渾身充滿著氣憤的情緒。但是，怒從何來？我不明白。我只感受到胸膛充滿一股暴躁的無名火，壓得我幾乎喘不過氣。

為了宣洩無邊無際的憤恨，排解胸口的沉重壓力，我仰天怒吼，甚至想以頭上的雙角鑽刺蒼穹。

我抬起巨蹄，不斷往前奔走。

群山搖晃，黃沙彌天，舉目所見，都讓我感到無比憎恨。所以，我想抹除眼前任何事物。

——汝即滅絕，乃是天意……

不連貫的古怪話語，讓我的瘋狂越滾越烈，我的步伐越重越急，紅色的血花濺滿我的四足，無數生靈在我蹄下哀鴻遍野。

但是，無論如何發洩，我胸中的熱火卻永遠無法平息，反而越來越熾烈。當時的我，心頭慢慢湧起無止盡的困惑。

為何怎麼做，我都無法滿足？

我不知道如何面對困惑。所以，我只能選擇，毀滅一切，期望最終也能熄滅我心中不斷燃燒的無名焰火。

此時，一陣悠揚樂音憑空而降，我詫異地停下腳步。

一名白髮女子，吹著葉笛，正與我的吼聲相互較勁。

這是我命運改變的時刻。

「你在想什麼？竟然想得那麼出神。」鳥妖的話語，將我拉回現實。

「我突然回憶起，最早與祆羅會面的時候。彼時，妳也在場。」

金翾有些驚詫，說道：「你知道我在場？當時，你已經被祆羅制服，我以為你已經失去了意識。」

「祆羅以法螺寶器的靈音制住我的行動之後，我確實意識渙散，眼前一片昏黑。不過，我在暈厥之前，感受到現場另有一股異樣氣息。後來，認識妳之後，我才知曉，那是妳的氣息。」

「嗯……原來如此。回想當時，你被我們擒回後，昏迷了好幾年的時間。」

我不禁呵呵笑起，喉間的震盪猶如雷響。

「精確來說，那並非昏厥，而是被催眠了。祆羅手中的法螺寶器，具備奇能妙法，能夠壓抑住我體內躁動的魂火，強制使我進入睡眠狀態。」

「沒想到你連這件事都知道？真是使我驚訝。」

「自從妳開始教導我，妳就應該明白，我將會得知許多事情。例如，妳曾說過，我乃天降異石孕化而生。因此我猜想……法螺寶器之所以能夠克制我，就是因為它的材質同樣也是天外隕石。」

「你能舉一反三，實在出乎我的意料。」

「但是妳的臉龐，沒有表露出意外的情緒。」我再度呵笑，吞吐著龐大的氣流，揚起一陣沙塵，「妳不怕我得知真相，試圖找尋法螺的破綻，甚至嘗試脫出這座監牢？」

金翾以澄淨的眼眸，凝望著我，緩緩說道：「毗舍邪，你擁有毀天滅地的能力，危害甚鉅。當初，袄羅雖然想將你徹底消滅，卻苦無辦法。任何靈能異法施加於你，皆無作用，頂多造成皮肉之傷罷了。迫不得已，袄羅只好讓你繼續沉眠，並且耗費多年光陰，極力匯聚鯤島的地脈靈氣，辛苦構築了一座牢不可破的封印結界，將你永久禁錮於此。當你沉睡之際，我施展靈心術，進入你的意識空間，想要了解你究竟從何而來。當時，我窺見你的靈識是一團永不知足的焰火，無時無刻渴望著吞噬一切。但是，那樣狂亂肆虐的烈火之中，我卻也看見了無窮無盡的潛能，以及一絲幽微薄弱的靈性。我思量許久，才向袄羅提議，讓我負責看管你。那時候，我便下定決心，護你周全。我無法眼睜睜望著那一絲靈性，因為焰火猖獗而灰飛煙滅，最終消失殆盡。因此，我說服袄羅，暫時停止你的休眠狀態，將你喚醒。所以，我相信你，絕不會辜負我的用心，更不會破壞我們之間的信任關係。」

「妳的信任，始終讓我感到匪夷所思。」

金翾咯咯笑道：「一開始，當我進入你清醒的靈識之中，嘗試與你對話時，簡直是酷刑。你絲毫不肯聽我說話，反而讓意識空間內的焰火猛烈狂燒，差點損傷了我的魂識。」

「那時，我雖醒轉，但全身依然動彈不得，只能在意識空間內，憤怒注視著妳。當時的情景，我也記憶猶新，難以忘懷。」

「我根本不想回想，當時究竟忍受了何種煎熬。不過，你為何要記住那時的場景？」

「因為，那是我第一次聽聞妳的歌聲。那時候，為了平息我的怒火，妳開始了不可思議的詠唱。妳的歌聲，讓我騷動不安的靈識穩定下來。」

「當時，可費了我許多功夫。」

「所以，我對妳一直心存感激。若非妳執意與我溝通，也不會有後來的教導之恩。」

我遙想昔日，自從受到金翾鳴歌的感召，我在意識空間內，暴躁的靈識逐漸安定下來。金翾的歌聲，擁有不可思議的魔力，竟能短暫平息我胸口內焦灼燃燒的怒火，讓我獲得片刻的寧靜。

在那樣的寧靜中，我狂暴的情緒慢慢平復。我開始嘗試聆聽，對方究竟想要跟我說什麼？因此，我與對方有了和平的交談。

每一日，她都來到這座洞穴，一步一步嘗試與我對談。

與她的談話中，我從一無所知的狀態，逐漸學會了許多知識，也學會了語言的概念。同時，我也習得催發魂音的技巧，能夠傳遞無聲之語言，以意識交流的方式，與她進行更深層的對話。

最早開始，我們是用古代的語言交談。過了許久之後，她說這種語言在靈界已經被正式稱為古袄語，命名理由是為了讚揚武神袄羅的功績。到了最近，她開始教導我學習一種新的語言，她說這種語言已在人靈二界流通，為了與時俱進，我們也開始以這種新語言來交談。

在漫長的歲月中，我們不斷地交談，分享彼此的想法。從一開始渾渾噩噩，我逐漸懂得辨認自我與他者的不同。我也意識到，我進入這座洞穴之前，曾經對於地上世界造成了何等殘酷的破壞。

我終於理解了我自身的處境，以及我為何會被關禁於此。

我曾經，對於這樣的境遇感到不滿。

但是，每當金翾展翅飛來，我便雀躍不已，渴望聆聽她美妙的樂音。每當她翩然離去，前往地面巡視島內安寧，我就開始不斷盼望她下一次的來臨。

最終我發現，我並非被禁錮於此，而是為了與她相遇而停駐在此。

我心滿意足。

我低頭望向前方的三顆圓珠，珠內世界光彩流轉，使我目眩神迷。這就是金翾在島上生活的風景，我曾短暫停留過的地面世界。如此美麗，充滿生之喜悅，我很慶幸當初沒有毀滅這麼美麗的景色。

此時，金翾彷彿想到什麼，猛不防談起：「那麼，你還懷念太歲嗎？那位與你一同降臨這個世界的異質存在。」

我莞爾笑起，滿不在乎地側著頭說：「若非妳刻意提起，我早已將他遺忘許久。」

「我曾窺視過你的潛在靈識，得知你與太歲皆是天外異星。你們的本質，並不屬於靈界或者人界。在某種意義上，他可以說是你唯一的親人。」

「但，我對於那段記憶，卻感到萬分模糊，極為陌生。確實，我依稀記得，在太歲的帶領下，我足踏烈火，一吹氣就搖撼山林萬物。不過，那段日子早已是久遠前的記憶。太歲於我，早已互不干涉。對我而言，我很滿足現今的一切。能與妳說話，聆聽妳說一些有趣的事，以及妳的歌聲……如今我眼前這一切，才是我應當重視之存在。」

正當我們閒聊之際，此時，日月珠子旁的竹籃，突然晃動了一下。

我提醒金翾：「妳冷落孩子太久了。」

「呵，與你閒聊，都忘了照顧他。」

金翾稍微掀開竹籃上的薄布，裡頭是一名幼小的孩兒，正在熟睡。

在璀璨虹光的照耀下，孩兒的臉龐閃著紅潤的光澤。與金翾同樣，幼兒背上也有一雙美麗無比的翅膀。

「我以為他醒了，原來只是翻身繼續睡。」我注視著這名孩子，他的眼皮依然緊閉，「妳說過，這次要帶他回鬼市走一走，行程是否順利？」

「非常順利，他在袄學館內玩得極為開心，一直拉著魔蝠長老的兩串鬍子，甩來甩去。不過，他玩得太累，離開後就一直呼呼大睡。」

「我能想像那樣的情境。畢竟，他也常常拍打我的腳蹄。妳的孩子真是十分好動。」

金翾蹲下身，扶著竹籃，以慈愛的眼神關心孩兒的狀況，說道：「他應該做夢了吧。他做夢的時候，經常翻身，才讓籃子左搖右晃。」

「如同他的名字一樣。婆娑，盤旋舞動的樣貌。他在夢中，應該正在飛翔吧！妳當初給了他這個名字，是否希望他能一飛沖天？」

「你只猜對了一半。」金翾輕輕搖晃著竹籃，籃內的幼兒睡姿甜美，「我的前半生，優遊於靈界黑海。之後，我來到人界鯤島，與祆羅共同平息各地魔禍，齊心守護島嶼的安寧。你被我們降伏之後，我便成為你的看守者。婆娑之洋，華麗之島，靈界與人界，皆為我的家鄉。雖然我的夫君是人族，我的孩子也在人界誕生，但我始終冀望，我們的孩子勿忘婆娑黑海的故鄉。並且，我也很期盼，他未來能自由自在地翱翔天際，任往東西。」

「抱歉，我無意讓妳回憶起妳的夫君……」

「你無須抱歉，別緊張。」金翾淺淺一笑，「夫君生前，我們對彼此的分離，早有準備。他離世之後，我的心境依然不改。妖族與人族的命壽不同，我們都深知此事，也共同度過了一段歡快的日子。」

「儘管如此，我仍遺憾，最後他魂火熄滅，並非自然。若妳不需要定期來此看望我，妳當時肯定能阻止山洪爆發，他也不會遭受水禍襲身……」

「毗舍邪，勿將過錯都攬在自身。夫君逝世，雖令我悲痛，但那是天地之災，靈數命定，無所怨尤。因此，我最大的期盼，便是努力扶養此兒，護他一生平安成長。同時，我也會堅守我的職責，看守你的存在。」

金翾一邊說，一邊將竹籃上的薄布完全掀開。竹籃原來有上下層，上層是孩兒，而下層的籃子內，赫然置放一枚青綠色的大西瓜。

「這……」

金翾笑盈盈地解釋：「上回，你不是對陸地上的西瓜讚不絕口？所以，我特地向小販買了西瓜給你。不過，這次只有一枚而已。」

我瞇望著眼前的西瓜，回想起上回品嘗的滋味。

雖然瓜果極為渺小，塞我的牙縫遠遠不足，但是它們瓜殼內的肉汁灑於舌尖的清涼，讓我頗為驚訝。

突然之間，我察覺怪異，向金翾反問：「上一次，妳是以空間轉移靈術，將數百粒瓜果移置此處。空間轉移的咒法，向來是妳最為擅長的本領。為何這次，妳不施展此術？」

「這……」

「難道是前陣子，為了制服失控的我，妳耗費太多靈力？」

金翾嘆了一口氣，向我坦白：「確實如此。那時，為了壓制陷入狂亂的你，我已將靈能消耗泰半。但你無須太過擔憂，再過數日，我的靈力就會恢復如初。」

「這一年來，天地之間的靈氣流通越來越混亂，鯤島地脈之氣也開始紊亂搖擺。躁動不安的地氣，甚至影響了洞穴中的結界。受其滋擾，我體內安分許久的魂火，逐漸失衡動亂，竟然開始產生崩亂之象。妳雖然能以靈謠咒歌安撫我的精神，但我已經越來越無法控制自己。前一陣子，混亂的地氣，甚至讓我一度失去控制，在無意識的狀態下，試圖衝撞封印。我問妳，妳當時花費了多久的時間，才終於穩定我的靈識？」

「七日七夜……我不斷吟唱靈謠，施以各種高等靈術，努力調和你體內躁動的魂火，才總算讓你恢復冷靜。」

「實話實說，我極為擔憂未來的狀況。」

「你不須太過憂心，我已有應對之法。」

「難道妳已找回失落的法螺寶器？」

「不……我並沒有尋回法螺。自從祆羅寂滅之後，法螺寶器便不知所蹤。多年來，我四處尋覓，卻是一無所獲。如今，想要藉由尋回寶器來壓制你，可能緩不濟急。」

「原來如此。那麼我想，妳這次回返鬼市，應該是向祆學館的諸位長老們諮詢解決方法吧？」

金翾苦笑，點了點頭。

「那麼，結論是？」

金翾搖搖頭，緩緩說道：「結論是，祆學館無法協助我們。因為，鯤島靈氣失衡的起因，乃是人族恣意妄為，破壞天地陰陽之間的氣息流通。祆學館認為，這是人族惹出的禍端，應由人族解決問題，與鬼市妖怪無關。」

「獨善其身啊……」

「也不能這樣說。畢竟，靈界與人界之間的聯絡，已經中斷許久。鬼市眾妖不想插手人族之事，也不難想像。」

「雖然我身處鯤島地底，但我很清楚我自身擁有的破壞力。若是我徹底失控，不只人界會遭殃，我甚至可能衝破人靈兩界的界線，禍及靈界空間。」

「統掌祆學館的諸位長老們心意已決，就算魔蝠長老為我說話，也無法改變他們最終的決定。」

「我聽妳說過，祆羅創立學館，除了想培育靈界妖怪之外，更希望學館能夠負擔起溝通人靈二界的橋梁。如今看來，祆羅的心願並沒有延續下來。」

「身為被祆羅降伏的魔獸，你竟如此顧念祆羅的理念，實在讓我驚訝。」

「我並非顧念誰，我只是就事論事。」

「你呀，果然太過一板一眼。我實在想不透，為何會將你教成這幅模樣？」

「只要天地靈氣紊亂的問題無法解決，如此一板一眼的個性，很有可能瞬間變臉，恢復成那隻凶悍殘暴的野蠻怪獸。我們必須快點想方設法，阻止這件事情發生。妳方才說過不須擔憂，究竟何意？既然祆學館無法協助，難不成是妳先前提過的鬼市聯盟組織『奏靈殿』可以協助？」

「我認為奏靈殿的態度，也會與祆學館相同，不會輕易出手。」

「唉……看來此事難以順利解決。人族刻意攪亂靈氣流通的行為，已然進行了好幾年。等到我們察覺之時，為時已晚。流失多年的靈氣，不可能立即修補。混亂的地氣，除了會減弱封印的能量，也會引爆我體內潛藏已久的戾氣。最終的狀況，封印甚至會被破解，而我也會受到影響，變回凶惡猛獸。如今，在束手無策的情況下，妳還有何應對妙法？」

「我說過了，你無須煩憂，我自有方法應對。」

金翾的性格，通常是有問必答。就算她不知解答，也會說等她查明之後再向我回覆。一直以來，我們都是如此的相處模式。所以，我才會在彼此的對話中，逐漸習得各種知識。她昔日曾言，她若沒有成為我的看守者，可能會在祆學館內擔任祆教師一職。我認為她很適合那個職位，因為她教導我之時，總是不遺餘力，有問必答，毫不厭倦。

但是如今，她卻拒絕答覆我的疑問，態度斬釘截鐵。

我感受到極不尋常的氣氛。

我試圖移動我的四足，但是受限於祆羅的無形封印，我完全動彈不得。儘管如此，我仍盡力抬起巨蹄，鼻孔噴出一團團燒熱的蒸氣。

「毗舍邪！你怎麼了？」

「我並沒有失控。」

「那麼為何……」

「我雖長年禁錮於此，但早已不再懵懂無知。我知曉，妳有事瞞我。除非妳坦白，否則我會繼續嘗試掙脫祆羅設下的封印。」

我再度使勁，驅策全身靈力，催發體內源源不絕的能量。

瞬間，我的周身燃燒起熊熊焰火，熇蒸熱氣急速升騰。

我高聲怒吼，嘶吼的音波往外擴散，讓整座洞穴搖撼不已。

「妳放心，我不會傷害到孩子。」

「毗舍邪，你快停止。你明明知曉，你的掙扎毫無作用。」

金翾的勸言很正確。就算我再怎麼努力，絕對無法突破祆羅設下的封印結界。無形的封印極為牢固，就算先前受到紊亂地氣的干擾，目前還是能夠鎮住我的軀體。但是，我並非想衝破封印。我的魯莽行為，只是為了逼迫金翾吐露實情。

我奮力掙扎，受到無形封印的箝制，身軀各處也開始出現大大小小的傷痕，血流不止。一片蒸騰熱霧中，我喘著氣，凝視著金翾。

眼見我不肯罷休，金翾振翅而起，一下子就飛到我的頭頂上方，開口吟唱悅耳的旋律。充滿魔力的音調中，我的掙扎慢慢緩和，周圍的高溫也逐漸冷卻下來。

「毗舍邪，你還不罷休？」

「只要妳不說明原因，我就不會安分守己。」

我的執拗眼神，似乎讓金翾心意開始動搖。她知曉鬥不過我的牛脾氣，只好拍拍翅膀飛回地面，慨然而說：「好吧，如你所願，你莫再掙扎。」

我大口喘氣，慢慢趴坐回原本的位置。方才受到結界封印的壓迫，我頓時頭昏腦脹，眼前一片昏黑。

「你還好嗎？」

「無妨，休息片刻即可。」

「唉……」金翾低著頭，俯視著地上竹籃中的孩兒，過了一會兒，才再度說話：「其實，這是最不得已的方式。」

「究竟是何法？竟讓妳如此不情願開口。」

「因為，這是最無奈的對策，我希望事情不會走到這一步。」

聽聞金翾之言，我仍舊不知原因。

「請妳說清楚。」

金翾說道：「方法很簡單，就是再度施加新的封印。」

這個解決方法，聽起來極為合理，並且可能是最簡單也最直接的方法。

鯤島靈氣劇烈流失，才會讓地氣陷入混亂，進而影響了洞穴中的封印結界。既然祆羅的封印不穩定，那就再度添加新的封印，問題當然迎刃而解。

但……我卻不寒而慄。

我已然知曉金翾吞吞吐吐的緣故。

我抬頭仰望著洞穴上方的七色虹橋，考慮了許久，才說道：「武神祆羅，據說是靈界有史以來最為強大的存在。我曾與祆羅一戰，所以很清楚武神稱號並非空穴來風。但是，就算是這麼偉大的妖怪，卻在設下這座封印之後，悄然寂滅。儘管妳未曾向我詳說祆羅逝世的情形，但我大概能夠猜到原因。我很清楚，祆羅為了建構這座堅不可摧的封印，幾乎耗費了所有的靈能，才將我禁錮於地底。靈能若耗盡，等同魂火熄滅，無可挽回。這座封印的代價即是……祆羅之死。」

金翾靜靜聆聽我以意識能量發出的魂音，絲毫沒有想要插嘴的意思。

於是，我繼續緩緩訴說：「若我沒有猜錯，妳若要施展新的封印，勢必折損妳體內許多靈能。但妳的靈能，尚無法與祆羅相提並論。妳若強行施行此法，便是以命相搏。金翾，妳是我可敬的導師，我不能眼睜睜看妳如同飛蛾撲火。」

語畢，對方沒有任何反應，仍舊靜靜低著頭俯望著籃中熟睡的幼小孩兒。

「妳要想清楚，妳還有孩子要照顧，不可意氣用事……」

當我想要繼續勸說時，金翾突然抬起頭，表情平靜而淡漠地說：「兩百多年前，我想接下看管你的職責時，祆羅提出一個條件，說我必須接受這個條件，她才會願意讓我擔負責任。」

「祆羅提出何種條件？」

「祆羅向我說明，她設下的封印確實如同銅牆鐵壁，可以徹底困住你源源不絕的熱能戾氣，但是她也坦承……此封印並非長久不壞。她已預知，三百年後，天際將有日蝕異象，恰巧是陰陽渾沌不明的時刻。屆時天地將會產生巨大異變，封印力量也會受到干擾而衰弱。雖然不知封印的能量究竟會減弱多少，但是為了以防萬一，屆時必須重新施加另一道封印，以防你會衝破衰弱的封印，藉此脫逃。」

竟是如此，我不敢置信。

我瞪大了眼睛，緩緩吐了一口氣息，想要平息情緒，但內心卻騷動不止，一滴又一滴淚水順著我的面頰滑落。

原來如此……

當金翾成為這座洞穴的守護者之後，她便注定要在三百年後，延續祆羅意志，以自己的性命作為犧牲的代價，重新施加一道新的封印。

我內心感到氣憤不已，闔上眼，沉思片刻之後，才再度睜眼注視著她，語帶不滿地說：「豈有此理？妳不應該答應這種條件。妳竟然……如此愚蠢！太愚蠢了！」

我強忍心中的悲痛，卻對此事無能為力。

若我能夠控制自身的能量，就不需要待在這座牢籠之中。但我很明白，我這段日子之所以能夠維持冷靜與理性，其實都是依靠洞穴封印的壓抑，以及仰賴金翾靈能的引導。一旦祆羅的封印衰弱或消散，我很有可能立即就會失去理智，無法掌控體內狂暴蠻橫的巨大能量。

所以，就算金翾讓我擁有智慧，我再也沒有傷害他者的想法，我也不能擅自離開祆羅設下的封印結界。

但，我沒有想過，為了要繼續維持這座封印，金翾未來勢必要以自身的生命作為代價。

這實在……太過殘忍。

「毗舍邪，你應當理解，我的命運從一開始就已經定案。」

「妳為何現在才說出此事？」

「早說，或晚說，都會經歷同樣的過程。」

「唉……」

「毗舍邪，你無須自責，這是我自願的選擇。」

「我很抱歉……因為我無法控制自身能量，才會連累於妳。」

我陷入回憶之中。從一開始，或許我就不應該與金翾交談，也不應該學習各種知識，擁有獨立思考的智慧。我被祆羅捕捉之後，我的存在就應該被徹底消除。

就算祆羅找不到消滅我肉身之法，我也應該可以嘗試如何自我毀滅。

如此一來，我就不會認識金翾，也不會懂得思考的樂趣，更不須面對她的離去……

「毗舍邪。」

沉浸於感傷的我，始終沒有聽見耳畔的呼喊。

「毗舍邪，你醒一醒！」

迷迷糊糊的我，靈思渙散，在金翾的呼喚聲中，才逐漸回過神來。

「怎麼了？」

「你振作一點。我跟你坦白此事，並非期待看見你頹喪的表情。」

「難道，已無其他解決方法？」

金翾搖搖頭，為難地說：「雖然目前無法想出更有效率的做法，但是……在事情演變到最壞的情況之前，我會盡力尋覓更為妥善的安排。」

我低下頭，再度凝視著竹籃中的幼兒：「若最終只能採取此法，妳該如何照料此子？我受困於封印之中，連主動觸摸他都沒辦法。而且，再度施加的封印，可能會讓祆羅的原始封印產生質變，對我會造成何種影響，也無法預知。例如，妳的新封印可能會讓我陷入沉眠狀態，或者讓我的意識空間與外界完全阻隔，妳也無法與我進行意識交流。會有哪些影響，現今很難預測。既然妳已經將這個最不得已的辦法視為最後手段，是否也要將後果影響考慮一番？」

金翾點點頭，說道：「我在祆學館作客期間，便與魔蝠長老討論過此事。其實，長老也如你一樣，反對我的決定。但，無論如何，我必須提早安排策畫。所以，我已跟他言明，若是最終迫不得已……在那之前，我會立即施展空間轉移術法，將吾子傳送至鬼市的安全之所，讓他先遠離此處。同時，我也會以金羽異能來製造新的封印。我的靈能無法如同祆羅那樣充沛，所以必須借助龍鯤殘留於地底的龍氣來加強我的封印術，在鯤島靈氣最為匯集的四處龍穴設下封印石，藉由封印石的能力來穩固這座洞穴的封印結界。」

「屆時，妳必須在此地封印我，怎有餘力再去另外四處龍穴設下封印石？」

「祆羅之所以選擇此座洞穴作為封印之地，正是因為此處是鯤島蘊含最多地氣能量的地點，並且可以和鯤島其他龍穴互相串通。如同水往低處流的道理，我不需要親自前去，只要在此處發散靈力，就可以將我的金羽異能傳遞到四處龍穴，並且在四處龍穴製造出獨特的封印石。」

聽聞金翾的想法，我沉吟片刻，才說道：「妳的計畫，聽起來面面俱到，似乎頗為完善。但是，我認為妳的計畫依然有缺陷。而且，是很大的缺陷。」

「我的計畫，何處有缺？」金翾挑眉發問。

「妳的計畫，只是一時。妳的眼光，不夠長久。就算最終，妳以自身性命為代價，順利設下新的封印，但是之後，若還有無法預料的外力動搖了妳的封印，並且讓祆羅的原始封印減弱，導致我再次陷入瘋狂，讓我在無意識之下，順利破封而出，又該如何？屆時，妳早已不在，靈界可能也無人知曉該如何鎮壓我的力量。到頭來，一切努力只是徒勞無功。」

金翾點點頭，緩聲說：「確實如此。你的顧慮，我也思考過。」

「既是如此，為何還要一意孤行？」

「關於此事，我也有應對之法。我跟魔蝠長老商量過了，我們決定留下紀錄，以防未來變數。我已寫下封印的所有資訊，包含當初異星降世、祆羅將你封印之事，以及未來我可能會設下何種新的封印。我將各種訊息，記載於一本書冊之中，這本書冊會由魔蝠長老妥善保管。這項資料，將留給未來接續我等使命的承繼者，作為參考，並預防未來各種變化。至於這名承繼者，則會由魔蝠長老負責找尋。」

我依舊不滿意地說：「就算如此，魔蝠長老也可能無法順利尋獲承繼者。而且就算真的找到了承繼者，承繼者能否藉由妳的紀錄，找出更妥善的封印之法，也是未知的變數。」

「儘管如此，這已經是目前能夠安排的最佳計畫。」

「唉……」

面對金翾坦然無畏的神情，我的心情低落，不知該如何回話。

我左思右想，想要尋找一個更好的替代方案。但，無論怎麼想，卻找不到一個更好的方式。

「你別再想了。不如……你嘗一嘗我帶來的瓜果的滋味？」

「我無胃口。」

「看見你如此煩惱的模樣，我也難受，這就是我不想跟你坦白的原因。」

「既然如此，妳吟唱歌曲給我聽吧！就是那一首妳經常唱的曲子，也是妳哄孩子睡的那首安眠曲……我希望藉由妳的歌聲，暫時忘卻一切。」

金翾和顏悅色，不禁嘴角微笑起來：「確實，歌聲即是一切的解答。」

「妳曾說過，妳在鯤島陸地飛行時，也會吟唱這首曲子。妳的歌聲如此優美，想必島上的人們也很喜愛妳的歌。我猜想，人們可能會將妳的曲調學去，甚至流傳下去。」

「或許真會如此。」金翾笑逐顏開：「若是人族真的學會了我的歌曲，那真是我的榮幸。其實，我也寫下了這首歌的曲譜，交給魔蝠長老，希望吾子日後有機會進入祆學館，長老能將曲譜交給他，讓他學會這首我精心創作的歌曲。」

「聽妳的歌曲如此久，我仍不知這首歌的名稱。」
「此歌曲尚未有名。」
「既然如此，為了紀念我們的情誼，可否由我來命名？」
「你認為此曲，有何合適稱呼？」
我凝望著金翾身後的七彩虹橋，悠悠說道：「百年光陰，恍如一夢，夢中有妳，有虹，有我所喜愛的一切，吾心已足。不如，就以『夢』來稱呼這首包容一切的歌曲吧。」
「以『夢』名之，的確適合。毗舍邪，感謝你為這首歌曲取名。」
「該說感謝的，是我。」
金翾踏前一步，開口吟唱出令我迷醉不已的歌曲。
我注視著金翾，她的笑容燦爛無比，歌聲清亮高妙，一身彩影，如夢似幻。
歡喜時光稍縱即逝，冥冥之中我有預感，此次會面，也許是我們最後一次的深談長聊。
但，我並沒有將這個預感說出口。

第七章 浩劫前夕

二九暝，年暝到，
放炮燒燈猴。
——閩南童謠〈二九暝〉

再次潛入祆學館，終於尋獲珍貴的線索，太開心啦！

此回，將目標鎖定在祆學館的館史室，果真明智，讓我不得不佩服他神機妙算。果然，轉而跟隨他，才是正確的抉擇。

昨日，我穿上祆學館的制服，假扮成祆學士，大搖大擺走進館史室，誰也沒有察覺。我本來以為任務很簡單，但是不久之後就感到非常困惑。

館史室內只有一名警衛，沒有其他參觀者。室內擺放一大堆展示櫃，介紹祆學館的無聊歷史，看起來只是一個平淡無奇的小房間。我繞了三、四圈之後，沒發現什麼異狀，內心失望無比。

難道，他說館史室內有玄機，只是他胡亂猜測？

他雖是人族，但是頭腦一向很機靈，沒有百分之百肯定，絕不會付諸實行。

而且，我若在這裡意外被抓住，肯定會出賣他，將他的祕密計畫告知祆學館眾位長老，藉此換取脫身的機會。我們的合作關係還沒有那麼深厚，他應該能猜出我會有何種背叛行為。但是就算如此，他也願意冒此風險，千叮嚀萬囑咐，叫我一定要來此處搜查。既然如此，這間館史室肯定有什麼值得一查的價值。

我再度審視一遍館史室，左右張望，總算見到一些怪異之處。

房間展示櫃內的物件和書架上的歷史文獻，其實沒什麼價值，但是為何特地要安排一名警衛？那名警衛，應該是叫做天石鬼的妖怪，閒暇時總喜歡將石塊丟擲到半空中取樂。雖然他是個不怎麼聰明的傢伙，但是天生力大無窮，罕有鬼市妖怪能與他硬碰硬對敵取勝。這一間小小的展示室，需要請到武力這麼強大的警衛來鎮守嗎？

而且，坐在門口旁的天石鬼，他幾乎一眼都沒有看向房間中央的展示櫥櫃，反而從頭到尾盯著房間最深處的小角落……

我心有盤算，先不動聲色離開。到了夜晚，祆學館內各處廳院都關閉休息，館史室裡面也沒有警衛駐守的時候，我再度潛入館內。

雖然，祆學館各處設施都有一層又一層的門鎖，還有數名警衛在走廊之間穿梭巡邏。但是對於偷拐搶騙的專家來說，這哪是什麼阻礙？

不一會兒，我就順利闖進館史室，詳細查看房間內最深處的牆壁。果不其然，那裡有一扇被鎖住的隱形之門。

隱形門算什麼呢？先前我也在鬼市破解過一些豪宅金庫，同樣也是隱形門的設計，最後成功盜取一大堆財寶。

原本我以為，館史室的隱形之門，應該也很容易破解。但是事情卻不如我想像的那麼簡單。我幻化出白蠟，讓蠟油自動探入隱形門的門鎖之中，找尋啟動門扇的關鍵。

沒想到，這扇隱形門使用的暗鎖，內部構造極為複雜。我操控蠟油許久，忙得渾身都是汗，才總算觸及暗鎖之關鍵，成功開啟門扉。

門扉後，連接一個小房間，房內收藏許多寶物，看得我眼睛直發亮。但我沒忘了此行的目標，趕緊依照他的指示，先搜尋是否有能夠參考的書冊資料。

翻箱倒櫃一陣子，我在某個木盒內，找到一本筆記書。

太……不可思議！太厲害啦！這本書的內容不就是我們一直以來夢寐以求的重要情報嗎？書中竟詳細紀錄地牛封印之事，甚至連神座大人的來歷也寫得一清二楚。我看得目瞪口呆。

依照他的指示來此搜索，果然大有收穫！哇哈！

我忍住想尖叫的心情，趕緊將書中紀錄，另外抄寫一份。費了不少力氣，總算完工了事。接著，我便將現場恢復原狀，也好好關上隱形門，溜之大吉。

這次探索，過程無聲無息，不留痕跡，而且還滿載而歸，簡直是大獲全勝呀。唯一美中不足，就是破解暗鎖耗費太多時間，走出館史室時，我驚覺已是破曉時分，祆學館即將開門，天石鬼也從走廊另一邊走來，即將抵達館史室。

我腳底抹油，趕緊溜走，嘿嘿！

任務結束之後，我依約來到冥漠灘的古船殘骸處。

閒閒無事，我一邊啃著剛剛從鬼市路邊攤偷摸來的魍豆酥餅，一邊等待墓坑鳥來接我。

霧氣瀰漫的岩岸，看起來晦氣十足，一點也不光亮，絲毫不符合我的風格。不過，就算用餐環境不佳，只要餐點美味，糟糕的環境也可以成為舉世無雙的仙境。更何況，辛勤勞動過後品嘗的食物，滋味更加鮮美喔！

我咬下一大口酥餅，口感甜脆又香醇，哇~不愧是魍豆製成的優質糕餅，足以犒賞我整晚的汗水付出。

我曾跟他提過，若未來計畫當真順利，我絕對會向他邀功，在鯤島廣植魍豆樹，堂而皇之建立起我的美食王國。沒想到，他竟哈哈大笑，點頭說好，還稱許這是個非常有趣的想法。

他一點也不像神座大人那樣死板，很好講話，極好溝通，這也是我決定跟隨他的一個理由。目前看起來，若是繼續跟隨他，反而更加有利可圖。

儘管他是一名人類，但他的能力，絲毫不遜色於靈界眾妖。尤其這次因為他的精準判斷，才能拿到重要情報，我對他真是越來越佩服，也開始覺得也許只有他才能讓人靈二界重獲新生。

一直以來，我只想要活得更加自由自在，不只是不被厭棄而已，甚至期望要被人尊敬、畏懼，成為獨一無二的存在。因此，我才開始想盡辦法，想要破壞現有的一切。這也是我跟隨在神座大人身邊的理由。所以，我一開始對於他老是掛在嘴邊的理想總是嗤之以鼻。

不過，也許是近墨者黑，最近我越來越覺得，他或許言之有理。

只有毀滅，才有重生的可能。

我們面對的，是一個無比汙穢、腐爛到底的世界。萬物自私自利，為了自身的功利，可以隨時不顧他者，隨隨便便就可以拋棄身邊的任何事物，這就是我們面前的醜陋世界……我就是感受到如此無可扭轉的絕望，才有了破壞一切的願望。

老實說，我想被敬畏的心願，當然也只是一種自私自利。

但，他向我解釋，這並非是我的過錯。

——有錯的是群體，因為群體長久以來被餵養了錯誤的觀念。一步錯，步步錯，整個群體都慢慢偏離了正確的軌道。所以，唯有重新再走一遍，才有可能獲得嶄新的契機。

他的高談闊論，我一開始聽到的時候，只當作是耳邊風。

那是他的想法，才不是本大爺的想法咧！

不過，他與我的方向，殊途同歸，而且看似可以攫取更大的利益，走在一塊又有何妨？因此，我才決定轉而協助他。

不過，也許是常常聽他那樣誇誇其談，聽久了耳朵長繭，習慣了，反而也不會太過於嫌惡。

若世界真能轉變成他所說的那樣，其實也不錯。我樂見其成。

我坐在冥漠灘岸邊的礁岩，翹著二郎腿，吃著魍豆酥餅，在等候的閒暇時間裡，想著想著，也想起當時與他第一次見面的場景。

那一夜，我與神座大人一起闖進琅嶠的電曜晶廠。

雖然，我們潛入晶廠，順利進到內部，見到沉睡中的毗舍邪。但，毗舍邪身上的封印太過厲害，連神座大人也無法撼動分毫。最終無計可施，我們只好先行打道回府。

離開晶廠的途中，意外觸碰警報，與國皇族部隊接二連三現身。與他們戰鬥的過程中，我們破壞了專門監禁妖怪的囚室，讓其中一隻妖怪逃逸而出。

那隻名為麒麟颶的妖怪，儘管已被人族關禁多年，全身傷痕累累，但是戰力依舊強悍，並且也協助我們逃離晶廠。

我們一路奔至鳳山城外的一處荒野，才終於躲過皇族部隊的追捕。

本來，神座大人對麒麟颶毫無興趣，但是我想到之後也許可以借助他的能力。於是，我自告奮勇，想替他療傷。

「既是如此，由汝負責。」

神座大人話一說完，舉起右手，四周便捲起一陣旋風，騰空飛起。剎那間，就消失了身影。現場，只留下我與麒麟颸大眼瞪小眼。

實在太過分了。

方才歷經戰鬥，出生入死，我全身痠痛死了，只想要好好休息。沒想到，神座大人卻毫不體恤我，逕自返回地下城，留下我獨自照料遍體鱗傷的麒麟颸。

我只好嘿嘿傻笑，開口說話：「麒麟大哥，你別介意啊！神座大人性格比較孤傲，不太會講話，你別覺得他沒禮貌。來來來，我來幫你包紮傷口……」

「你們的恩義，老夫沒齒難忘。日後你們若有危難，老夫勢必挺身而出！」

麒麟颸點著頭，嘶吼一聲，揚起一雙火蹄，轉身就走。

「喂喂！麒麟大哥，我還沒替你包紮，別走這麼急啊！」

「你們的大恩大德，已經重如泰山，豈敢再麻煩恩公？請放心，這點小傷，老夫能自行處理。」

話一說完，麒麟颸頭也不回，緩步離開。

我搔搔腦袋，自討沒趣，打了一個大哈欠，身子就往後倒臥在草地上，躺著看夜空中的圓月。

神座大人回去了，麒麟颸也走了，我也該離開了。

對了，返回地下城之前，先去附近鳳山城的夜市飽餐一頓好了。看著又大又圓的月兒，我想到了豆內餡的酥餅，不知道鳳山城夜市有沒有類似的甜食……

正當我流著口水，想著晚餐之際，乍然一道叫喊讓我嚇了一跳。

「燈猴，今晚的月亮很漂亮吧！」

我回頭一望，一名身穿皇警隊制服的人類，站在後方的樟樹林中，向我說話。

「好哇，這麼快就追來！竟然還知道我的名號……」

我翻身而起，舉起雙掌，化出數團火球，想將這名敵兵燒成黑炭的時候，對方卻咧嘴一笑，說道：

「別這麼緊張，我只是……」

不等他說完話，我即刻揮舞火球，往他的方向砸去。沒想到他不閃不避，順手揚起一條青藍色的長鞭，我的靈火竟然在半空中瞬間熄滅。

「別急著開戰，我只是想跟你一同賞月罷了。」

「講啥蠢話！」雖然這名人類說話瘋瘋癲癲，但我沒有放下警戒。

「你正在觀察這條鞭子嗎？坦白跟你說，這條長鞭是皇警隊配備最高級的電曜武器，能快速吸收與放射能量，就算你費盡全身靈力，也無法與我抗衡。」

「哼！說謊不打草稿。若真有那麼神通，方才在晶廠內，你們為何不使用？」

「剛才，我故意下令隊員，只拿低等武器來對付你們。你不要有敵意，因為我現在來找你，其實是想跟你談合作。」

「哦？」

聽他這麼一說，我瞇著眼，打量起這名不速之客。

他身材高䠷，面容潔白，外型看起來弱不禁風。不過，他竟然膽子那麼大，想跟本大爺談合作？

當我是三歲小兒？向來只有我騙別人的份，別人哪有機會能誆我？

「合作嗎？好哇，我很樂意喔！」我一邊說話，一邊將眼神偷偷瞄向對方身旁的樹林……

「我很清楚，你擅長火焰靈術，甚至能揉製出堅硬的蠟塊。所以，你覺得我為何會站在一片容易著火的樹林之中呢？」

「我哪知道為什麼？搞不好你是個白癡嘛，哈哈！」

「如果……我是說如果，這片容易燒起來的樹林，只是個幌子呢？只是為了要聲東擊西？你瞧瞧你身後，是一座岩石堆。如果說，岩堆後方，早已躲藏著準備伏擊你的部隊，你覺得會如何？當你的注意力都放在我附近的樹林之時，你覺得伏兵會採取什麼行動？當然，那些伏兵也知曉你擅長火焰靈術，所以他們應該會準備可以有效克制你的武器。當然，以上的說法，都只是假設而已……你可以選擇不相信我。」

「就算如此，你們能耐我何？」

「就算無法立刻制服你，也會讓你耗費許多力氣吧？我只要使用人海戰術，絕對能擊敗你。」

「講那麼多廢話，你到底打不打？」

「我不想動手。」

「你到底想做什麼？」

「如我先前所言，我想跟你……談合作。」

雖然，我很想直接出手攻擊，但是這名人類的威嚇，也有道理。既然他非常清楚我的靈術特性，方才在晶廠內，卻沒有人類針對這點來反制，實在有點古怪。而且，我作為壓箱寶技能的蠟油靈術，對方竟然一清二楚，實在不容小覷。若是岩堆之後真有伏兵，現在我單身一妖，很可能陷入被包圍的局面。就算趕緊去找麒麟颶，恐怕遠水救不了近火。這些考量，實在有些棘手……

「我調查你們已久。你與那名黑斗篷，這段日子不斷襲擊興國各處設施，最終極的目標，應該是想要釋放地牛吧？」

「嘿，你別想阻止我們！」

「如果我說，我想要助你一臂之力呢？」

「啊？」

「當然，我想幫助的，只有你而已。你身邊那個黑斗篷，能力太過於深不可測。跟他合作的話，只是與虎謀皮。所以，我只想跟你合作。」

「你腦袋有問題嗎？」

「我想，一時之間，你不會輕信我的話。」對方微微一笑，拱起手，向我深深一鞠躬，十分有禮地說：「若你願意相信我，明晚同樣此時此刻，我想與你約在此地會面，討論雙方合作的事宜。」

「我憑什麼相信你？」

「我說過了，你可以選擇不相信我。」

正當我抓著頭，摸不清對方底細之時，那名人類再度向我鞠躬，說道：「我的名字是一葉，誠心誠意與你論交。時候不早了，我先走一步。」

名叫一葉的怪人，話一說完，就從容轉身離去，絲毫不擔心我從背後偷襲。

雖然我很想立即送他一團大火球，但我卻無法貿然出手。畢竟還不確定他說岩堆之後有伏兵，究竟是真是假？

我一步步走到岩堆後方，總算看到岩堆附近並無伏兵，鬆了一口氣。

這傢伙，還真厲害。三言兩語，就把我唬住了。

他希望我相信他，但是一見面，竟然就信口胡謅，騙我有埋伏。

雖然他是一名人類，我也不得不點頭讚許他的機智。

他跟我接洽，究竟有何圖謀？

濃烈的好奇心作祟，我最後決定，隔夜再度見他一面。

後來，又經過了數次會面，我總算能夠確定他的企圖。

左思右想，我終於接受了他的提議，願意與他合作。

在他的計畫中，我繼續留守神座大人身邊。只要有什麼行動，就可以慫恿神座大人去打前鋒，達到借力使力的功效。

之後，一葉也帶來了一位夥伴，名叫墓坑鳥，請我在神座大人面前引薦她。

雖然，一葉安排我與墓坑鳥成為神座大人身邊的暗棋，但我也了解，墓坑鳥其實也是一葉用來監視我的眼線。

儘管如此，我並不在意。畢竟，跟在一葉身邊久了，我反而認為他精打細算，才能成功達成目標。

神座大人雖然威力無窮，卻不擅謀事。例如，該如何破解毗舍邪身上的封印？神座大人始終苦無辦法。

但是，一葉卻想了許多對策，反覆思考該如何破解封印。雖然，那些方法最後證實毫無效果。但是這一次，他接獲情報，懷疑祆學館中的館史室有古怪，請我查探一番。沒想到，還真被他料中。長久以來我們心心念念的破封情報，就藏在祕室中的筆記書內。

不管怎麼看，我認為一葉才是最有可能達成目標的人。當初願意幫他，確實是不錯的決定。

嘿嘿，只要一想到計畫快要達成，我就開心得手舞足蹈。

不知感恩的臭人類，等著吧！

到時候，你們就要呼天喊地，哀求本大爺救你們。

屆時，你們都要牢牢記得本大爺「燈猴」這個名字！

一想到這樣的畫面，坐在礁岩上的我不禁噗哧一笑，將嘴裡的鰗豆酥餅噴出了一大塊，真是太糟蹋了。

「你在笑什麼？真噁心！」

冥漠灘上方，一隻赤羽怪鳥在天空呱呱盤旋，對我無禮訕笑。

「妳這隻笨鳥，笑得才噁心啦！」

「你……」

「停戰！現在不是吵架的時候，我有重要的線索，必須趕緊回報。」

墓坑鳥嘀咕數聲，便一把抓住我的雙肩，帶我飛往鯤島。

「這次的情報，不會錯吧？」墓坑鳥狐疑問道。

「嘿嘿，妳等著看吧，接下來……人類就要慘囉！」

1. 渡海

小琉球珊瑚岩洞前的草地，眾妖各自休息。

遭受瘧毒的三妖，閉目養息，一旁還有椅仔姑低吟咒謠，協助他們養神安靈。

婆娑從阿爺口中得知母親金翾之事，情緒翻騰不已。雖然心中千頭萬緒，他依然打起精神，向阿爺繼續探問虎魔一族的狀況。

魔蝠長老方才已經聽聞，琥珀因為得知虎魔一族噩耗，心性大變，滿心憤恨，於是決定協助一葉，想要釋放地牛，向人類進行復仇。

長老唉嘆數聲，說明自己的確曉得虎石峰的悲劇。

「前幾日，山林暴雨，龐大的土石流沖垮了虎魔一族的村落。意外發生之時，虎骨婆婆曾以祕術聯繫祆學館，向館方告知村落危殆情況，請求救援。當時，虎骨婆婆的通訊很簡短，一下子就中斷，老實說，我也不知詳情如何。本來，祆學館不願出手幫忙，因為虎魔村落受災的情況嚴重，若是積極救災，很有可能被人族發覺妖怪們的行蹤動靜。館方甚至還說，此事應該要交由奏靈殿處理。但是，請奏靈殿相助，勢必要通過層層手續，哪能盡速救災？於是，我費了好大的功夫，聯合幾位志同道合的長老，總算成功勸說館方願意前往支援。但是那時，我馬上就收到你們說龍穴封印被破壞的消息，然後鬼市還發生爆炸事件，於是祆學館最後決定先處理鬼市內部的狀況，無暇分身他事。」

「怎會如此……」婆娑心中悲戚，因他原本盼望虎魔的遭遇，只是用來誆騙琥珀的謊言。

「婆娑啊，你別太難過。虎魔一族，雖然凶多吉少，但是仍有一線生機。自從你母親……離開之後，虎骨婆婆操縱空間轉移靈術的能力，便穩坐靈界首席。因此，她或許能在緊要關頭，將虎魔一族轉移他處。逃過一劫的可能性，並非全無。」

婆娑心知，阿爺一番話只是安慰。

他深深呼吸，振奮起頹喪的精神。雖他不知道該如何喚回琥珀，但他會盡一切可能，找回這名昔日的同伴。但，他也不能因為此事繼續垂頭喪氣，反而耽擱不前。

「阿爺，謝謝你。我想，我們現在應該要趕緊前往琅嶠，阻止一葉的瘋狂計畫。」

「對呀，這才是最要緊的事情！還有，我要快點去跟椅仔姑討論一下聯絡之事……」長老像是想起什麼重要的事情，抓著一把白鬍子，匆匆忙忙跑走。

「終於要出發了嗎？」不知何時，蛇郎竟然端坐於婆娑身後的草地上。

婆娑嚇了一跳，問說：「你不是在休息？」

「我身體那麼勇健，早就恢復囉！」蛇郎雙手抱著胸，點點頭，說道：「那首曲子，原來是這樣子的由來……嗯嗯……也就是說，最早編寫此曲的妖怪，就是你母親金翾。後來，不知什麼緣故，人族也開始傳唱此曲。不過，時代流轉的過程中，傳承有了缺漏，最後只剩下曲調旋律流傳於人界。」

蛇郎神情豁然開朗，許久未解的謎題，如今終於解開，他心頭不禁如釋重負。

婆娑想起，不久之前，在雙湖山中，蛇郎向他坦承這首曲子如何拯救了他，也說出他與妻子青兒之間的過往故事。現今，蛇郎終於得知這首歌的來龍去脈，難怪表情看起來一片爽朗坦然。

一首歌，連結起許多人與妖。古歌的旋律如同針線一般，交織於不同的時代。

婆娑心中無限感慨，也很疑惑，當初母親金翾是否預見過，這首歌將會串連起許多命運？

婆娑望向坐在一旁的蛇郎，也很好奇，他究竟是如何看待歌謠的意義？靈界咸信任何生命的運途都由靈數所安排，所以何者會與這首歌相遇，難道也是靈數早已命定的軌跡？

「你曾說過，當你來到鬼市之後，在迎神祭典中聽到靈數歌謠，心生感觸。直到如今，你仍然相信靈數嗎？」婆娑忽然發問。

「靈數靈數，靈之有數，魂火生滅，冥軌鋪路……真是讓人懷念的歌謠呀。呵呵，你怎會問我這種問題？」

「我只是有些好奇。」

眼看婆娑表情認真，蛇郎收斂起玩笑心態。他搔搔腦袋，撇了撇嘴角，身子往側邊一躺，想了片刻才說：「這真是大哉問。畢竟，命運這種事情，誰也說不準。或許，靈數也有它的深奧道理。老實說，活到現在，我還真不知道，靈數是否真的存在？」

「所以……你也無法肯定？」

「嗯～～」蛇郎再度悶聲忖思了一會兒，才開口說：「這麼說好了，就拿曲調來做比喻吧！我到鬼市之後，跟骷髏掌櫃閒聊時，聽他講過一種理論。那個理論說，每種曲調原本就存在於世，處於幽渺神奇之間，平時難以知曉。因此，必須仰賴編曲者、歌唱者、演奏者的能力，將那些曲調召喚出來。」

「我記得，菟蘿曾跟我提起這種看法。」

「沒錯，這種說法，就是菟蘿他們家族提倡的理論。在鬼市之中，這種理論也是大多數妖怪練曲習藝時，首先會被教導的想法。但其實，我在人界浪遊的旅途中，最常聽到的說法，其實會說曲調是被製造出來的。」

「難道，你認為鬼市流傳的理論，是錯誤的看法？」

「呵，我可不認為這世間存在『錯誤』喔！當然，我也不認為有所謂『正確』的存在。不管是靈界還是人界，人類或者是妖鬼，都有資格懷抱各自的理念跟價值，沒有正確，也沒有錯誤。就像是現在，我實在看不慣一葉的所作所為，想要好好教訓他一頓。但是我也認為，一葉確實有他的道理，而我揍他也有我的道理，我們兩者只是剛好價值觀衝突而已，而不是對錯的矛盾。所以，我提起曲調的理論，也不是為了評價孰是孰非。」

「我更加糊塗了，你到底想說什麼？」

「哎！我不認為世上存在『正確』或『錯誤』，無論秉持何種理念，只要認真看待曲調，就能演奏出優美的樂章，這是天經地義之事。其實，我很討厭玄荊世家那樣龜毛的性格……呃，我還是小聲點好了，免得菟蘿聽到。討厭是討厭，但我也不否認，他們有幾位前輩的曲藝還真是驚天動地，難怪他們家族多年以來能在鬼市占有一席之地。在我看來，不論是『製造』的看法，或是『召喚』的理論，其實都只是殊途同歸。」

「但，這兩種說法，應該是截然不同吧？」

「不，我不認為它們有何不同。因為，這兩種說法都是異曲同工，也就是說——與操曲者有關。」

「操曲者？」

「也就是編曲者、歌者、演奏者……等等操曲者。樂曲是否存在，其實前提條件就是操曲者必須存在。若是編曲者沒有寫下歌譜，歌者沒有發出聲音，演奏者沒有營造旋律，那麼這首樂曲就不會存在。」

「聽起來，你似乎還是比較支持人界的說法。」

「呵，好像是這樣。不過，我的想法還是跟人界的說法有些差異。人界強調的是『製造的過程』，但我看重的，其實是『製造者』。」

蛇郎似乎越說越玄，讓婆娑更加困惑，默然而思。

「簡而言之……」蛇郎不禁哈哈大笑，似乎想到了什麼，繼續說道：「就像是當初，若你不曾在冥漠灘頌唱那首古歌謠，那麼我就不可能會認識你。你演唱了曲子，於是連結了你與我之間的靈數。我這樣舉例，你能懂我的想法了嗎？」

婆娑忍不住苦笑，搖搖頭，不懂為何最剛開始是他提問，但蛇郎卻反而用曲調理論來反問他。

「不懂也沒關係，你只要知道，我非常高興能與你相遇，這樣就好了……」

蛇郎說到一半，猝然一陣轟隆隆的聲響由地下傳來，地面震盪不已。兩妖互看一眼，驚覺不妙。

蛇郎拍拍大腿，趕緊站起身子，講道：「看起來，地牛的事情，已經刻不容緩！」

感受到轟然地震，大家連忙聚集在珊瑚岩洞口處。

魔蝠長老站在前方，語重心長地跟大家說：「現在，四處龍穴封印，已經破解。雖然地牛身上，還有祆羅設下的原始封印，但是這道封印的能量將會在日蝕時刻急速衰弱，屆時地牛很可能會趁機衝破封印。若要重新降伏地牛，其實有一個最簡單的方法，那就是利用武神祆羅曾經使用過的法螺寶器，以螺音催眠地牛，讓地牛陷入沉眠狀態。但是，此法如今不可行，因為法螺寶器已經遺失數百年，不知所蹤。」

「難道我們只能束手無策？」林投擔憂詢問。

「當然不是這樣。為了防止地牛脫困，我才與椅仔姑趕來處理此事。」長老一邊撫摸花白大鬍子，一邊慢慢說出原因：「婆娑的母親金翾，曾與我詳細講解過祆羅施加在地牛身上的封印情形，並且告知我這種封印靈術的基本原理。如今在祆學館之中，只有我最清楚地牛封印的狀態。自從大惡災發生之後，我就開始勤練封印術，以防未來變數。經過多年努力，我大致上已經掌握此術的施展方法。但是我年紀老邁，體內靈能跟武神祆羅、金翾相比，更是天差地別。所以，我並沒有辦法成功施展出完整的封印。儘管如此，我依然可以嘗試施展封印術，勉強支撐一段時間，讓地牛行動受制。至於椅仔姑，她是祆學館內靈力最為豐沛的祆教師，而且也習有讓渡靈能的特殊靈術，所以我便請她來協助我，讓我在施展封印術之時，能夠獲得她靈力支援。」

聽聞此言，婆娑驚問：「施展封印術，勢必耗費非常大量的靈能，我母親就是因此魂火枯竭。阿爺，你這樣做，難道也會……」

長老搖搖頭，制止婆娑的猜測：「放心，我不會輕易去送死，所以我才請椅仔姑來幫忙呀。」

這時，灶君發問：「就算長老的封印術有效，但應該無法撐太久。當你的封印術失效之後，又該怎麼辦？」

「我離開鬼市之前，已經跟祆學館說好了。在我的封印靈術失效之前，祆學館諸位長老會在這段時間去奏靈殿申請援助，請奏靈殿派出殿內習有高等封印靈術的妖怪高手一起出動。雖然奏靈殿對於鬼市外部之事向來採取消極主義，但是地牛災害翻天覆地，鬼市不可能毫無影響，所以奏靈殿應該不會獨善其身。方才，我請椅仔姑聯絡祆學館問情況，很幸運的是，奏靈殿終於同意派出援手。」

「但是，奏靈殿高手們一起施展封印術，難道就能成功封印住地牛嗎？」灶君繼續提出疑問。

「唉，你這麼問我，我也不知道該如何回答。畢竟，從未施行過此法，成效不知如何。其實，以前我曾向奏靈殿提出申請，想請殿內的封印術高手襄助，在地牛身上再度施加層層封印。但奏靈殿卻回覆，金翾的新封印還能維持百年，不急一時。唉，奏靈殿一直以來總是這樣事不關己的態度，根本不懂得唇亡齒寒的道理。現今只能盼望，藉由奏靈殿的幫助，最後能成功封印地牛。」

「奏靈殿的態度，太糟糕了！」林投大姐忿忿不平。

「事到如今，只能多方設法，盡力而為。」魔蝠長老再度一陣嘆息，然後環視眾妖，說道：「當我施展封印術之時，一葉的陣營也許會出面阻止。屆時，就要麻煩你們，牽制住對方，讓我能夠專心施術。」

長老的請求，獲得眾妖一致同意。

這時，蛇郎忽然轉向杜鵑，向她問道：「既然要多方設法，是不是也可以請人族來協助？只要向人族說明一葉的計畫，也許人族也會出面阻止一葉。」

杜鵑搖搖頭，答道：「當我知道幕後黑手是大哥之後，我就嘗試打手機電話給義父，但義父卻一直沒接聽。除了義父與大哥之外，我也不認識皇警隊其他的人。所以我只好打電話給皇警隊總部，但是總部櫃臺聽到我的說法，以為我在惡作劇，根本毫不理會。於是最後，我只能先傳訊息給義父，請他接到訊息之後，趕緊跟我聯繫。」

蛇郎聞言，遺憾地說：「看起來，只能先靠我們……」

蛇郎還未說完話，這時，另一波強烈的地震再度襲來。頓時地動山搖，岩洞口煙塵瀰漫，甚至還有兩、三塊大石從山壁掉落下來，地震威力十足。

這波地震停止過後，差一點跌倒的杜鵑，渾身顫抖地說：「不知道鯤島現在究竟怎樣了？」

林投大姐握著杜鵑雙手，說道：「小杜鵑，別怕。想太多，只是自己嚇自己，反而於事無補。」

聽到林投安慰，杜鵑忍住想大哭的心情，向林投點點頭。

椅仔姑望向臉色蒼白的菟蘿，問道：「我們若要前去鯤島，肯定要使用這輛大車子。但是，只有你能操縱這輛車。菟蘿小子，你還能開車嗎？」

這時，杜鵑疑問插話：「難道我們不能藉由龍穴通道，前往地牛所在地嗎？」

椅仔姑搖搖頭，答說：「本來，封印地牛的洞穴，確實可以藉由龍穴通道前往。但是，自從封印石逐一解封之後，鯤島陸續發生許多地震。根據我的測算，能夠通往地牛洞穴的通道，都被地震震毀了，現在已經無路可通。」

經過治療之後，菟蘿早已醒來。雖然他仍有些疲倦，但是已經能像平常那樣自由運使靈能。他聽聞椅仔姑之言，堅定說道：「當然沒問題。如今情況這麼危急，我一定會盡我所能。」

「嗯嗯，鬥志昂揚，真是不錯，果然有玄荊風範。你開車時，我也會施展靈術，助你恢復元氣。我剛才試著卜算一下這趟行程的吉凶，雖然卜算結果讓我有些擔憂，但也不能就此裹足不前。另外，我剛才也測算了一下出發路線，接下來就由我指點開車明路，讓我們快點抵達目的地。總之，趕緊出發吧！」

隨即，椅仔姑往前一站，離開那張楠木孔雀椅。她舉起右手，彈指一聲，那張華麗無雙的大椅子就縮小成手掌般的大小，讓她收進懷中。接著，椅仔姑就坐進車內的副駕駛座。

這時，菟蘿來到婆娑面前，他揚起右手，半透明的小藤蔓便從婆娑嘴部浮現出來，掉落於菟蘿手中。

菟蘿說道：「婆娑，你的咒音封印，我已幫你去除。接下來，也許還有更多凶險，你的咒音是不可或缺的能力。」

「菟蘿，你毒患剛解，千萬別太勉強。」

「放心吧！若我體力不支，椅仔姑也會在一旁幫我。」

菟蘿話一說完，便走進沒有車門的駕駛座，準備發動魂樂車。

其實，受傷的眾妖，療養時間很短暫，尚未完全康復。像是受到瘧毒侵害的金魅，雖然醒了過來，但是身體還是極為虛弱。儘管如此，大家心知肚明，目前情況已經迫在眉睫，於是只能趕緊上車，出發前往鯤島。

此時，天際逐漸明朗光亮，太陽緩緩從東方升起。

外觀磨損嚴重的魂樂車，在菟蘿的操縱下，往東方海灘奔馳而去。

「開慢一點啦！拜託拜託……我快跌下去了！」車頂不時傳來灶君的求救聲。

因為車內空間已經太擠，所以目前體力與精神狀況最佳的灶君，就被安排坐到車頂上安置鼓鑼樂器裝置的平臺。

「菟蘿急著趕路，別吵他！」林投一手伸出車窗，向車頂丟了半枚橘紅色果實，「別說我對你不好，在島上撿的林投果還剩這些，你拿去吃吧！」

灶君慌張接住果實，差點又要跌下車，不禁大叫數聲。

菟蘿對騷動置之不理，專心駕車向前。

魂樂車一路歷經許多災難，車體多處早已損壞殘破，行駛時的車子也不斷發出詭異的怪聲。儘管如此，菟蘿依舊努力操作車子。

不久之後，魂樂車抵達東方海岸。

菟蘿停下車，按下浮水裝置的按鈕，車輪位置傳來「砰！」的一聲。菟蘿趕緊下車巡視，怪聲似乎是車體金屬因為變形摩擦而產生，但浮水裝置似乎還可以正常運作。菟蘿鬆了一口氣，然後化出魔藤擋住空蕩蕩的駕駛座車門，防止車內進水。接著，他才上車，踩著油門往前。

入水之後，車底的螺旋槳盡責地旋轉，推動魂樂車在海面上漂浮前進。

菟蘿將體內靈力發揮至極，催動車子往前急行。同時之間，椅仔姑也在一旁頌謠施法，為菟蘿修補靈能。

此時，小琉球周遭海域的海象不佳，涉水之際，有好幾波彌天大浪撲面而來，讓水面上的魂樂車劇烈翻騰，差一點就要翻覆了。

「哇哩咧！我要暈船啦！噁……」車頂上的灶君，肚子一陣翻滾，似乎即將嘔吐。

「臭灶君！你敢吐就完了！」林投朝車頂大喊。

「還不都是大姐頭的錯，拿什麼果實給我吃……噁……」

危急之時，魔蝠長老連忙打開車窗，深吸一口氣，鼓起兩頰，再吐氣而出。氣息綿綿不絕，不斷增強，猶如一陣狂風，將捲起的海浪強硬壓過去。

風浪總算逐漸平息，坐在車頂的灶君，也勉強止住了嘔吐感。

雖然魂樂車暫時成功駛過這波浪頭，但是長老吹出的狂風，反而讓四周的風勢更加混亂，海浪開始越湧越高。

「長老，別再吹氣啦！」蛇郎趕緊出聲制止。

「難道要等海浪打翻這輛車嗎？」一陣混亂之中，魔蝠長老焦躁難安。

此時，椅仔姑突然停下唱謠聲，尖聲說：「菟蘿，轉方向，往北方！」

長老不禁發問：「仙姑娘娘，妳搞錯方向了吧？琅嶠應該是在南方……」

椅仔姑瞪視著長老，依舊固執己見：「快轉向，菟蘿小子。」

聽到椅仔姑指示，菟蘿毫不遲疑，隨即將魂樂車轉向北邊。

正當大家疑惑之際，不久之後，魂樂車的底部，竟傳來一陣喀喀怪聲，還冒出一大堆黑煙。並且，漂浮於水面的車子，似乎開始左搖右晃，極為不穩。

菟蘿停下車，施展魔藤入水，操控魔藤檢查車底狀況，不禁訝然說道：「浮水裝置有一半都壞了……看這情況，另一半的裝置恐怕只能再撐一下子。」

魔蝠長老著急地說：「沒有這輛車，我們恐怕無法及時趕到琅嶠呀！該怎麼辦……」

「長老，別急。」椅仔姑氣定神閒，說道：「我方才忽然有靈感預知，所以才叫菟蘿提早轉向。雖然我們無法直接前往琅嶠，但我們現在距離鳳山城很近，只要抵達鳳山城海岸，這輛車子也能走陸路前往琅嶠。菟蘿小子，你看浮水裝置的損壞程度，能夠安全抵達鳳山岸邊嗎？」

「也許可以，因為鳳山城很近。」

「那就繼續趕路。」椅仔姑微微一笑。

於是菟蘿再度發動車子，往前疾駛。

此時，車頂上的灶君瞪大雙眼，敲著車頂，語帶驚恐：「天哪，快看那邊……」

灶君還未說完話，大家望向窗外，即刻明白他為何感到如此驚恐。

從海面看過去，遠方的鯤島，正在劇烈搖晃。受到大地震的影響，原本應該青翠綿延的山巒，竟然缺了一大角。

再定睛細瞧，滾滾土石泥流正從山丘滑落而下，各處山頭正在一片一片地崩解，揚起無數迷茫黃煙，漫天沙塵籠罩著周遭平原。災害嚴重的程度，竟然連在海上也能清楚看見。

「那是……」杜鵑嚇得花容失色，冷汗涔涔，驚魂未定，手指向煙霧瀰漫的位置，說道：「那是鳳山城，就是那座山崩下來的地方。該不會，整座城都被土石流掩蓋住了？」

「怎麼會這樣！」灶君雙手抱頭，驚慌失措地說：「我在城中，開了好幾間灶仙樓的分店，難道全都……」

灶君還未言畢，煙霧之中突然爆出數聲爆炸般的震撼巨響，並且接連湧現朱紅色的火光。看起來似乎是地震波及電力設備，正在引發一連串的火災。

灶君張大了嘴巴，眼睛瞪得像銅鈴那麼大。

眼見此景，大家沉默無聲。

鳳山城是興國數一數二的大城市，人口數量龐大，少說也有兩百多萬居民。但如今，他們卻眼睜睜看見山崩地沉，一座大城市就這樣被毀滅了。城中百姓，恐怕凶多吉少。

大家心中，充滿著難以言喻的情緒。

「咦……空中那是什麼？」

聽到婆娑的疑問，大家往上一瞧，在鯤島上空，竟然盤旋著無數的黑點。

「那是飛行船！全部都是！」杜鵑驚呼。

從遠方看過去，飛行船的數量極為驚人，似乎有好幾百艘，黑壓壓飛在空中。除此之外，還有數艘飛行船正從山下的一團團黑煙中急速逃出。

杜鵑看到這樣的情景，渾身顫抖地說：「也許……也許鳳山城的人，都搭上那些飛行船，逃過一劫了……嗚嗚……」

杜鵑說著說著，淚眼汪汪哭了起來。

坐在一旁的林投，連忙撫著杜鵑的肩膀。

林投的安慰，反而更加觸動杜鵑的情緒，她轉而抱住林投大姐，失聲痛哭。

坐在副駕駛座的椅仔姑，眼見此景，嘆了一口氣，問道：「菟蘿小子，你預估，還有多久會到鯤島？」

「照目前風浪來看，可能還要幾十分鐘。」

「嗯嗯……」椅仔姑掐指算了一下，搖搖頭，欲言又止，又再度嘆了一口長氣。

魔蝠長老急忙問：「法力無邊的仙姑娘娘，妳難道又算出什麼卦象了嗎？」

椅仔姑一臉悶，說道：「方才，我在計算時辰。」

「什麼時辰？」

「當然是日蝕的時辰。照理來說，祆羅封印最衰弱的時刻，應是日全蝕之時，屆時也是地牛突破封印的最佳時間。雖然目前四處龍穴解封，造成地牛封印不穩定，導致鯤島開始發生一連串的大地震，但其實現在離日蝕還有一段時間，我們還有時間阻止地牛破封。」

「我的仙姑娘娘呀，聽妳這麼說，這應該是值得慶幸的事情呀！為何妳還要搖頭吐大氣呢？」

「那是因為，我們的時間所剩不多。今天日蝕時刻，開始於上午十點。現在，再過十分鐘就是七點。抵達鯤島海岸之後，我們就只剩下三個小時的時間。然後，還要算上前往琅嶠的車程……恐怕時間十分緊迫。」

聽聞椅仔姑之言，瞪大雙眼的魔蝠長老，揪抓著兩串花白鬍子，彷彿就要將鬍子給扯下來。

「大家，別慌！」

蛇郎一聲呼喊，讓大家嚇了一跳。

蛇郎抓起長老的手，慢慢鬆開對方緊握的雙手，接著再望向車中的大家，緩聲訴說：「事態如此緊急，這時候更應該要冷靜。你們難道沒注意到，菟蘿被我們的氣氛影響到六神無主嗎？」

大家看向駕駛座，這時才發覺，菟蘿全身冒著冷汗，臉色蒼白，不斷眨著雙眼。儘管他狀態不佳，卻還是努力注意前方海況，駕駛魂樂車航過一波又一波的驚滔駭浪。

「若是現在翻車，一切就玩完了。我們得先鎮定，別亂了手腳。先渡過這片海洋，上了岸之後，我們再擔心也不遲。」

蛇郎的話，像是一顆定心丸，轉瞬之間就讓大家慌亂的情緒鎮靜下來。

蛇郎再度開口：「菟蘿，還能撐下去嗎？」

「我當然……可以！」菟蘿咬著牙，點點頭。

「好！我們全靠你了。」蛇郎雙手環胸，半瞇眼眸，「我就繼續養精蓄銳囉。」

椅仔姑見到車內氣氛逐漸穩定，轉頭望向車後座的蛇郎，語帶讚許地說：「你這蛇小子，沒想到還真有一套。」

「沒辦法，我可是歌謠社的社長，肩負重任呀。」

「那麼，我也繼續施術，為菟蘿補充元氣吧。」椅仔姑隨即唸謠頌咒，施展妙法，為菟蘿補充靈能。

菟蘿深深呼吸，全神貫注，操縱魂樂車往前航行，趕往災劫重重的鯤島。

2. 晶廠

此處是琅嶠城郊的電曜晶廠前庭。

一片寂靜。

偶爾有一些哀鳴，從瓦礫堆中傳出。

無數屍身橫躺於地，慘不忍睹。從他們墨綠色的制服與金龍銀珠的徽章，可以辨認出都是皇警隊兵警的身分。他們皆是鎮守這座電曜晶廠的菁英部隊，如今卻潰不成軍，血流成河。

電曜槍砲擊發之後散發的特有焦味，以及濃厚的血腥氣息，漂浮於空中，揮之不去，強烈宣示著方才已然經歷過一番慘烈大戰。

這裡是興國最重要的電曜晶廠總部，專門負責全國的電力供應系統，可說是興國命脈所在。晶廠總部是由皇族親自管理，由實力堅強的皇警隊常駐守衛，也是興國最固若金湯的建築物。

但是此時，晶廠的前庭，卻是一片斷牆殘垣，血肉模糊，煙塵瀰漫，四處還有斷裂的電線爆射出橘紅色的火花。

「呼……呼……」

一片迷茫之中，依稀傳來喘息的聲響。待煙灰逐漸落下，一抹黑色身影慢慢清晰。

太歲氣喘吁吁，左足跪地，滿身傷痕。他一臉怒氣，鮮血從傷口一直汩汩滲流。

並且，太歲整隻左臂，竟從肩膀處不見，赤紅的血液不斷流淌而出。血滴落於地，竟然冒出一陣陣霧氣。

遺失的左臂，斜放於不遠處的石堆中。那隻斷臂傷口流出的赤血，也如滾水般蒸騰出許多煙霧。

太歲雖身為天外異物，但為了適應天地自然環境，身軀也如同萬物生靈一樣流淌著血液。而他之血，卻比萬物之血更加火紅，更加滾燙，彷彿當初異星墜地時燃起的火焰，仍在他的體內熾烈燃燒。

這幾百年來，太歲受傷的次數屈指可數。不過，像是這次硬生生被人類切斷了左臂，卻是史無前例。

太歲屈辱萬分。

驀然，遍地狼藉的晶廠前庭角落，傳出一陣嗡嗡然的低沉螺響，音量由弱增強，震動不已。

螺音共鳴，導致太歲渾身無力，就算想奮力站起，身軀卻是搖搖晃晃地癱倒，徒勞無功。

這陣螺音，從方才戰鬥中途就開始莫名響起，讓太歲全身喪失力量，導致最後被一名綠衣兵警砍斷了左臂。

此時此刻，緩緩走出一名銀白色軍服的人影，赫然是一葉。

他手持一件造型獨特、雙螺合併的白色大法螺，持續吹奏出一陣陣音調低沉卻又如同海濤般滾滾不絕的螺音。

「可惡人族！膽敢……如此……」

一葉一邊吹奏法螺，一邊仔細審視虛弱的太歲，確認對方已經無力反擊，才終於停止吹奏，吐息片刻。

一葉問道：「你想說『膽敢如此無禮』，是嗎？」

「汝為何……持有完整的法螺寶器？吾早將右旋白螺藏於隱密之所，怎會……咳……咳咳……」

「這問題的答案，很簡單。你拿到的右旋白螺，只是用白蠟製成的贗品罷了。」

「贗品？原來……燈猴背叛吾！」

「現在才明瞭，已經太晚。」

「之前在海岸，早該對汝等趕盡殺絕！」

一葉搖搖頭，嘆息著說：「你以為可以輕輕鬆鬆擊敗我們？實在是太過膨脹的妄想啊！先前我們對戰，你難道看不出來，其實是我故意放過你？」

太歲怒眼直視一葉，右手支地，咬著牙想要撐起身軀。無奈有氣無力，實在無法站起。

「放棄掙扎吧！方才我們皇警隊使用的電曜兵器，都是最新研發的裝備，才會造成你如此大的傷害。」

「哼！此等器具，能耐吾何？」

「如果只憑我們人類開發出來的電曜兵器，確實無法輕易傷你。所以，必須出動我手中的法螺寶器。只要持續吹奏螺音，你便無法聚集靈能，全身力量也會崩潰失衡。如此一來，我方部隊才能順利攻破你的防守，並且造成你的嚴重傷害，甚至砍斷你的手臂。」

「卑劣人族，實是可恨……」

一葉眼神漠然，凝望著跪倒在地的太歲，冷冷說道：「如今失去左臂，你全身靈能也幾乎消耗殆盡。老實說，你已經徹底失敗了，所以就放棄吧！你想要解放地牛的心願，就由我來達成。」

「汝……汝言何意？」聽聞一葉之言，太歲大驚失色。

「你不需要知道這麼多。」

太歲勃然大怒，咆哮一吼，瞬間釋放出體內僅存的所有靈力，幻化出一顆崩星儀。散發出皓白光芒的異能黑球，在空中不停運轉，四周旋風驟起，周圍的石礫堆也躁動不安。

一葉抓緊時機，法螺寶器的吹口靠上雙唇，一陣悠悠蕩蕩的螺音再度響起。

太歲雖想反抗，無奈螺音威力無窮，綿綿不絕的法螺靈音竟讓他的能量再度潰散。半空中旋轉不停的崩星儀也停止運轉，墜落於地。

一葉眼見太歲頹敗，心中有所定案。他手中的法螺聲響持續不歇，反而越吹越急，浩蕩無邊的嗡然響音不絕於耳，震撼無比。

太歲受到螺音影響，渾身動彈不得，竟然逐漸產生石化現象。一層層灰黑色的晶塊從他身上莫名冒出，緩緩將太歲全身包覆起來。

一葉見到對方漸漸石化，更加篤定此法可行，螺音也越催越急。

片刻之後，太歲全身上下已然被灰黑色晶塊團團包裹起來，形成一座堅固石像。

儘管如此，一葉仍然不敢大意，繼續吹奏法螺許久。

當對方身上不再冒出晶塊，一葉才終於停止吹奏。

現場再度恢復一片死寂，塵埃落定。

一葉氣喘吁吁，等到調節好呼吸，才終於向石化的太歲走過去，想要確認對方的情況。倏然，他雙足乏力，腳步踉蹌，差點跌跤，所幸倚靠著一旁的斷牆，才不至於癱倒。

「嘿嘿，皇警隊的副隊長啊，你這大贏家，走起路來怎麼搖搖晃晃？」

忽然，一隻雙頭大怪蛇，從前庭的斷牆縫隙之間溜進來，抬起兩顆巨大蛇頭，朝一葉嗤嗤訕笑。

臉色蒼白的一葉，轉頭望向怪蛇，微笑著說：「魔尾蛇，你都在旁邊看好戲，也不幫忙對抗太歲，實在不夠意思，枉費我們可是好朋友呀！」

其中一個蛇頭，呵呵笑道：「副隊長，別這麼說。我們之間，只有單純的交易而已，哪來朋友情義呢？」

「沒錯，我們之間只有交易而已。不過……是什麼交易呢？」

「我們早就談好條件了，你別耍我喔！我第一次竊物雖然被婆娑他們阻止，但之後我再度潛入古物博物館，總算順利偷走左旋白螺。之後，我就將白螺交給你使用。那時，我們互相約定，只要你大功告成，順利降伏那位不知好歹的太歲時，就要將崩星儀交給我。所以……貨在哪裡？」

石化太歲的前方，本來掉落著崩星儀，但不知何時，竟然消失無蹤。

一葉面不改色，沉聲道：「貨物早就在你手中了，難道你還想從我這邊多撈一些油水？」

「嘿嘿，不愧是精明的人類。」魔尾蛇雙頭吐著長長紅舌，眼眸賊笑，蛇軀左右搖擺，隱藏在斷牆之後的蛇尾緩緩出現。

魔尾蛇的蛇尾，正纏捲著一顆黑球。原來，魔尾蛇趁著雙方戰鬥之時，早已暗中取走崩星儀。

魔尾蛇把玩著黑球之時，激發體內靈能，將之灌注於黑球之中。原本黯淡無光的黑球，受到魔尾蛇靈力刺激，陡然散發出朦朧白光。

「果然如此，只要輸入能量，就能啟動崩星儀，真是不錯！如今，這枚黑球歸我所有，你作為皇警隊副隊長，難道不擔心我利用它，為非作歹？」

「我認為，依照你的個性，應該不會安分守紀。只不過，與我圖謀之事相比……我目前不會太擔心你將如何利用它。」

「你真是趣味的人類呀！明明是奉公守法的皇警隊成員，卻叫我溜進崩塌的地下城，將死裡逃生的太歲引來此處，然後刻意讓皇警隊與這名危險傢伙互相殘殺，弄得兩敗俱傷……嘿嘿，我認為你才是真正為非作歹的人喔！」

一葉淡然道：「魔尾蛇，既然你達成目的，我們的交易就已經完成。接下來，請你離開。」

「看起來，你應該還有許多事情要忙碌吧？那麼，在下就不打擾了。」

魔尾蛇的雙頭吐著血紅長舌，眼神散發詭光，看了一葉一會兒，他才低下頭，轉身溜走。

龐大的蛇身滑過碎石堆時，蛇鱗摩擦砂石，響起喀拉喀拉的怪音。等到看不見魔尾蛇身形，怪音也逐漸消失，一葉才放下警戒。

一葉緩緩坐下，倚靠著斷牆一隅，繼續調息養神。使用法螺寶器，比他想像中還要耗費體力。

歇息片刻之後，一葉深深呼吸，便往前站起，往晶廠大門從容走去。

入門之後，一葉的步伐，一聲一聲迴盪於聳立著巨大白色圓柱的長廊之間。

電曜晶廠一樓的內部空間，是接待大廳，同時也是皇警隊重兵駐守之處。晶廠二樓以上的空間，則是放置轉換電曜能源的相關儀器，以及工程師、作業員……等人的辦公場所。

若有外敵入侵，晶廠前庭會是第一處防線，而一樓守衛之兵警，則是第二道防線。但是現今，晶廠前庭的兵警已全軍覆沒，而一樓長廊竟也無兵警身影。

受到接連不斷的大地震影響，晶廠內的電力供應發生問題，電燈一閃一滅。閃爍的燈光中，一葉穿過圓柱長廊之後，來到了另一座寬敞的大廳，才看見地板四處躺著身穿綠色制服的警隊人員，或者是藍色長袍的晶廠工作人員。無數的人倒臥於鮮紅血泊之中，有的奄奄一息，有的早已死亡。一些還沒死的人，甚至伸出手，抓住一葉的腳踝，吐露著微弱的求救聲。

一葉嘆了口氣，決定不理會這些傷亡者，心一橫，腳步繼續抬起，往前邁進。

這時，大廳角落的屍堆後方，傳來一陣呻吟。

一葉察覺異狀，心有所感，於是踱步過去。

大廳角落有一大面的牆壁全塌了，一片狼藉。

倒塌的牆壁磚石壓住了一名銀髮白鬍的老者，他遍體鱗傷，流血不止。老者與一葉的穿著相同，都是銀白色的軍警制服。只不過，老者制服早已被鮮血與汙泥弄髒，不復光輝色彩。

「混帳猴怪，咳咳……」

臉色鐵青的老者不斷吐血，嘴巴雖然大口呼吸，卻仍然喘不過氣。看起來，崩塌的巨大磚石壓傷了他的肺部，可能造成肋骨骨折，才讓他呼吸不順。

「義父……」

一葉垂眼凝望著重傷瀕危的老者，心中滿懷無限感慨。

「是你……」

「唉，我已經請燈猴下手輕一點，沒想到他還是一樣不知分寸。」

老者勉強睜開眼，瞪視著一葉，咬牙切齒地說：「原來你……你真的居心不良……咳咳……那猴怪會知道我們的警力部署，挑我們的弱點攻擊，就是你洩漏機密……」

老者看著親手拉拔長大的義子，充血的眼神參雜著憤怒，以及不可置信的無奈。

「你別亂動，否則傷勢會更嚴重。」

「前庭兵警沒有進來支援，難道已經……」

「我引誘太歲過來，讓他與前庭部隊死鬥。現在，前庭部隊已經傷亡殆盡。」

「太歲威力驚人，你難道不怕自己對付不了太歲？你是玩火自焚……咳……」

「義父，你多年來擔任皇警隊的大隊長，最常訓斥我們的一句話，就是：『評估風險，萬全準備。』在你的教導下，我時時刻刻警惕自己。所以，我很小心翼翼，防止玩火自焚的可能性。太歲如同皇科院的預測，確實是當初與地牛共同降臨大地的天外異星。異星本身蘊藏無限力量，既然地牛能夠提供用之不竭的能源，想必太歲也非凡人能夠應付。因此，我才特地找來可以克制他的法寶。」

一葉舉高手中法螺，老者瞧了一會兒，才認出來：「這是歷史博物院的右旋白螺，還有王氏集團最近找到的左旋白螺。」

「義父的眼力，果真厲害。其實，這兩只法螺，就是由天外隕石打造而成，而且可以合而為一，成為一件威力強大的寶器。天地之間，萬事萬物相生相剋，來自天外的異物，當然只有同樣來自天外之物，方能對抗。我先前得知，這件寶器曾在數百年前降伏地牛。既然如此，是否也能克制太歲呢？我今天一試，果真無誤。義父請放心，太歲已被我制服，再也無法作怪。」

「既然你有此法寶，為何……咳咳……不早點使用？」老者滿腔怒火，氣急攻心，又再度嘔了許多血。

「唉，你別再說話了，好好休息比較好。」

老者氣憤不平，繼續朝一葉喊道：「為何讓我們的軍隊覆滅，到底……咳……咳……為什麼？」

「我的計畫，並非擊敗太歲。我引他過來，只是想要先消除一個不安定的變數而已。至於皇警隊，本來就是我想要殲滅的對象。太歲與皇警隊相鬥，導致兩敗俱傷。如此一來，我才能順利進行我的計畫。」

「你……你說什麼？你的目標，難道是……」老者瞪大充滿血絲的雙眼，駭然不已。

「大隊長，你猜得沒錯，我要解放地牛。」

「你……你瘋了！」

「義父，我想做的事情，你不會理解。」

「難道……你已經知道你爺爺的事？你做這些事情，都是為了報復我？甚至報復皇警隊？」

「義父，你這麼說，就讓我傷心了，因為我並沒有想針對你。確實，我早就明白，當年是你親手逮捕了爺爺，造成我們家族的悲劇。但我也很清楚，你心中一直充滿愧疚。否則，你也不會特地找到我與杜鵑，還收養我們。我其實對你心存感激。」

「既然如此……你為何還一意孤行？」

「我已說過，你不會理解我的理念。」

「一葉……」

「多言無益，閒聊時間結束了。」

「你……別走……咳咳咳……告訴我為什麼……為什麼！」

一葉話一說完，轉身就往晶廠內部走去。任憑身後老者不停呼喊，他的步伐依舊向前。

老者不斷大喊「為什麼」的聲音，隨著一葉前進的步履，漸漸小聲，終至無聲無息。

但，在一葉的心底，老者近乎哭泣般的詰問聲，音量卻越來越大。

不久，一葉走到大廳最深處的電梯門，燈猴正躺臥於門前，翹著腿，一臉無趣的模樣，打著哈欠。

「燈猴，你是不是做得太過分？」

「哎呀呀，終於來了！」燈猴趕緊站起，笑嘻嘻向一葉鞠躬。

「我已經很收斂了喔，難道把晶廠內的人員都打昏，還不夠體貼嗎？」

「你口中的『打昏』，跟實際情況差很多。」

「我的大人呀，你不知道他們會反抗嗎？」燈猴一臉無辜，比手畫腳地解釋：「雖然很多兵警都被你引去前庭跟太歲作戰，但是晶廠內還駐留很多警力，他們一點也不好惹！雖然你早就將警力部署告訴我，還說出電曜武器的各種弱點，但我還是沒辦法以一擋百。逼不得已，我只好費盡九牛二虎之力，才終於讓他們乖乖聽話。」

「那些沒有武力的研究人員呢？他們怎麼會非死即傷？」

「戰場無情，刀槍無眼嘛，總會不小心殃及池魚。」

「你為什麼……」一葉突然意識到，自己也問起「為什麼」，就像他義父一樣。於是，一葉頓時表情一愣，苦笑一番，揮揮手說：「唉，算了，你總有一大堆理由，我們先搭電梯下去吧。」

燈猴嘿嘿一笑，精神抖擻地走上前，按下電梯門的按鈕，電梯隨即開啟，一人一妖先後走入。

當電梯關門，往下方樓層降落之時，一葉閉目闔眼，回想起方才老者最後的問話，思緒頓時迷失於回憶之中。

變奏曲：惡之始

1. 追捕

為何事態惡化成這樣？

為何我必須去追捕蘭姨？

蘭姨……真的罪不可赦？

諸多疑問，不斷迴繞在我的心中，拉扯我的思緒，壓迫我的胸膛，讓我幾乎喘不過氣，難以呼吸。

自從昨天，接到這項追捕命令，我就心亂如麻，迷惘又不安。

為了平息躁動的心緒，我只好暫時停下腳步，倚靠著一棵大樹，緩緩坐下來。

我的腦海一片混亂，怎麼想都想不通。

此地已經是雙湖山的深山，我即將抵達特區基地。我坐在樹下，一邊環顧這片陌生的樹林，一邊試圖理清思緒。

此時此刻，我依然不敢相信，蘭姨竟然會成為舉國通緝的罪犯。

溫和善良、親切體貼、待我如親人的蘭姨會成為通緝犯，是我永遠想像不到的事情。

姑且不論蘭姨現在所犯的罪狀，就算她犯下任何更嚴重的罪行，依她過往累積的無數功勳，絕對足以將功贖罪。

因為，她可是與國皇家科學院首席研究員兼任院長——曜蘭。

這幾年來，蘭姨帶領皇科院研發了許多重要的科學技術，例如超小型電曜儲能晶片、人工智慧運算機、幹細胞快速再生法……等等跨時代的先進技術，讓資訊業、醫藥業、運輸業、農業等等行業能夠加以運用。目前與國經濟如此繁榮，可說是藉由無數的科學技術在背後支撐。其中最重要的推手，莫過於皇科院的院長蘭姨。

眾所皆知，與國最重要的電曜技術，最早是由蘭姨的祖父曜華國研發出來。因此，曜氏家族被皇族冊封，破例成為皇族分支之一。後來，蘭姨的父親擔任皇科院的院長，繼續進行電曜相關研究。蘭姨承繼先人偉業，不敢懈怠，從年輕時期就不斷開發出各式各樣搭配電曜能量的機械系統與相關技術，她的辛勞與成果有目共睹。所以，蘭姨的父親去世之後，她雖然才三十歲，但也順理成章成為皇家科學院的院長。直到現在，三十多年過去了，她依然是皇科院最為人景仰的院長。

本來，我身為北城的城警隊一員，沒什麼機會與科學界人士有所來往。不過，兩年前我剛進城警隊之時，上級指派我們這個分隊進行某項特別任務，負責顧守在皇科院後門。藉此緣分，我才認識蘭姨。

當時，之所以要進行顧守任務，是因為北城出現一些學生遊行運動。參加者大多是血氣方剛的青少年，藉由抗議之名，連日來在街頭暴動，破壞了許多公共設施。雖然在城警隊的鎮壓中，參加者大多被逮捕，不過各地零零星星還有一些好事者密謀抗爭。為了防止暴民傷及無辜，於是城警隊決定在北城各個重要機構安排兵警進行防衛工作。

那些暴民抗議政府的理由，其實讓人啼笑皆非。

那年，興國負責制定律法的公法院，決議訂定新法，讓公法院的院士從十年任期可以擴充至十五年。沒想到這件小事竟然造成民間極大反彈，甚至引發學生上街遊行，譴責新規定將會毀滅興國。

十年任期或者是十五年任期，還不是都一樣？畢竟，能夠擔任院士之人，十之八九都是皇族出身，興國律法一直以來都是由他們制定法規。這些年來，興國能夠穩固發展，就是因為公法院的院士努力維持社會安定。那些暴民口口聲聲說興國將亡，真是無稽之談，妖言惑眾。

那時候，當我守在皇科院後門，思考暴亂事件的起因時，後門對面的街道，倏然走過一人。那人身穿暗綠色斗篷，帽沿壓得極低，行蹤鬼鬼祟祟，啟人疑竇。

雖然，那人並未靠近皇科院，但是基於抗爭事件頻傳，我不得不懷疑那人動機可疑。於是，我向旁邊的分隊長使了個眼色，分隊長想了一下，便命我前去調查狀況。

我獨自一人，走到對面街道。原本以為頂多在街上向那人盤查一下即可，不過那人卻一路東張西望，快速閃進一條小巷弄。

那人行動太過怪異，我趕緊跟著走進去。

對方個子嬌小，腳程不快，我很快就追上對方，大喝一聲：「別動！城警隊問話！」

對方霎時僵住，向牆角瑟縮而去。

「轉過頭來！」

那人緩緩轉頭時，旁邊一道黃色的閃光，迅雷不及掩耳，向我衝來。

我大吃一驚，抽出腰間的電曜棍棒，往前揮去。

「唉呦~痛死我了！」

金黃色的閃光跌在地上，不停發出哀號聲。

我往下一看，皺起眉頭。我認得他，他叫做金仔，是貓鬼族的妖怪，同時也是我轄區內經常惹是生非的問題分子。

「金仔，我不是跟你說過，別再搗亂？」我大聲斥責：「你向來只會做一些小偷小搶的事情，沒想到現在變本加厲，膽敢襲警？」

金仔低伏貓軀，瘦巴巴的身體抖抖瑟瑟，黃色的毛髮彷彿一瞬之間褪色乾癟。他結結巴巴回答：「我不知道是兵警大人您……」

我手持電曜棍棒，一邊警戒那名斗篷怪客，一邊向金仔訓斥：「我再次向你警告，妖怪的存在不被輿國律法允許，一旦被我們警隊發現，就要即刻逮捕，然後送進妖怪保護特區。既然如此，為何我們見過那麼多次面，你還沒被送去特區呢？」

「那是……兵警大人您總是睜一隻眼閉一隻眼，特地放我生路……」

「你錯了，不是這樣。那是因為，我知道你底下有許多孩子要養，你被送走之後，那些孩子就會孤苦無依。我是為了你的孩子著想，才沒有將你抓走。我對你仁至義盡，沒想到你還繼續為非作歹？」

「啊啊，我真的沒有做壞事！我已經金盆洗手……」

金仔還沒說完話，那名斗篷怪客就走過來，擋在貓鬼的前方，揮揮手示意金仔別再說話。

我大喊：「不許動！你是誰？」

這時，斗篷怪客拉下帽子，帽沿下的真面目讓我驚詫住口。

我在許多雜誌報刊、電視新聞節目看過那人的長相，毫無疑問，那是曜蘭，皇家科學院的院長。

我們這支分隊來皇科院駐守，最重要的保護對象，即是眼前之人。

我不知不覺退後了一步，支支吾吾，不知道該如何繼續說話。

「好孩子，看在我的面子上，饒過金仔好嗎？」曜蘭慈眉善目，微微低頭向我懇求。

「您……您怎麼會在這裡？」

「唉，跟你說實話也無妨。」曜蘭從懷中拿出一個小盒子，掀開蓋子，裡面放了大大小小的鮮魚。

「這是……」

「就像你所說，我也知道金仔養家活口很辛苦，才會準備這些食物。在興國律法之下，妖怪被禁止出現在一般人眼前，要是被發現，立即就會被警隊逮捕。城鎮外的妖怪要活下去算是容易，但是離不開城市的妖怪，處境就會很艱難，像是金仔他們家這樣……」曜蘭蹲下身，溫柔撫摸黃毛貓鬼的頭，充滿憐惜地說：「一直以來，只要我在城中看到有需要幫助的妖怪，我就會私下找機會協助他們，有時候也提供一些食物。」

金仔抽抽噎噎哭起來：「蘭大人……長久以來，真是謝謝您！沒有您，我們可能就活不下去了。但現在，卻被兵警大人抓到，我想我就要被送走了，我家的小孩就請您……」

「好好，別哭別哭。我相信，這位年輕人，一定不會計較這種小事情，絕不會將你送走。」曜蘭一邊撫著金仔的背，一邊抬起頭，問道：「是不是呢？」

我一時語塞，只好說：「金仔，你也別怕被送走。我聽說，位於深山的妖怪保護特區，雖然集中收容妖怪，但就像字面上的意思那樣，是為了保護你們妖怪而設立。除了可以防止妖怪傷害人類，也能讓妖怪擁有生存的一片天地。雖然不能自由外出，但是衣食無虞，再也不用流浪在外，天天忍受風吹日曬，是個很不錯的居住場所。」

金仔擦擦眼淚，狐疑地問：「講得那麼好聽，你有去過嗎？」

「我沒有去過，因為只有皇警隊的成員，才有資格前往。但我聽過一些隊員聊過特區的狀況，聽說那邊環境真的很不錯。我甚至覺得，如果你跟你家人一起過去，反而可以獲得更妥善的照護……」

「別說那麼多。」曜蘭突然站起身，眼神一凜，注視著我，問道：「年輕人，你想怎麼做呢？」

「我……」我望著對方有些嚴肅的表情，只好點點頭說：「我來這裡駐守，最重要的任務是防範遊行暴民。既然這裡沒有暴力分子，我自然不需要回報分隊長。」

「嗯，那就好。」對方臉龐再度回復慈祥的神態，呵呵一笑。

「曜蘭女士，妳先跟金仔離開吧。我進巷子這麼久，分隊長可能懷疑。」

「好，我們先走一步。」此時，曜蘭伸手從懷中拿起一張紙片，遞給我，並說：「別叫我女士，太生疏了。我看你很順眼，就叫我蘭姨吧。這是我的名片，有時間來我家坐一坐。」

我還沒有反應過來，對方就將名片硬塞在我的口袋中，然後朝我笑了笑，與金仔一同離開。

之後，我返回皇科院後門，如同約定那樣，回報並無異樣。

但，我始終內心不安。因為我想到，我無意中提起，我以前曾放過金仔數次。這種行為，在警隊中是不可饒恕的重罪。如果曜蘭院長擔心我不遵守約定，也許會早一步向警隊密告我的行為？

一想到這點，我就忐忑難安。當時，我在義父的深切期許之下，剛進入城警隊。我還沒建功立業，若是先多了幾筆負面紀錄，恐怕會讓義父蒙羞。為了回報義父養育的恩德，我絕對不能讓他失望。

想了許久，我最後決定，前去拜訪曜蘭院長，向她說明自己確實有遵守約定，讓她心安，才是上策。

於是，幾天過後，我按照名片上的地址，來到了位於郊外的曜氏家族的大莊園門前。

還沒按門鈴，偌大鐵門就自動開啟。

「我遠遠就看到你走來，進來吧！」門鈴旁的通話器傳來院長的聲音。

我走過鐵門後的花草庭園，一路走進宅內大廳。

「你是誰？小偷嗎？幹麼闖進我家？快走！快走！」

一隻紅羽毛的怪鳥，在大廳內飛來飛去，一見到我，就發出尖銳的嗓音，嘎嘎鼓譟，甚至還想用尖嘴啄我。

雖然，我早就知道曜蘭院長對妖怪很友好，但我從沒想像過，她竟然會將妖怪養在家中。

「小慕，不要無禮，他是我的朋友喔。」鼎鼎大名的皇科院院長，一襲淡綠輕裝，從樓梯走下來。

「真的是朋友嗎？」怪鳥拍著翅膀，停在一棵綠葉盆栽之上，撇著頭，疑神疑鬼地望著我。

「曜蘭女士，沒想到妳對妖怪這麼友善，竟然會將鳥妖養在家裡。」

「養？呵呵，不是喔，小慕是我的房客啦，她住在我家裡。」她一邊說話，一邊走到樓梯旁的櫥櫃，依序拿出茶壺和茶杯。

接著，對方緩步走到大廳左邊角落的茶桌，有條不紊開始沏茶。

泡茶的時候，她一言不發，我覺得尷尬，便瀏覽起室內的華麗擺飾。方才走進莊園，我就被戶外花草庭園的寬廣規模嚇到，庭園後方的建築物外觀更是美輪美奐，所以我沒有太訝異大廳一樓的豪華程度。

看著看著，我的目光落在大廳右方的櫥櫃，櫃中擺放了各種樂器，有吉他、大鼓、木琴、月琴、長笛、嗩吶……等等各式各樣的樂器，甚至還有許多我不知道名稱的奇形怪狀的樂器。雖然種類繁多，但它們唯一的共通點是，外觀全都是青藍色。

院長一邊泡茶，一邊發問：「你很好奇這些樂器嗎？」

「這些樂器，種類好多，而且……」我走近櫥櫃，詳細一瞧，說道：「這些樂器，全都是用電曜晶石打造而成。我從沒想過，晶石竟然可以製造樂器。」

「為了研究妖怪靈能與樂曲之間的關係，我才特別設計製造這些器具，市面上絕對看不到喔。你要不要隨便拿個樂器，試試看呢？」

「我對音樂一竅不通……」

「沒關係啦，只是試一試，快拿一個樂器試試看吧！」

院長和藹地望著我，目光充滿著熱情。我只好聽從對方的慫恿，隨手拿出櫃中的一把長笛。笛子外觀是亮麗的靛青色，看起來十分優雅。

我將嘴巴貼上吹嘴，試著吹吹看，但笛音卻粗糙怪異，聽起來非常刺耳。

我急忙放棄吹奏，將長笛放回櫃中。

「真抱歉，吹得這麼難聽。」

「呵呵，這不是難聽，而是潛力無窮喔。」對方微微一笑，泡好了茶，便將茶水倒進瓷杯，向我緩步走來，遞給了我。

「曜蘭女士，謝謝您的茶。」

「哎，叫我蘭姨就好，不要讓我再說第三次喔！趁熱喝吧，這杯花茶用的是我跟小慕早上去院子裡摘來的玫瑰花瓣，還加了點蜂蜜，提神活血，口感也很不錯。」

我遵從院長的指示，慢慢啜飲起花茶。

「這茶很不錯，蘭姨，謝謝您的招待。」

正當我默默思考，該如何說出拜訪來意的時候，對方卻像是擁有讀心術，先開口談起：「你放心吧，我沒有向任何人透露你放過金仔的事情，你絕對不用擔心。你看，我也讓你知道，有一名妖怪住在我家裡。若是你想向上級密報此事，我也無話可說。」

「不不，我怎敢冒犯您？只是，這麼大的房子……」我左右張望，看著裝飾豪華的屋內，問道：「只有您與小慕住在這裡？」

「沒錯喔，家裡就只有我跟蘭姨，哈哈！」怪鳥振翅飛起，繞了一圈之後，停在我的肩膀上，聒聒說道：「既然你是蘭姨的朋友，就是我小慕的朋友，我們來當好朋友吧！」

「這……」我有些驚訝，不知該如何回答。

「呵呵，你別嫌棄小慕。」院長笑著說：「如你所見，這麼大的房子，其實就只有我們兩個住而已。這棟房子，一直都很冷清。所以我想……如果你有時間的話，能不能來這裡多走走呢？小慕一直很希望能夠結交朋友。不過，小慕年紀還小，還不懂事，如果冒犯到你，請別見怪啊。」

「蘭姨，這……」

「就算是來陪陪我這個老人家吧。目前，我在皇科院算是半退休的狀態，許多事務都交給底下的研究員處理，待在家裡的時間越來越長。你現在剛進城警隊，應該只是見習隊員而已，也許需要一些人脈吧？我好歹也認識一些有頭有臉的人，你工作如果有任何問題，我應該有能力可以協助。當然，如果你不願意的話，我也不會勉強。還是說，你討厭妖怪？」

「蘭姨，您別這麼說。我工作上的事情，我可以自己處理，不需要您費心。」我輕輕撫摸著肩膀上妖鳥的赤紅羽翼，驀然想起在鬼市結交的朋友，於是淺淺一笑，說道：「我不會討厭妖怪，或者確切來說，我還滿習慣妖怪的存在。雖然與國禁止人類跟妖怪接觸，但是不瞞您說，我也有一些妖怪朋友。」

「果然，我沒看走眼。」院長粲然笑道：「年輕人，真高興認識你，你叫什麼名字？」

「我名叫一葉。」

「很高興認識你，一葉。你來這裡的時候，我也可以教你如何吹出好聽的笛音喔。」

這時，怪鳥嘎嘎笑道：「好耶，我有朋友了！那麼，我就叫你葉哥吧！」

在院長的熱情款待之下，那一天我待了許久才告辭。

後來，雖然公務繁忙，但是一旦有空，我就會去找蘭姨跟小慕。除了閒話家常之外，也會幫忙蘭姨研發新口味的花草茶。

或許，我在心中，默默將蘭姨與早已過世的母親身影重疊起來了。

蘭姨的微笑，總讓我想起年幼之時看到的母親微笑的神情。

自從母親與父親結伴離去之後……我就與杜鵑進入育幼院，不久就被義父領養。雖然看似有點坎坷，但其實這些年來，義父很盡心對待我們。所以，我從小就很希望，能夠不辜負義父的期望，學習他的榜樣，未來也進入皇警隊，成為他的得力助手。

儘管如此，我依然對年幼時與父母親相處的回憶無法忘懷。也許因為這樣，所以當我認識蘭姨之後，就自然而然將這份情感放在與母親容顏相似的蘭姨身上。

自從與蘭姨結識之後，我很快就成為城警隊的正式隊員。因為我的勤奮努力，我的職位越來越高。兩年之後，我就順利升上分隊長一職。外界開始傳言，我接下來會被拔擢進入皇警隊。

原本，我對於進入皇警隊沒有那麼急切的渴望，慢慢升上去也無妨。但因為前幾個月發生某件事，於是我就開始汲汲營營在各個單位打通關係，希望能夠盡快戴上那枚金龍盤旋的水晶胸徽，成為皇警隊的一員。

昨日，皇警隊的副隊長來我的單位找我時，我很期待他對我說明升職之事。

但，我只猜對了一半。

2. 命令

右眼下方有著明顯傷疤的皇警隊副隊長，年約四十多歲，身材精壯結實，身穿只有皇警隊高階等級才能穿上的銀白制服。他走路時，威風凜凜，喜歡讓腰間佩帶的長刃軍刀發出喀喀聲響。

我帶著副隊長進入會客室之後，他隨即將門鎖起來，並且坐在一旁的鐵椅上，慢條斯理對我說起話。

「一葉分隊長，有一件機密任務要交給你。皇警隊的大隊長認為，你是這項任務最佳的執行者。所以，我便被派來將這件任務託付給你。」

「究竟，是什麼任務？」我有些口乾舌燥，心中莫名浮現惡事的預感。

「公法院已經裁判，皇科院的院長曜蘭犯下重罪，即日起撤除她院長一職，並且要將她逮捕歸案。但是今日晨間，皇警隊奉命前往曜蘭的居所時，她早已逃逸無蹤。所以，我們希望你可以協助皇警隊，將曜蘭逮捕。你順利完成這件任務之後，你就會成為皇警隊的正式成員。我相信，這應該是你一直以來的願望吧？」

聽聞此事，我內心震驚不已。

「你怎麼愣住了？別緊張，先坐下來吧。」副隊長瞇眼望著我，舉起手示意我坐下。

我慢慢坐下，想了一會兒，才開口說：「副隊長，這應該是誤會吧？曜院長怎麼可能犯罪呢？她可是皇科院的院長，不可能……」

「我不怪你這樣想。畢竟，曜蘭一向德高望重，誰也想不到她竟然也會犯罪。」副隊長的語氣毫無抑揚頓挫，冷冷地說：「但是，她罪證確鑿，不容推翻，絕對無法含混過去。」

「究竟，曜院長犯了什麼罪？」

「她私自實驗，將人類基因與妖怪肉體混合在一起。這種事情，不只違反與國律法，更違反研究倫理和道德共識，可以說是極其自私又荒謬的行為。」

聽到這件事，我啞口無言，一時之間不知道如何回話。

「難怪你會這麼震驚，畢竟這種事情，實在聞所未聞，太恐怖了。」

「就算院長試圖這麼做，也只是好奇想嘗試而已……」

「不是『試圖』，而是『已經』。曜蘭已經成功混合人類與妖怪的基因，製造出混種妖怪了。」

「這一定是誤會！」我大聲喊道。

副隊長微微一笑，雙手抱胸，饒有興致地看著我：「沒有想到，你的反應竟然這麼大。雖然我跟大隊長說，你可能不太適合這項任務。但是，我最後還是順從大隊長的想法。算了，如果你不願意接下任務的話，也是可以。我會向大隊長如實回報。請放心，就算你不接這項任務，你升任皇警隊的事情，也不會受到任何刁難。畢竟你的考核成績在目前北城的城警隊之中名列前茅，不久之後，你的升職命令就會被核准。」

副隊長起身轉頭，即將離開，腰間的軍刀發出喀喀響聲。

我心中一急，趕緊站起身安撫對方，連忙說：「副隊長，你誤會了，我並沒有拒絕這件任務。我義父……皇警隊的大隊長想將這件事交給我，肯定有他的道理。我只是，想先了解實情。」

我努力勸說之下，副隊長總算回過頭，盯著我打量，再次坐下。

我知道，就算我拒絕此事，還會有其他人被委派任務。所以當務之急，我必須先了解事情原委。

我清清喉嚨，緩和情緒，再次說道：「我想了解，曜院長的犯罪實情。如此一來，我才知道這件任務的意義所在，並且盡心盡力執行。例如，曜院長犯罪的證據是什麼？」

「證據嗎？你應該見過很多次了。」

「我見過？」

「曜蘭身邊那隻紅羽毛的妖鳥，就是證據。那隻妖鳥，就是曜蘭將人類基因與妖怪肉體混合在一起的鐵證。」

我瞪大了眼，不可置信地搖搖頭。

「我將前因後果告訴你吧！曜蘭年輕時，曾與一名男子結婚，生下了一名女孩，但是不久之後兩人就離婚，由曜蘭獨自撫養女兒。但是，曜蘭三十歲獲選為院長的那一年，她的獨生女卻因一場車禍意外而喪生。沒有想到，她當時特地保留了女兒的基因。幾年前，她藉由皇科院的資源，成功研發出異種基因嵌合技術之後，竟將這項技術用在自己女兒身上，將女兒的基因與妖怪混合在一起，製造出那隻混種妖鳥。」

「這種事……」

「這種事，你就算不想相信，也得相信。曜蘭的獨生女，名叫曜慕。我問你，那隻鳥的名字是什麼？」

「是……小慕……」

「那就對了。」

「為什麼你會知道我跟曜院長私下有來往？」

「曜蘭的一舉一動，其實都在皇警隊的掌握之中，畢竟我們早就發現曜蘭犯罪之事，所以一直監視她的狀況。因此，我們也知道你跟曜蘭的關係。我們認為，你應該很了解曜蘭，可能知道她的去處。所以，大隊長才會推薦你執行這項任務。而且，你也知道，曜蘭的身分非常敏感，她除了擁有皇族身分，更是皇科院赫赫有名的院長。一旦這件事情不好好處理的話，有可能演變成很嚴重的政治事件。所以，當我們發現曜蘭已經逃走時，大隊長就與我互相討論，我們都認為這件事情必須暗中處理，於是才找上你。」

我搖搖頭，心中反覆思索，好不容易才開口：「原來如此，我已經明白情況了。我認為，我可以接下這件任務。」

「真的嗎？」副隊長瞅望著我，蹙眉發問：「我看你冒了很多冷汗，沒事吧？」

「我沒事。」我立正站好，肅然而言：「請副隊長下令。」

「這件事情就交給你了。」副隊長依舊一副冷冰冰的臉龐，從容不迫地說：「因為此案屬於重大犯罪，務必將曜蘭逮捕歸案。若犯人不從，或者試圖反抗，我也授權你可以擊殺對方的權力。事後，我會將結案報告寫成犯人自盡。至於那隻混種妖鳥，於法不容，只要見到就必須就地消滅。」

「是！」

「嗯，很好。我先走了，不用送我。」

我恭敬地向副隊長鞠躬，等他離開會客室之後，我始終緊緊握住的拳頭，狠狠打在辦公桌上，發出砰然一聲。

「事情……怎麼會這樣？」

我心中萬分不敢相信，蘭姨竟然會被通緝？

我舉起手，拳頭破皮流血。我凝望著一滴滴流下來的血液，冷靜思考接下來該怎麼做。

不久，心有定案，我即刻轉身，邁步離開，前往郊外的曜氏莊園。

一路上，我小心翼翼，眼觀四面八方，查看有無被追蹤，並且將隨身手機關閉。為了防止被追蹤，我也不使用磁浮車輛和大眾交通工具，而是徒步行走。

走沒多久，我就清楚知道，自己被跟蹤了。但在多年嚴格的訓練之下，我立即甩掉了背後的跟蹤者，並且一路上閃閃躲躲，甚至設下一些迷惑對方的煙霧彈。等到確定跟蹤者絕不會跟上我的腳步時，我才放心前往蘭姨的住所。

我到了蘭姨莊園附近，心知莊園內可能已經有事先設下的眼線。幸好，我的目標並非莊園之內，而是在莊園後山中的一處林地。

蘭姨喜愛培育花草，尤其熱衷於研製花草茶。有一些特殊花種，必須要種植於陰濕環境，所以前陣子她帶我去後山的林地深處，請我幫忙搭建一處小型溫室，負責培養那些珍稀花卉。

曜氏莊園面積廣大，甚至還包含莊園後方的整座山區。縱然皇警隊雷厲風行搜索整座莊園，但應該還沒有人力可以去徹底搜查整個後山。

我猜想，蘭姨若要逃跑，很有可能先躲在那處小溫室。

於是，我一路隱藏行蹤，終於抵達目的地。

我鬆了一口氣，溫室外觀沒有被破壞的痕跡，看起來皇警隊還未來此。但是，進去之後，我卻失望了。

溫室之內，沒有蘭姨與小慕的蹤影。

可是，溫室之中，水氣十分充足，有一些需要特別照料的盆栽，土壤也很濕潤。我看得出來，至少蘭姨昨日曾經來到這間溫室，進行灑水作業。

我有些興奮，趕緊走到溫室內的小房間。平常蘭姨都會在這個小隔間內，放置一些雜物。

探查不久，我就獲得線索。

房間內的架子上，塞了幾張地圖，地圖之上都用紅筆畫出一些記號和路線。

那些地圖，主要是鯤島深山的路線圖，畫線的地方雖然是一些偏僻的道路，不過都有磁浮軌道，可以讓磁浮車通行。

我想到，蘭姨車庫之中，有數輛高級磁浮車，也許她是以開車的方式逃離此地。

我繼續檢查地圖，突然發現少了一些道路圖的資訊。經過比對，我發現雙湖山附近的地圖不在其中。

雙湖山，同時也是妖怪保護特區的所在地。許多年前，王氏集團在雙湖山經營的礦場廢棄之後，與國政府便承租此地，在舊礦場祕密興建妖怪保護特區的基地，當時蘭姨也是參與規畫的建造者之一。

很有可能，蘭姨為了逃過皇警隊的緝捕，所以前往妖怪保護特區。

依照蘭姨與妖怪素來友好的關係，她很有可能向特區內的一些妖怪請求救援。雖然特區屬於皇警隊的管轄範圍，但是蘭姨如此聰明，很有可能就是要反其道而行，故意躲在皇警隊的範圍之中，讓對方找不到她的行蹤。

一想到這，我不禁有些感嘆。

既然麻煩上身，為什麼不來找我呢？難道，蘭姨不相信我嗎？還是說，因為她知道我的義父就是皇警隊的大隊長，為了怕我為難，才不願意向我求救？

多想無益，我收拾起紊亂的心情，冷靜擬定策略，希望能趕緊找到蘭姨，並且保護好她的安全。

依照磁浮車的行駛速度，蘭姨很有可能早已抵達雙湖山的特區。如今要追上她，就算駕駛磁浮車上路也嫌慢。最好的方式，是藉由飛行船，前往雙湖山附近的航空站，然後再徒步走到雙湖山中的特區基地。若是順利的話，我預估最快明天早晨就能抵達目的地。

計畫擬好，我趕緊出發。一路上同樣躲躲藏藏，來到了北城的航空站。

我瀏覽行程表，剛好有飛行船即將前往雙湖山山腳下的城市，並且是直達班次，於是我搭上了這趟航班。

夜裡，我順利抵達山腳下的航空站。沒有任何喘息的時間，我趕緊前往雙湖山。

雙湖山是一般人禁入的禁區，城警隊也沒有資格接觸相關資訊。但是，前幾個月發生那件事之後，我就特別注意特區基地的狀況，並且暗中請熟識的隊員朋友給我前往特區基地的路線圖。

我本來打算，等我升上皇警隊之後，就立刻向上級申請前往特區基地。沒有想到，我卻在這種情況之下，私自前往這座基地。

因為我的行動必須要隱密，所以我不能走在一般道路之上。我重新規畫了一條遠路，繞過可能會被察覺的檢查站，走入深山野林之中。

黑暗的夜裡，我在山中走了許久，到了晨曦初現之時，我已經走了一半以上的路途。依照地圖，很有可能再走兩小時，我就會到達特區基地。

行走途中，我也不斷思考，見到蘭姨之後，我該如何做？

首先，必須保護好蘭姨的人身安全。特區基地畢竟屬於皇警隊的勢力範圍，久待仍有疑慮。所以，我要替蘭姨再找幾個適合的藏身地點。

然後，我可以聯繫一些在公法院上班的院士朋友，試圖重審蘭姨的案件。就算蘭姨真的知法犯法，也情有可原。並且，蘭姨過往的功績有目共睹，或許公法院可以從輕發落。如果小慕真的是混種妖怪，她也沒有犯錯，罪不至死。我相信，在公法院的公正裁判之下，一切仍有轉圜餘地。

為了理清思緒，我稍作停歇，坐在一棵大樹下，仔細思索未來的行動方案。

等到思緒總算理清，想好接下來的應對策略之後，我才站起身。

我環視眼前的樹林，找到前進路線之後，再度踏步出發。

妖怪保護特區，即將抵達。

3. 特區

穿過一片闊葉林，我來到特區基地的後門，內心卻非常困惑。

本來以為，特區應該守衛森嚴，難以靠近。但是，我剛剛爬到林間樹枝之上，遠遠觀察特區基地的狀況時，卻沒有看到任何兵警駐守在外圍。

這是很不可思議的事情。

畢竟，妖怪保護特區是皇族祕密興建的設施，隸屬於皇警隊管理，平時也只有皇警隊成員能夠出入其間。為了讓與國人民不會察覺妖怪的存在，通往山中的重要道路也有警隊據守。所以，我才特地走遠路，繞到偏僻的山徑，躡手躡腳來到特區後門。

但是，這麼重要的基地，外圍卻完全沒有任何兵警守衛，太不合常理了。

以防萬一，我仍然不敢大意，慢慢繞到特區基地後方的大門附近，想要找路進去。

我小心翼翼靠近後門，躲過監視器的角度，從後門附近的圍牆爬牆上去。

怪異的是，圍牆後方，也看不到任何人影。

整座設施，空蕩蕩，悄無聲息，陰風陣陣。

我一路走進去，其實也不用特別提防什麼，因為整座設施看起來都沒有任何人，也沒有妖怪的影子。

詭異的氛圍，一直圍繞四周，充滿了恐怖的壓迫感。

我越來越覺得頭皮發麻。

怎麼說呢……

我覺得這裡應該不是妖怪保護特區。

一直以來，我耳中聽聞的特區基地，就像個世外桃源一樣，讓妖怪可以在特區內自在生活，不用擔心跟人類發生矛盾與摩擦。與國政府負擔特區內的一切支出，在特區內建造許多符合妖怪生存環境的設施。

妖怪若能有幸生活在靈界鬼市那樣的地區，免於跟人類發生接觸，這是再好不過的事情。但是，人界鯤島之內也一直存在著許多妖怪種族，在人類的開發之下，他們的生存空間越來越受壓迫，最後逼不得已只好跟人類發生流血衝突。

所以，與國政府祕密設立妖怪保護特區的主要目標，便是希望能夠減少雙方衝突，並且提供妖怪們適合生存的特別空間。

但是如今，我走在特區之內，一棟又一棟密不透風的灰黑色建築，門口與窗戶都架著鐵欄杆。這種景象，讓我毛骨悚然。

與其說這裡是保護特區，更貼切的稱呼，應該是「監獄」。

我懷疑，我可能走錯地方了。此地，應該不是我認為的那座妖怪保護特區。

我茫茫然走在特區之內，毫無目標，失魂落魄走著。
我一想到那個被我送進此地的妖怪，喉間彷彿梗塞著一塊巨大的苦楚。
我呼吸急促，張開嘴，想要發出聲音。
好不容易，我總算大喊一聲：「金仔！你在哪裡？」
我腳步開始加快，沿途打開每一座房舍的鐵門，叫喊金仔的名字。
我的呼喊在基地內不斷迴盪，但是卻沒有任何回應。當然，我也沒有看到黃毛貓鬼的熟悉身影。
最後，我跌跌撞撞，來到了特區基地內的中心區域，那裡有一座純白色的大樓。
我來到大樓前方，推開門，走了進去，一排排圓柱體的大型玻璃容器聳立於眼前。
每個玻璃容器裡面，都灌滿了黃橙色的液體。黃水之中，都浸泡著一隻又一隻的妖怪軀體。
眼前的玻璃容器，數也數不清，占滿了一樓所有空間。每個容器之中，都存放著不同種族的妖怪。容器下方的標籤，寫上了妖怪名稱、族群、死亡日期等等資料，以及何年何月置入其中。
玻璃容器中的妖怪，像標本那樣浸泡在黃水裡。
我嚇呆了，張口結舌。
我的胸口灼熱，胃酸逆流，讓我不得不蹲下來，開始狂嘔。
好不容易，我才停止嘔吐。
我努力站起身，汗流浹背，撐起發抖的雙腿，一步步走過去，查看每個容器的名牌。
我想找到……金仔。

「你的聲音真大。你還沒走到這棟大樓，我遠遠就聽到你的呼喊。」

熟悉不過的聲音，從旁邊傳來。

「蘭……蘭姨！妳在這裡！」

我驚訝地跑過去，樓梯間的角落，赫然站著蘭姨。

她依舊一臉和善，眼神溫煦。

「葉哥！葉哥！我在這裡喔！」嘎嘎鳥聲從上方傳來，小慕停在天花板的管線上，開心地朝我打招呼。

「蘭姨，小慕，妳們都沒事吧？」

「好孩子，謝謝你這麼擔心我。請放心，我們都沒事。」

雖然找到蘭姨與小慕，讓我不再忐忑不安，但是眼前驚悚的畫面，依舊讓我無法平復心情。

「蘭姨，我想問妳，這裡真的是妖怪保護特區？」

「傻孩子，這裡當然就是特區。」

「可是……為什麼……這到底……」

「唉，說你傻，你還真傻。」

「蘭姨，拜託妳，請妳告訴我……這裡到底是怎麼一回事？」

「好吧，我會將一切告訴你。同時，你也陪我去一個地方。」

「去哪裡？」

「隨我來吧，就在樓下而已。」

我點點頭，跟著蘭姨走下樓梯，小慕也跟在後頭飛過來。

「你在城警隊得知有關特區的事情，都是假的。」蘭姨一邊走，一邊說話。

「這裡……到底是什麼地方？」

「妖怪保護特區，只是一個美化過的名字。若要貼切地說，這裡其實是妖怪實驗基地。」

「實驗？」

「我們皇科院的研究員，會在這裡進行妖怪軀體的各項實驗。我們想要徹底研究妖怪的各種特性，像是妖怪不同種族之間的差異、妖怪肉體的極限、妖怪體內有何臟器、妖怪為何能夠催發大量靈能……等等問題。為了了解這些問題，我們需要極大量的活體妖怪來進行研究。因此，只要被皇警隊抓進來的妖怪，都會變成研究員的實驗素材。長久以來，藉由這些妖怪實驗，皇科院研發出許多跨時代的科學技術，並且讓這些技術應用於與國各種行業之中，讓與國得以繁榮富庶。這座實驗基地，可以說是支撐起與國文明發展的重要設施。」

我渾身顫抖，感到頭暈腦脹。

蘭姨問道：「剛才聽你一直在喊金仔，難道他也被抓進來了？」

我點點頭，傷心欲絕地說：「沒錯，他被抓進來了。送他進來的人，就是我……幾個月前，我與隊員在轄區內巡邏，但是光天化日之下，金仔竟然試圖偷竊一家水果攤的商品。因為我是和隊員一同撞見金仔，我沒有辦法隱瞞，只好先將他繩之以法。按照規定，我只能將金仔交給皇警隊，讓金仔被移送到特區。雖然如此，但我有答應金仔，我會去照顧他的小孩。並且，只要我升職為皇警隊成員，我就會來這裡找他。若他不想要住在這裡，我也會努力讓他離開……」

說著說著，我眼前一片模糊濕潤。

「傻孩子，別哭了。」蘭姨舉起手，擦拭著我不知不覺流下的眼淚。

「我答應過他！我告訴他，只要在特區待幾個月，我就會來找他……蘭姨，這都是我的錯，全都是我的錯……」

我再也說不下去，只能努力強忍淚水，調整呼吸。

蘭姨嘆了一口氣，出聲安慰：「孩子，這不是你的錯，是我們這些人隱瞞你太久了。」

「為什麼？為什麼一定要這樣？」

「孩子，你不了解的事情，太多了。」

「告訴我……」我抓住蘭姨的手，停下腳步，情緒崩潰地說：「告訴我！我想知道！」

「你知道與國賴以為生的電曜能量，從何而來嗎？」

「電曜能量，是從電曜晶礦產生電能。蘭姨的祖父，是最早發現這種晶礦的人，也藉由科學研究得知晶礦如何產生電能。因此，這種晶礦便以你們家族的姓氏命名。蘭姨，妳為什麼問這個問題？」

「我要告訴你，其實電曜晶礦，根本無法自主產生電能。」

「但……明明就可以，一直以來，我們不是都在使用晶礦產生的電能？」

「晶礦雖然無法自主發電，但是它可以作為媒介，將妖怪身上的靈能轉換為龐大的電能。」

霎時，我明白了。

我腦中一片空白，放開了蘭姨的手。

「孩子，你應該知道我的意思吧？唉……我知道，這是很殘忍的事情。我以前一直告訴我自己，這一切都是為了與國，為了人類的發展，這是不得不做的罪惡。但是，自從和小慕在一起之後，我的想法就慢慢改變了。所以，我漸漸不再參與皇科院的任何研究。」

我忍著痛徹心肺的悲傷，向蘭姨發問：「既然如此，為什麼現在這裡會變成這樣？」

「許多年來，皇警隊在鯤島四處搜捕妖怪種族，幾乎將他們捕捉殆盡，很難再找到更多研究素材。上級經過評估，認為皇科院在妖怪實驗之中，已經獲得許多豐碩成果，階段內的任務已經達成，短期之內難以突破，於是下令關閉這個特區，撤離所有人員。不久之後，雙湖山的經營權就會歸還給王氏集團，基地內的所有房舍都會被拆除。據說，王氏集團將會在這裡興建大飯店，致力發展觀光業。」

「那些原本在特區中的妖怪呢？」

「妖怪在實驗過程中，死傷率極高。近年來，留在此地的存活妖怪，越來越稀少。前陣子，皇警隊決定撤出此地時，便將那些為數不多的妖怪全部殺除，只留下目前這棟大樓的妖怪標本尚未清理。」

「那麼，金仔呢？」

「唉，我不知道他會在哪裡。數年前，我就已經退出實驗團隊。要是我知道他被送進來，肯定會想辦法救他。」

「這棟大樓內的玻璃容器，有多少個？」

「總共兩萬多。」蘭姨望著我，表情哀傷地說：「對不起，我很自責，不應該瞞著你，辜負了你對我的信任。」

「我……我不知道該怎麼說。」我表情蒼白，試圖回復冷靜，重新調整思緒，再向蘭姨詢問：「那麼，妳被皇警隊通緝的事情呢？妳將人類基因與妖怪混合在一起，違法製造出混種妖怪。如今，公法院認定妳違法，要將妳逮捕。」

「原來他們替我安上這個罪名。」

「蘭姨，難道妳沒犯罪？」

「孩子，我問你，你這段日子和小慕相處，你認為她是罪惡的產物嗎？」

我望著飛在一旁的小慕，表情苦惱地搖搖頭。

「很久以前，我試圖以科學技術，製造出我女兒的複製人。但是，這種方法難度太高，我頻頻失敗。後來，我改變想法，思考如何利用妖怪的強大肉體，讓我的複製實驗得以成功。最後，我利用了我女兒留下來的基因，以及在這座基地試驗出來的嵌合技術，讓小慕誕生在這個世界上。公法院的判決，不是栽贓。但是，這項罪名，其實只是皇警隊想要藉機將我殺害的藉口罷了。」

我不明所以。

「我告訴你，另一件真相。」

在蘭姨的帶領下，我們走入了黑暗無光的地下室。

4. 抉擇

整個基地已被荒廢，地下室一片漆黑。

但，蘭姨在地下室的牆面稍微摸索了一下，打開某個箱蓋中的開關，立即啟動備用電能，地下室的通道燈光瞬間亮起。

「當初建造這座基地時，我有參與其中，所以算是熟門熟路。」

蘭姨微微一笑，帶我走過前方的廊道。

廊道曲曲折折，旁邊有許多房間。每個房間都有編號，並且寫上「解剖室」、「臟器室」、「毒氣室」、「電擊室」……等等名稱。

蘭姨對這些房間視若無睹，一路走到盡頭的一個小門之前。

門上的告示牌，寫的是雜物室。蘭姨打開門，邀我進來。

小慕一馬當先飛進去，我也跟著走入。

雜物室內的物品不多，空間也不大，只有一個大櫃子放置一些打掃用具。

「當初，我設計這棟建築物的時候，留了一個祕密空間，以防未來變化。」

蘭姨走到櫃子右邊，在牆上摸索一番，突然按到某個開關，空無一物的牆上，突然浮出一個灰色按鈕。

蘭姨按下按鈕，櫃子突然發出一陣齒輪震動的聲響，隨即櫃子緩緩左移，露出後方的一扇鐵門。

蘭姨在鐵門上的密碼盤按下幾個數字，鐵門緩緩開啟。

「小慕，妳就別進去了，留在這裡把風。有任何狀況，趕緊通知我們。」

小慕嘎嘎鳴叫：「蘭姨，沒問題！把風的任務就交給我吧！」

「至於你，就跟我一起進去。」

我隨著蘭姨走入密室。

密室之內燈光明亮，非常寬敞，就算容納十幾個人也沒有問題。不過，偌大房間中，只在角落放置了一部大型機器，上頭有螢幕，也有許多操作按鍵，並且不停發出運轉聲響。

「我想要告訴你，與國有史以來，最重大的一件祕密。而這項祕密，未來將會毀滅與國。我問你，你想知道嗎？」

「蘭姨，我跟妳走來這裡，就代表我願意接受真相。不管是多麼殘酷的事情，我都願意接受。」

「好孩子，我果然沒看錯你。」蘭姨呵呵微笑，隨即眼神一凜，注視著我，娓娓講起：「我剛才說過，長久以來，與國的電能都是利用妖怪靈能，將之轉化變成電力。不過，在我父親那一代，我們卻不需要再捕捉大量妖怪來製造電能。」

「難道，找到了更好的替代方案？」

「你說得沒錯。在一場大地震之後，有人發現在琅嶠城的地層之下，有一隻巨大無比的獸型妖怪。根據久遠的民間傳說，我們認為這就是恐怖的地底巨獸『地牛』。」

「地牛？」

「百聞不如一見，你來親自看看地牛的模樣吧！」

蘭姨按下房中機器的按鈕，隨即螢幕投射出浮空畫面。

畫面上，是一處大型坑洞，坑洞之中，赫然是一隻巨大無比的雙角怪獸，身上插滿了瑩藍色的長型棍棒。

怪獸毫無動作，雙眼緊閉，似乎正在沉睡。而怪獸躺臥處，則是一座紅色的湖泊。

但是仔細一看，這座湖泊竟然冒著火焰，熱氣蒸騰，看起來像是高溫炎漿匯集而成的湖泊。

「這個畫面，是地牛的即時影像。這十幾年之間，與國使用的所有電能，其實都是從這隻大妖怪的身上提取出來的能量。地牛身上的電曜晶棒，會將地牛身上的熱能轉換成電能，然後集中於能量轉換裝置之中。接著，電能會經由琅嶠城郊的電曜晶廠統一處理，輸送至鯤島每個地方。」

「真是……難以想像，琅嶠城的地下，竟然有這種大型妖怪的存在。這麼龐大的妖怪，你們如何制服它？」

「事實上，我們並沒有制服地牛。人們一開始發現地牛的時候，它就是這個模樣，雖有生命，卻無動靜。我父親經過調查，推測它可能是陷入沉眠。後來，我經過一些研究，我認為它是被某個妖怪施以強大的封印術，導致動彈不得，甚至因此沉睡不起。」

我望著眼前不可思議的畫面，指著那片紅色湖泊，問道：「這是什麼？」

「自從我父親在地牛身上刺入電曜晶棒之後，許多炎熱漿液就從地牛傷口汩汩流出。那些熱漿雖然高溫滾燙，但是不靠近的話，也沒什麼太大危害。於是，我父親就置之不理，繼續專心研究如何將地牛體內能量轉換為電能。不久之後，他成功了，終於讓與國擁有源源不絕的電能。」

「原來是這樣。長久以來，與國的電能，竟然都是地牛體內能量的供應。既然如此，妳說這個祕密，將會導致與國毀滅，又是什麼意思？」

「自從我接手父親的工作之後，我對於那些熱漿很感興趣，於是開始研究熱漿的性質，以及逐年測量熱漿的流量。在我的研究之中，我將這些熱漿稱為『熱物質』。我發現，熱物質擁有極大的爆炸能量，就跟火藥一樣。只要越多熱物質聚集在一起，就越會發生大型爆炸。所以，你才會看到熱漿上方有許多火焰。」

「難道，從地牛體內流出來的熱物質，越來越多？」

蘭姨點點頭，說道：「我發現，只要從地牛身上提取越多能量，從地牛傷口中湧出來的熱物質，就會越來越多。地牛體內流出來的熱物質，源源不絕，平均每一年流出的數量多達一萬噸。雖然地牛所在的坑洞極為寬廣，容納這些熱物質依然綽綽有餘。可是，熱物質流出的速率，卻越來越快，去年甚至一整年多達五十萬噸。我覺得很奇怪，於是開始進行模擬測驗。測驗結果，讓我非常驚訝。」

我凝望著蘭姨沉重的表情，感到測驗結果一定很不樂觀。

「根據模擬測驗，地牛體內能量已經產生暴衝現象，只要再繼續抽取地牛能量，再過十年或二十年的時間，地牛體內的熱物質就會一夕之間釋放，湧出無數大量熱漿，就像火山爆發那樣，徹底淹沒整座鯤島。屆時島毀陸沉，整座鯤島將會毀滅。」

「什麼?!」

「之前，我曾經兩年都不提取地牛能量，甚至將地牛身上數根晶棒抽出，看看是否能夠減緩熱物質湧出的現象。但是，根本無濟於事。我推測，先前刺入的那些晶棒，無意中破壞了地牛體內某種調節能量的器官，讓地牛體內熱能產生不穩定的現象。經過估算，就算現在完全停止抽取能量，或者將晶棒全數拔出，頂多只能延遲五年的時間。時間一到，地牛依舊會爆發體內所有熱物質。」

「琅嶠位於鯤島南邊，難道地牛引爆熱物質，也會波及中北部？」

「我估算過，屆時受災範圍，將會包含整座鯤島。」

「真的沒有挽救的方法？」

「這幾年來，我都在試圖找尋補救之法。最後，我想到了一個方式。既然地牛爆發能量勢在必行，那麼就先讓它爆發，釋放出一部分的能量。如此一來，應該可以讓鯤島免於全面毀滅的危機。」

我驚訝地說：「但是，這麼一來……」

「沒錯，這麼一來，鯤島仍然會被地牛爆發的能量影響。就算如此，這個方案，也是我目前能夠想到最好的一個對策。可是，要進行這個對策，卻有很大的難度。那是因為，依照目前皇科院的技術水平，我們仍不知道該如何讓地牛的能量爆發提早發生。我曾實驗過，在地牛身上引爆小型炸彈，但根本毫無影響。若要加強炸彈的威力，我又害怕弄巧成拙，提早讓地牛全身能量不穩定，導致能量大爆發，反而得不償失。如果要在它身上刺進更多電曜晶棒，加速能量爆發的速度，我也同樣擔心提油救火。最後，我想到一個方向，那就是讓地牛甦醒，讓它自已去釋放能量，或許會是最好的對策。可是，這個方式又有兩個問題。第一，地牛身上的無形封印，能量極為強大，目前依靠皇科院的技術，依然無法將它完全破解。第二，當地牛醒後，如何控制它？如果它發狂的話，整座鯤島還是有可能被它毀滅。」

聽到蘭姨的說明，我看向畫面中的雙角巨獸。我實在難以想像，鯤島未來的命運，將由這隻大怪獸所決定。

「蘭姨，妳說的事情，我都明白了。那麼，皇警隊想要追殺妳，又是什麼原因？」

「我知道自己在皇科院的影響力越來越薄弱，但是地牛的問題，實在無法繼續拖延。所以今年初，我在皇科院的高層會議，提出一項方案。我提議，從今開始，無限期停止提取地牛能量，藉以緩和鯤島滅亡的時間。而這項提議，毫無意外，引起了軒然大波，不斷出現反對聲浪。以前，我們之所以能夠兩年內都不提取地牛能量，是因為當時電曜晶廠內監禁了許多妖怪，還可以藉由提取他們體內的靈能，供應全島電力。但是現今，那些監禁在晶廠內的妖怪，大多死絕，而鯤島各地又難以找到替補的妖怪。所以，我的提案受到很大的質疑。何況，我提出的方案，是永久不再提取地牛能量。這一點，讓皇族人士無法接受，甚至質疑我的研究有問題，認為我只是無事生非，刻意捏造虛假的實驗結果。我本來以為，只要堅持提案，也許會有轉圜的契機。沒有想到，我太天真了。前幾天，皇族先下手為強，突然決議停止我在皇科院的一切職權。這時，我察覺大事不妙，才趕緊計畫逃亡。」

了解真相的我，心情苦澀，想說些什麼，但又不知道該說什麼。

「見到你這麼困擾，實在非我所願意。所以，我才沒有通知你，就自己跑了出來。」

「蘭姨，妳來這邊，應該不是為了逃亡而已吧？妳到底有什麼計畫？妳別怕，我一定用盡一切辦法，保妳平安。」

「我太了解皇族跟皇警隊的手段，所以我很明白，我已經無路可走。因此，我有了一個抉擇。」蘭姨手指著前方的機器，緩緩說道：「昔日，為了以防萬一，我曾在地牛的坑洞中祕密埋放許多大型爆裂炸彈，那些炸彈比以往實驗時的威力更加強大。同時，我也在這裡設置了監控螢幕，讓我可以觀察地牛的情況。一旦情況危急，我就會利用這部機器，啟動坑洞內的炸彈。我希望藉由那些炸彈，孤注一擲，試試看能否提前引爆地牛體內的能量。而且，那些炸彈是以電曜能量驅動，我認為也可以藉由能量共振反應，讓地牛身上的無形封印衰弱化，藉此讓地牛有機會突破封印，進而自主釋放能量。如果這些盤算都落空，炸彈也可以炸毀坑洞，破壞坑洞周遭的能量轉換裝置，讓晶廠再也無法運作……」

蘭姨話還未講完，倏忽臉色大變，伸出雙手往我這邊衝過來。

她猛然將我推向旁邊，導致我跌了一跤。

「蘭姨，妳怎麼了？」我跌坐在地上，轉頭一看，驚訝萬分。

蘭姨的胸口，刺著一把尖銳的長刀，鮮血不停流。

「蘭姨！」

我一聲尖叫，趕緊站起，隨即看到蘭姨的前方，站著右眼下方有著傷疤的副隊長。

副隊長依舊一副冷冰冰的表情，慢條斯理地說：「沒想到曜院長竟然願意替臭小子挨刀，真是偉大。」接著，他緊握刀柄，將刀刃往後一縮，血花噴出。

「副隊長！你做什麼？」我大吼一聲，趕緊抱住癱軟在地的蘭姨。

「我做什麼？我當然是來緝捕罪大惡極的逃犯，以及懲罰想要私放逃犯的叛徒！」

我讓受傷的蘭姨平躺於地，隨即站起身，怒氣騰騰瞪視對方，喊道：「外面的小慕呢？你把她怎樣了？」

「你都自身難保了，還想顧別人？」副隊長瞇著眼，橫眉睨視著我，輕蔑說道：「臭小子，我早就看你不順眼。你以為，憑著跟大隊長之間的關係，就能平步青雲？想當年，我可是自己一步一腳印，立下多少汗馬功勞，才終於坐到副隊長這個位置上，你憑什麼能夠跟我比？你以為能爬到我頭上？」

「副隊長，我對你從來沒有輕視之心，你別誤會。」見到對方蠻橫不講理，我只好耐下性子，與他溫和說話。

「哼！你別擺出那副無辜的臉。你難道沒聽過，警隊都在謠傳，你處心積慮進入皇警隊，就是想擠下我的副隊長職位？」

「副隊長，你真的誤會了！」

「狼子野心，誰不知道？」

眼見無法溝通，我只好轉換話題：「我來這裡，你怎麼知情？我明明已經很小心注意，為何還會被你跟蹤？」

副隊長皮笑肉不笑地說：「皇警隊可以透過各種管道，得知與國每個人的訊息和所在位置，連你也不例外。想逃離監控，根本是癡心妄想。你不知此事，是太天真還是太蠢？」

「你如果傷害我，大隊長不會放過你！」

「放心吧！我已經做了一些防範措施，大隊長不會知道這裡究竟發生過什麼事情。」

「可惡……」我咬牙切齒，想要找尋反擊機會。

「總之，讓我親眼看到你包庇逃犯，是你的不幸。嘿嘿……就算現在將你當場擊殺，也屬於合情合理。」副隊長舉起染血的長刃軍刀，開啟刀刃上的電曜裝置，刀身散發出瑩藍色的光芒。

副隊長不給我喘息的機會，即刻就是一刀揮來。

我想往旁邊閃開，卻察覺刀刃將會直劈地上的蘭姨。我大吃一驚，急忙俯身衝撞副隊長，讓他倒向另一邊。

「臭小子，以下犯上，不可饒恕！」

副隊長一臉凶狠，再度舉刀砍過來。

我抓準時機，急忙蹲下身，躲過刀刃之時，右腳直接往上踢擊對方的手臂。受到踢擊影響，軍刀往上揮去，刀身就劈向副隊長的右腦袋。

雖然副隊長即刻穩住刀柄，沒有傷及自己，但他卻驚聲慘叫。

「我的眼睛！」

副隊長的右眼突然散發強烈的藍色電光，讓他痛苦不堪，只能閉起右眼。

自從認識副隊長之後，我時常注意他右眼下的傷疤。同時，我也察覺，他的右眼看似正常，但瞳孔有時候會散發出微弱藍光。因此，我以前就在懷疑，他的右眼有可能是以電曜科技製作而成的人工義眼。

電曜義眼十分精密，功能雖與正常眼球完全相同，卻也非常脆弱。義眼一旦被強大電力刺激，很有可能產生故障。所以，我故意讓電曜軍刀揮向副隊長的右腦，果然順利干擾了他的義眼運作。

「我饒不了你！」副隊長手摀右眼，舉刀往我揮舞而來。

我故意站在他的右側，讓他無法準確瞄準我的方位。

副隊長揮刀頻頻落空，越來越生氣，怒吼一聲，就拿刀砍向身旁的機器。

蘭姨特地製作的機器，瞬間發出一陣火光，投影螢幕也瞬間消失。

「你們想破壞與國的電力來源吧？現在這部機器已經毀壞，你們的詭計失敗了！」

副隊長連聲狂笑，發瘋似地不斷揮刀劈砍機器，無數火花與電光交錯迸發。忽然，長刃軍刀卡在一片金屬殼之中，副隊長一時無法將刀抽出。

我疾步向前，撞向副隊長，對方鬆開了軍刀，應聲倒地。

接著，我兩手握緊刀柄，奮力將之抽出。

這時，副隊長抓住我的腳踝，讓我重心不穩，往前跌跤。對方站起身，哈哈一笑，想搶走我手中的軍刀。

「啊！」

副隊長嘴角流血，瞪大雙眼。

我抓穩軍刀，將尖銳刀刃直直刺進副隊長的胸膛。

一陣哀號與血花從他的口中吐出。

漸漸地，聲音越來越薄弱，越來越細微。

等到確定對方不再發聲，不斷掙扎的雙手也停下動作，我才終於放開刀柄，慢慢站起身。

「蘭姨，妳還好嗎？」

我走到蘭姨身畔，用手壓住她不斷滲血的胸口。

「謝謝你……」

「別說話！我帶妳去找醫生，趕緊處理傷口。」

「我要死了……」

「蘭姨，撐住！」

「其實……我一直很後悔，很怨恨，但我卻無能為力……」

「我求妳，別說話……」

「我只是很想……很想跟我女兒在一起，我最大的願望是……」

我抱著蘭姨虛弱的身軀，靜靜聆聽她最後的遺言。

5. 心願

我穿著墨綠色制服，胸口配戴菱形的水晶徽章，徽章上方有著一尾銜珠金龍。

我一身正裝，走入北城的皇警隊總部大廈。

藉由專人帶領，我來到總部頂樓的大隊長室。

「進來。」

門後傳來指示，我打開門，恭敬地走進去。

義父坐在大桌子後，一臉笑容。

「你的報告寫得很好，任務也執行得很妥善，真是辛苦你了。」義父拿起桌上的報告書，滿意地點點頭。

「大隊長稱讚，是我的榮幸。」

「只可惜，曜蘭趁隙反擊，竟然殺害了副隊長，真是遺憾……」義父抬起頭，凝望著我，問道：「根據你寫的報告書，最後是你親手刺殺曜蘭？」

「是的，沒有錯。若大隊長有疑問，可以去問驗屍部，我已經將罪犯的屍體送過去那邊。」

「你的能力卓越，我很放心，不用再查。你的任務圓滿成功，所以我昨天就請人事部將你調來皇警隊，你以後就在我身邊做事情吧。」

「謝謝大隊長。」

「謝什麼呢？這是你應得的榮耀。」義父站起身，和藹地走到我面前，拍拍我的肩膀，說道：「這一切，都是你努力獲得的成果。要記住，你的一切努力，將讓興國更加繁榮，興國百姓都很感激你的付出。我這麼說，你明白嗎？」

「我很明白。」

「呵呵，明白就好。我還有事，不陪你了。你今天就先放假休息吧，明天再過來。」

「是的。」

我深深一鞠躬，就向義父告退。

離開了皇警隊總部，我一路前往曜氏莊園。

如今，罪犯伏法，莊園內的兵警都撤離了。

到了莊園門前，我遠遠眺望著前方的莊園建築，低頭嘆息。

隨即，我繞過莊園，走向後山的小溫室。

打開溫室的門，頭頂就傳來嘎嘎鳴叫。

「葉哥！你終於回來了……我好擔心，我擔心那些壞人對你不利……」

小慕雙眼泛淚，飛了下來，停在我的肩頭，哭哭啼啼地說：「現在蘭姨……蘭姨不在了，我好擔心你也離開……嗚嗚嗚……」

當初，副隊長走進密室，我還以為外面的小慕已經慘遭不測。幸好，之後我發現小慕只是被打傷而已。雖然傷口不輕，但沒有傷及性命。看來，副隊長當時為了趕緊找到我與蘭姨，所以沒有時間對小慕下毒手。

我輕聲安慰對方：「乖，別哭。我會在妳身邊，絕不會離開妳。」

「葉哥……我饒不了那些人，那些可惡的壞人！可惡的大壞蛋！」

我撫摸著小慕身上的紅羽毛，盡力安撫她的情緒。

「葉哥，如今蘭姨不在了，我實在不知道該怎麼辦……嗚嗚……一直以來，蘭姨就是我的一切……」

「小慕，先前沒機會問妳。現在，我想問妳一個問題。妳知道妳的身世嗎？」

「我當然知道，蘭姨一開始就跟我說了……」小慕哭了一會兒，總算停住眼淚，情緒低沉地向我說明：「當我被製造出來，有了自我意識之後，蘭姨就對我誠實坦白。」

「妳不會厭惡蘭姨這樣做嗎？」

「蘭姨是天才，是一個無所不能的人，但是她也有做不到的事情。我一直明白，她最大的願望就是製造出她女兒的人類分身，但受限於技術，最後她只能製造出一個人類與妖怪的混合種。就算是這樣，蘭姨依然是我的母親。沒有蘭姨，我就不會出現在這個世界上。我對蘭姨，永遠充滿感謝。」

「唉……蘭姨真是一個很好很好的人。」

「蘭姨的溫柔，我永遠都不會忘記。雖然，我只是她女兒的替代品，但在我心裡，我知道她就是我的母親。」

聽聞小慕這樣講，我越來越懷念起蘭姨。

蘭姨是個矛盾的人。

她帶領皇科院的團隊在特區內進行殘忍的妖怪實驗，同時私下卻又對妖怪十分友善。

蘭姨在特區內對於妖怪的所作所為，讓我非常傷心。但我一直在心裡想，我難道有資格評論她的行為？

蘭姨的研究成果，長久以來支撐著興國的發展。一直以來，我就是在這個繁榮社會的庇護之下，順利長大成人。因此，我可以完全不顧此事，故作清高，批判蘭姨的行為嗎？

如今，斯人已遠，功與過都只是一種看法而已。重要的，是接下來該怎麼走。

「小慕，妳接下來有什麼打算？」

「葉哥，我想過了。以後，你就別叫我小慕。蘭姨口中的小慕，其實早已過世。我很清楚，蘭姨只是太過想念女兒，才會讓我有了誕生的機會。而這幾年來，我其實也只是占用了蘭姨女兒的身分，在蘭姨身邊渴求一份溫暖而已。如今，蘭姨離開了……我也不應該再自私地占用小慕的身分。」

「那麼，我該怎麼稱呼妳？」

「小慕已經不在世上，我只是從她墓坑裡飛出來的一隻怪鳥而已。所以，就叫我墓坑鳥吧，這才是我真實的樣貌。」她低下頭，似乎在想什麼，然後再抬起頭望著我，問道：「葉哥，你呢？你接下來，有什麼打算？」

我決定毫不隱瞞，向她說出我的規畫。

「蘭姨離開前，曾經說出她的遺言。」

「蘭姨說了什麼？」

「她說，她其實只是想跟她的女兒在一起。而她最大的願望，就是希望女兒可以平安幸福生活在美好的世界裡。」

「唉……蘭姨……」

「所以，我決定實踐蘭姨最後的心願。我想要創造一個美好的世界。」

「這麼困難的事情，你要怎麼做？」

「放心，我已經有想法了，我會慢慢告訴妳。首先，我想問妳，妳是否想跟我一起做這件事情？」

我一臉平靜地發問。

自稱墓坑鳥的妖怪，堅定地點點頭。

第八章

島崩倒數

在天之pinavavuʔacan之靈啊！

為何如此地動？

如有社民犯禁忌，我們謹此謝罪，祈速釋怒。

——排灣族巫師平鎮地震之祈禱詞

謀局良久，如今即將塵埃落定。

本來以為，我的心情應該會有如釋重負的輕鬆感。但其實，距離計畫實現的日子越近，悵然若失的空虛感，反而更加濃烈。

我應該要高興才對。

但是，我越對自己這樣說，就越無法高興起來。

悶悶不樂的情緒，猶如一層又一層黑暗的烏雲，無時無刻籠罩著我。

我很清楚烏雲的真身是什麼。

層層烏雲，是死亡之預兆。

大量的死亡，數以百萬、千萬的死亡。

最悲觀的預測，鯤島人族也許會滅亡泰半。因此，我必須做好各種預防措施。

雖然，我已經反反覆覆模擬計畫推演很多次，不斷評估結果會如何，並且一直告訴自己，這是無法避免的過程。但終究，我每晚還是會夢到恐怖的惡夢。

我總在半夜冷汗驚醒。

有好幾次，甚至在睡夢中瘋狂呼喊，嚇得阿墓飛進房內察看狀況。
我不會奢望，未來我將不會再做惡夢。我非常清楚，惡夢將會不斷延續，直至我死亡的那一天。
我只祈求，黑暗無比的惡夢最後只會停留在我一人身上。
囊昔，我的同族們做錯之事，已無法挽回。我只能盡力彌補。
過去，現在，未來，在任何時候所消逝的無數生命們，我都心感哀戚，一心祈願，好好安息。
目前我唯一能做的，就只是每晚失眠時，拿起那把故人的笛子，悠悠吹奏一首安魂之曲。

1. 三時

魂樂車總算抵達鯤島海岸。
大家放眼望去，原本應該是繁華港口的處所，卻已經千瘡百孔，猶如廢墟。好幾艘大型輪船，因為遭遇地震與強烈海浪，偌大船隻竟被沖上岸，橫躺於街道上，壓垮無數樓房，殘破慘象不忍卒睹。
地裂屋毀，斷垣殘壁，破損的巨大管線突出地表，火紅祝融肆虐多處，四面八方傳來哀嚎痛苦的叫聲。有人正在嚎啕大哭，也有人尖聲求救，路旁一輛撞到電線杆的警車不斷狂響鳴笛，仔細一瞧，才發現車內的警員們已經頭破血流，回天乏術。
四處都是灰黑色的煙霾，一片暗濛濛之中，倉皇失措的人們攙扶彼此，在地層塌陷的港街之上，慌張逃竄。
此處，還只是鳳山城的外圍港口而已。離崩毀山丘更近的區域，想必更加災害慘重。

瞇著眼遠遠望去，城市中心的高聳大廈，一半以上都已經倒塌。

怵目驚心的慘景，讓大家目不忍睹，震懾不已。

這一座被地震毀滅的城市，可能有上百萬人生死未卜。

最可怕的是，這其實不是最糟糕的狀況。現在發生的大地震，只是因為地牛封印不穩定，因而導致地層震動。若是之後，地牛徹底解封，恐怕島上的許多城鎮，將會一夕之間化為烏有。

雖然，想要停下車，幫忙疏散災民。但是，這並非最佳的選擇。畢竟，日蝕時刻越來越近，大家必須抓緊時間趕去琅嶠城，阻止地牛順利破封。

這時，駕駛魂樂車的菟蘿，猛然停住車子。

前方的磁浮道路，幾乎都被震塌了，道路凹凸不平，崎嶇難行。

菟蘿為難地說：「若是磁浮車，勉強還能依靠磁能浮力走在這種道路上。但我們這輛魂樂車，是傳統四輪驅動的車子，根本無法行走。」

「放心吧，還有路可行。」椅仔姑氣定神閒，指揮菟蘿後退，開車返回方才上岸的海灘，「根據我的占卜，濱海地區是目前地震損害最小的地方，濱海道路也許還可以行駛車輛。」

雖然因為地震，沿海區域可能產生海水倒灌的狀況。但是如今之計，為了快點抵達琅嶠，行駛濱海道路應該是最佳方案。

魂樂車駛回港口，在椅仔姑的指示下，東拐西彎，果然發現了一條還可行走的濱海道路。

椅仔姑的預測，確實可靠。菟蘿踩下油門，就往南邊的目的地飛奔而去。

猝然，遠方傳來一連串轟隆聲響，地震再度發生，頓時天搖地動。魂樂車受到影響，不禁失控，往右方打滑。

「小心！有人！」

蛇郎一聲大叫，菟蘿緊急煞車。

魂樂車霎時停止，一抹紅髮人影出現於前方。

「這不是……震天霆樂團的成員嗎？我記得，他叫做詹震。」婆娑瞧著對方，認出對方身分。

詹震差點被車撞到，面有慍色，似乎即將開罵。

這時，林投大姐打開車窗，生氣喊道：「你幹麼擋在路中央！」

個性輕佻的詹震，自從在雙湖山中被蛇郎與婆娑救醒之後，態度就一百八十度大轉變，不再無禮輕視他們。所以，他一見到車內是妖幻樂團成員，臉上立即露出微笑，趕緊向林投解釋：「抱歉，我急著跑去港口找警隊求救，因為剛才地震，我們這裡有很多傷患……咦，你還好嗎？」

詹震抬眼一瞥，發現有人趴在車頂上。那人臉色鐵青，目光呆滯，看起來狀態極差。

灶君手勢比讚，強顏歡笑地說：「我沒事……只是暈船而已……」

這時，路旁出現了一堆人群，大多是穿著光鮮亮麗的年輕人，表情都很驚恐，正往港口的方向急忙趕去。

詹震繼續向大家解釋：「地震發生之後，很多人受傷，連天宗團長也受了重傷。所以，我們讓傷患待在原地休息，像我這樣傷勢不重、還可以走路的人，就先去附近的港口請求救援。」

坐在林投旁邊的蛇郎，望向道路上的人群，向詹震問：「為什麼你們一大群人會在海邊？」

「你不知道嗎？鳳山城音樂祭的活動地點，就在旁邊這座濱海公園。」

聽到詹震這麼說，蛇郎遙望人群後方。遠處的海灘，散落著一大堆音響器材，以及四處倒塌的舞臺鋼架，場面狼藉混亂，蛇郎瞬間恍然大悟。

詹震說道：「今年來參加的聽眾，人數很多。沒想到剛才一連串的地震，讓音樂祭才剛開始就被迫中斷。你們妖幻樂團，難道不是正要來參加音樂祭嗎？」

「我……那個……」蛇郎嘿嘿傻笑，沒有想到誤打誤撞，最後還是來到了舉行音樂祭的會場。

「不過，因為地震的關係，你們想參加音樂祭的願望，應該沒辦法實現了。」詹震一臉苦笑。

這時，一旁的婆娑，似乎想到什麼，向詹震發問：「我剛才看到，空中有很多飛行船，是不是很多災民都被救上船了？」

「飛行船？災民？」詹震想了一想，似乎想到什麼，拍著手說：「對呀！真是幸運！」

「什麼意思？」

「那些飛行船，其實跟地震無關。我聽鳳山城的朋友說，從昨晚半夜開始，城警隊突然莫名其妙發布演習警報，強硬規定一些人要去搭飛行船，進行演習訓練。那些飛行船，應該就是載滿那些人。聽說，飛行船在清晨的時候就開始陸續起飛。我朋友因為不放心家人上飛行船，所以也跟著過去，結果沒辦法來參加音樂祭。沒想到，那些搭上飛行船的人，竟然意外逃過這場大地震，真是幸運啊！」

聽到這件事，婆娑驚訝萬分。原本他懷疑，為何地震剛發生，飛行船就能立即飛上天空躲避災害？原來，那些盤旋上空的飛行船，是從昨夜開始演習，載滿人族婦孺之後升空。

究竟是誰，竟然能夠未卜先知，預先利用飛行船載送人們？而且，竟然能夠動用城警隊的力量？

難道……是他？

若真是他所為，為什麼他想救人，又想毀滅鯤島？

婆娑皺眉苦笑，實在無法理解。

詹震接著說：「抱歉，我沒時間繼續聊天，我還要趕緊去求救……」

詹震說完話，就向大家揮揮手，繞過車子，繼續趕路。

這時，椅仔姑拍拍菟蘿的肩膀，說道：「沒時間再耽擱了，趕緊開車吧！」

接到椅仔姑的指示，菟蘿深吸一口氣，即刻發動車子，往前行駛。

一路上，魂樂車奔馳於濱海道路，偶爾會遇到塌陷的路段，或者是一排排傾斜倒下的電線杆、損壞的電曜能量輸送管線。這時，就得仰賴魔蝠長老施展能力，口吐靈氣營造出巨大氣流，將魂樂車懸空抬起，讓車子得以跨越障礙，往前不停馳騁。

如今時間，只剩下三小時。

2. 二時

晶廠內，一葉與燈猴正搭著電梯，前往最底部的樓層。

驀地，電梯上方傳來一陣怪聲，隨即天花板一部分金屬殼被破壞，露出一個缺口，一抹虎影從缺口跳下，掠空而來。

一葉問道：「琥珀，事情辦得如何？」

一隻昂然花虎，低吼一聲便說：「沒問題，我已經破壞了晶廠內所有機器。人族製造出來的電曜轉換裝置，都已經沒用了，放心吧！不過，我剛才去樓上破壞機具的時候，從窗戶看見，天空中有很多飛行船。看起來，那些飛行船上的人，都順利逃過方才的大地震。這場地震，來得這麼突然，人族不可能早一步知情。為什麼會這樣，你應該很清楚吧？」

「我當然清楚。」

「果然是你做的事情。」

「我早已事先安排，暗中指示鯤島各個城鎮的城警隊，從昨晚開始強制進行臨時的演習訓練。只要符合資格的婦女、小孩，就會被兵警強迫帶到各處航空站，搭上飛行船。」

聽聞一葉坦然的說明，琥珀凝望對方一會兒，表情難以捉摸。

一葉本來以為，琥珀是來興師問罪，問他為何袒護人類。但琥珀卻一言不發，反而讓一葉有些意外。

「妳……難道不想向我抗議？畢竟，我救了那些人，也就是妳討厭的人族，妳難道不會不滿？」

「雖然我們現在站在同一陣線，不過，你應該沒有很了解我。」琥珀慨然而言：「沒錯！我對人族深惡痛絕。貪婪的人族，讓我的家族毀於一旦，我一心一意只想要報復他們，讓他們也嘗一嘗我的痛苦。不過，就算如此，我也明白，並非所有人族都這麼邪惡。因為，我也有人族的朋友……所以，我能體會你的心情。」

「看起來，你已經能慢慢理解我計畫的真諦。」一葉微微一笑，點點頭說：「我的終極目標並不是滅亡，而是滅亡之後的新生。我並沒有打算毀滅一切，因為破壞只是一種手段，但不是最終的目標。毀滅固然重要，但是讓種子能夠歷劫重生，更加重要。」

「聽你這麼說……你除了安排飛行船之外，想必還有安排其他方式，讓你希望能夠逃過一劫的人族免於災難。」

「當然沒錯。各地的救災行動，早就已經啟動，而且我也吩咐墓坑鳥前去巡視。目前墓坑鳥沒有回報異狀，可見情況應該很順利。」

「我猜想，你想拯救的名單，應該不包含興國皇族和皇警隊？」

「興國上層階級，皆是我必除的對象。這場毀滅，就是希望能夠一舉拔除這些毒瘤，洗淨世間汙穢。妳放心，住在北城的那些奸詐之人，藐視天地自然的惡人，造成虎石峰悲劇的幕後犯人，全都難逃一劫……」一葉瞇眼望著琥珀，饒有興致地說：「一直以來，我都是依靠杜鵑的轉述，才會知道妳的相關事情。我本來以為，妳只是一名憤世嫉俗的年輕虎魔罷了。沒有想到，妳對於很多事情，倒是看得很仔細。」

「唉……」琥珀搖搖頭，語帶苦澀地說：「經歷過這一切，我必須學習如何睜大眼睛看清這世界。」

「真不愧是虎魔一族的巫女。」

琥珀繼續發問：「地牛就在樓下嗎？」

「地牛的所在位置，位於地面一公里以下的地層。這個距離，大約是三十層樓的高度。這個電梯，能夠帶我們前往地下三十樓。」一葉舉起手，在空中比畫出一條往下延伸的直線，接著，在直線的終點，他又往右畫了一條長長的垂直線，繼續解說：「但是，地牛不是位在我們的正下方。電梯抵達底層之後，我們還要搭乘軌道車，前往一里外的洞窟，那座洞窟才是地牛的封印地點。幸好，軌道車通行的地底道路，以最強韌的鋼材建造而成，方才連番地震，應該不會將這段通道震毀。」

一旁的燈猴搔搔腦袋，滿臉嫌棄地說：「我跟太歲以前來這裡，不停繞來繞去，才總算找到地牛的位置。當初為什麼要設計這種曲折的通道啊？」

「因為當時人類發現地牛，實屬意外。此處地層，其實是電曜晶礦的礦脈。」

「這裡也有晶礦呀……」琥珀一聽到晶礦，表情微僵。

一葉察覺到琥珀異狀，緩聲解釋：「在數十年以前，地牛曾經鬧動過一次，並且造成地震。那場地震，將此處地表震出了一條大裂縫。幸好這裡位於琅嶠城郊，居民稀少，沒有造成太大傷害。當時，興國的皇家科學院來此調查，意外發現此處擁有豐富的晶礦，於是開始在這裡開挖。挖到底層時，礦脈突然蜿蜒轉向。當時的礦工循著礦脈改向的位置挖過去，結果意外發現了地牛的存在。」

「原來如此。」琥珀總算了解，說道：「方才地震時，我本來以為這棟晶廠會被震垮，結果卻沒大礙。原來，地牛並不在此處。」

燈猴哈哈大笑：「如果地牛就在晶廠的正下方，恐怕剛才地震發生，我們就會被崩塌的建築物壓垮囉。」

「燈猴說得沒錯。地牛所在位置的正上方，其實是琅嶠城，應該是目前災情最慘重的地區。現在發生的這些地震，其實是因為四處封印石能量消失，導致地牛體內一部分的力量散逸而出，才會引發地層震動。若是之後，地牛徹底解放，它壓抑數百年的能量一夕爆發，恐怕很多城鎮將會被夷為平地。」

琥珀繼續提出疑問：「你跟我說過，地牛身上總共有兩層封印。現在四處龍穴的封印石已經解封，所以地牛只剩下祆羅的原始封印。只要日蝕一到，原始封印的能量就會減弱。但是，地牛真的可以靠自己的力量突破原始封印嗎？」

一葉答道：「昔日鯤島靈氣大量流失，那時候原始封印受其影響，導致效能衰弱。現在地牛的封印結界，雖然只剩下這個早已衰弱的原始封印，但是地牛能否靠自己的力量破封，我並沒有百分之百的把握。不過，只要日蝕時刻一到，原始封印的能量就會逐漸消散，地牛應該可以趁機破封。為了以防萬一，讓地牛可以更加順利逃脫禁錮，我還準備進行一個方法。其實，地牛洞穴早已設置許多大型電曜炸彈，我已經將爆破時間預先設定為日蝕時刻，只要時間一到，炸彈爆炸，藉由能量共振反應，原始封印就會產生不穩定的狀態，增加地牛破封的勝算。」

琥珀點點頭說：「真是太好了，如此一來，我們的計畫就大功告成。」

但一葉卻搖搖頭說：「不只如此，這樣只是完成一半的計畫而已。放任地牛破封，仍然非常危險。若地牛發狂起來，很有可能整座鯤島都會被地牛破壞。我想幫地牛破封，只是想讓地牛先釋放體內壓抑已久的龐大能量。一旦地牛破封之後，順利釋放了一部分能量，我就必須趕緊讓地牛重新恢復沉睡的狀態，防止地牛失控暴走。這時候，就需要我手中的法螺寶器來控制地牛。」

「嗯……原來如此。你先前跟我講過你想幫地牛破封的理由，如今看來，你安排的這些計畫，確實面面俱到。」

「不過……」一葉忽然眼神一沉，注視著琥珀，問道：「地牛被法螺寶器制服之前，仍會造成鯤島莫大傷害。面對這麼可怕的結果，妳不會後悔嗎？」

琥珀一臉果斷，慢慢說道：「我的家族，已經不存在了。珍惜我的親族，都因為人類的自私自利而逝世。我本來以為，生命再也沒有任何意義。但是，聽到你的計畫和理想之後，彷彿點燃了我胸膛裡早已熄滅的希望。是呀！這個世界太過腐敗，為了世界可以更好，不再讓虎魔的悲劇重演，就必須擁有壯士斷腕的決心。」

旁邊的燈猴一臉狡黠，尖聲問道：「釋放毗舍邪之後，萬千生靈將會蕩然無存。妳想清楚喔，妳真的有這種決心嗎？」

琥珀不甘示弱，堅定地說：「一直以來，我就是太過優柔寡斷，不願勇敢面對問題，才會導致悲劇發生。所以這一次，我決定不再躊躇。我相信我們的計畫，未來肯定會替世界開創出新氣象。不管是人界，或者是靈界，絕對會煥然一新。」

「真是不錯的決心吶，值得鼓勵！」燈猴笑了笑，不斷拍掌。

一葉會心一笑。

此時，叮咚一聲，電梯門唰地開啟，電梯已然抵達最底部的樓層。

一葉表情凜然無畏，說道：「我們走吧！」

一人兩妖，舉步邁前。

3. 一時

行駛許久，魂樂車突然緊急煞車。

菟蘿壓緊方向盤，往右疾轉，總算將差點打滑的車子暫停於懸崖邊。

前方赫然出現一座無法一眼望盡邊緣、底層深邃的巨大坑洞，而魂樂車就停在這座大型坑洞的周邊。

停車之後，菟蘿似乎渾身無力，趴在方向盤上，閉著眼，不停大口喘氣。一旁的椅仔姑，再度低吟靈謠，為菟蘿修補元氣。

因為臨時煞車，結果趴在車頂的灶君往前撲倒，跌到擋風玻璃前，抓著雨刷才沒有掉下車。

「菟蘿啊，你開車技術實在需要加強……」灶君往旁一看，驚覺下方的坑洞深不見底，於是支支吾吾不敢再說話，趕緊跑回車頂座位。

杜鵑張大眼睛，害怕地說：「這裡怎麼會有大坑洞？琅嶠城怎麼不見了？」

聽聞此言，大家驚悚發覺。

琅嶠城不可能憑空消失。也就是說，方才一連串的劇烈地震，讓這片土地負荷不了，竟然層層崩塌。整座城鎮，因此陷落於這座寬廣無比的地洞之中。

裂開的地洞，吞噬了整個城鎮。

婆娑開口發問：「接下來，我們該怎麼辦？」

此時，坐在副駕駛座的椅仔姑，舉起手，直指洞口下方，答道：「我們的目的地，就在坑洞底部。」

魔蝠長老附和椅仔姑之言，說道：「據我所知，地牛就在琅嶠城下方地層。既然椅仔姑都這麼說了，這個坑洞應該可以連接地牛被封印的洞穴。」

「既然如此，我們就進入坑洞吧！」菟蘿抿抿蒼白的嘴唇，說道：「我還可以繼續開車……」

看到菟蘿精疲力盡的模樣，大家感覺心疼。這時，蛇郎大喊：「菟蘿都這麼拚命了，我們也不能輸。不管下面有什麼刀山油鍋，都拚了！」

大家聞言，不禁精神振奮起來。

菀蘿再度運轉靈能，操縱魂樂車，奮力踩下油門，往左方一轉，直接駛入深邃的坑洞之中。

坑洞邊緣並非垂直向下的崖面，實際開車下去，才發現坡度比想像中還要緩和。菀蘿只要專心閃避突出的鋼筋、管線等等障礙物，應該可以讓魂樂車順利抵達底部。

正當大家鬆了一口氣的時候，情勢又有變化。

地面開始震盪不已，天搖地動，新一波的地震再度來襲！

魂樂車受到地面搖晃的影響，左右搖擺，好幾次差點翻車。

菀蘿握緊方向盤，想讓車子回到掌控之中，卻是困難重重。

魂樂車速度越來越快，直直往前衝刺，揚起一大片煙塵。菀蘿連忙踩下煞車，沒想到卻毫無作用。

「煞車失靈了！」菀蘿尖聲呼喊，想要提醒大家，但是伴隨地震而來的轟隆巨響，幾乎掩沒了菀蘿的喊聲。

地崩土裂，爆炸般的聲響從四面八方旋滾而來。魂樂車瞬間掉入一個新形成的場陷凹洞中，往下墜入一片灰濛濛的煙霧裡。

似乎過了一段很長的時間，地震響聲才逐漸歇息，地面也不再劇烈搖晃。

此時，魂樂車終於停住，車身不再移動。

「咳咳……」蛇郎打開車門，踏出車外，但腳步不穩，不小心跌倒在地。

燥熱的空氣，籠罩四周，讓蛇郎感到極為不舒服。

蛇郎拍拍臉上的灰塵，又咳了數聲，張眼四望，發現附近塵霾瀰漫，看不見身處何處。

他走近魂樂車的駕駛座位置，觀看菟蘿的情況。對方昏迷不醒，他緊張地拍打菟蘿的肩膀，想確認他的狀況。

「放心，菟蘿小子只是體力不支才會昏厥。我已經為他補充了一些靈能，目前已無大礙。」一旁的椅仔姑開門下車，一臉讚許地說：「一路上，真是難為他了。就算遭遇強烈地震，他還能將車子安然無恙停在這兒，實在了不起！如今，就讓他好好睡一覺吧。」

「這裡怎麼一片黑漆漆，都看不見路……」灶君從車頂跳下來，就不斷咕噥。他舉起手，彈指數聲，周圍就燃起了數團火焰，照亮四周。

在火光的照映下，大家步下魂樂車，小心翼翼觀察周遭情況。

此處的地面，與坑洞上層截然不同。

坑洞上層地面的土石中，布滿斷裂的鋼筋、看板、管線……等等物品，看得出來都是遭劫之後的城市殘骸。不過魂樂車目前所在之地，卻是鋪滿灰色的砂礫，以及看起來像是石灰岩塊的地質。

此處可能是坑洞極深之處。

魔蝠長老吸了口氣，雙頰圓脹，再一口氣轟然吐出。沒想到他龐大的靈能氣息，也無法一舉吹散四周濃重的黑色塵霧。

「呼呼……這些塵霧真礙事。而且，又悶又熱，真是不舒服。」長老走向椅仔姑，向她發問：「無所不能的仙姑娘娘呀，接下來我們該怎麼走？」

椅仔姑拍拍身上的灰塵，正要說話時，突然有一團熊熊燃燒的火焰飛向她的背後。

林投機警應變，手持朱紅鬼傘，揮舞而去，立即擋掉了突襲的火焰。

灶君連忙搖頭，揮著手否認：「大姐頭，這火跟我沒關係喔！」

「這次，我不會再錯怪你了啦！」林投往前一站，張開雙臂，護住同伴，惡狠狠地說：「在叢林裡假鬼假怪的傢伙，出來吧！敢騙我的傢伙，都不會有好下場！」

一聲尖笑從遠方傳來，一抹黑影在灰霧中慢慢浮現，越走越近，終於顯露出玩世不恭的一張猴臉。

婆娑一見對方，驚呼：「你是……燈猴！」

「沒錯，就是本大爺！沒想到，你們還真是不屈不撓，竟然可以離開那座落漈孤島，而且還鍥而不捨追來這裡，實在要給你們嘉獎一下。」燈猴表情張狂，拍擊雙手幾下，接著瞪大雙眼說：「但是，不許前進了喔！否則，我無法保證你們接下來會不會被燒死。」

「這麼嗆？我看你真的皮在癢！」林投不甘示弱，化身凶狠煞神，揮起鬼傘，高聲詠唱靈咒，製造出數枚青綠鬼火攻向燈猴。

林投眼見燈猴退後閃避，立即回頭向婆娑說：「你們先繼續往前吧！這裡交給我跟灶君就可以！別擔心，我也會照顧好車子裡的金魅跟菟蘿。」

「為什麼……」灶君本想要張嘴抱怨，但是一看到林投鬼臉瞪視，立即縮了回去，只能說：「我……我跟大姐頭先擋住他，你們快去找地牛吧！」

婆娑點點頭，隨即與蛇郎、椅仔姑、魔蝠長老，以及杜鵑，往前急急奔離。

燈猴見狀，眉頭一皺，雙手畫圓，製造出一團巨大火球，猛烈攻向婆娑身後。

林投一馬當先，撐開赤紅鬼傘，傘面登時擋住了燈猴擊發出的火球。

「你這臭猴子，老是喜歡玩偷襲，是不是天生膽小，不敢正面對決啊？」燈猴聽聞林投冷言諷刺，心生不滿，即刻跳上前去，張牙舞爪想抓向林投。

沒有想到，衝刺如箭矢的燈猴還未觸及林投，毛茸茸的猴頭竟然炸出一陣火花。

燈猴猛然墜地，吱吱怒喊，雙手不斷拍抹著臉上的火光，在地上翻來滾去，好不容易才將火焰弄熄。

「要偷襲，就應該學學我。不動聲色，才是高招。看你還敢囂張什麼？哼！」躲在岩堆後的灶君，眼見偷襲成功，眉開眼笑，春風滿面走出來，喊道：「大姐頭，這次是我救了妳喔！欠我人情，一定要還我喔！」

林投哈哈大笑：「好好，都聽你的。」

「在我面前玩火，真是不自量力！」灶君眼見首攻成效不錯，再度得意地化出數團焰火，想要乘勝追擊。

這時，灶君後背竟然疼痛萬分，他慘叫數聲，跌倒在地。

「小琥珀！妳做什麼！」林投驚呼，望向灶君後方的花虎。

「我才想問，大姐頭想做什麼？解放地牛的計畫，已經快要成功，誰也無法阻止！」琥珀舉起虎掌，鮮血從尖爪兀自滴落。

「果然，妳鐵了心要幫助一葉。小琥珀，妳別再迷糊了！解封地牛，會造成很大的危害，妳千萬不要被他們騙了……」

雖然，林投先前在孤島海岸跟眾妖討論，認為必須要將琥珀視為敵人，不可心軟。但是實際面對琥珀，她終究無法完全狠下心，只能先苦口婆心勸起對方。

「住口！別再把我當小孩子看待！」

「小琥珀，妳難道忘記我們之間的情誼了嗎？」

琥珀望著林投誠懇的眼神，搖搖頭說：「大姐頭，放棄吧！現在即將日蝕，地牛的封印就快要被破除了。再怎樣努力阻止，絕對於事無補。」

「小琥珀……」

「我並沒有忘記我們的交情，所以我才會好言相勸。否則，我們就要……鬥到你死我活！」

林投哀嘆數聲，無奈低頭，牙一咬，就甩出朱紅鬼傘，凝聚出無數青綠鬼火，襲向琥珀。

琥珀怒吼一聲，毫無畏懼，直接撲向猛烈鬼火，一雙虎爪立即抓住旋飛的鬼傘。

此時，灶君忍痛站起身，想要前去幫助林投，眼前卻硬生生燃起一道火牆，擋住他的去路。

「剛才真是太大意了，才會中你的招。」燈猴怒髮衝冠，氣勢洶洶踏步而來。

「別別……別過來，我錯了啦！」灶君眼看燈猴怒火燃燒，霎時惶然失色，退後數步。

「你別跑！」燈猴吱吱喊叫，左手一揮，甩出灰白色的蠟油，想要封住對方的行動。

驀然，一陣旋風席捲而來，將燈猴的蠟油逐一吸走，甚至還漸漸捲走瀰漫四周的黑霧塵沙。

慢慢清晰的視野裡，臉色蒼白的金魅，正打開魔法錦囊的袋口，將蠟油與灰塵吸入袋囊之中。

「金魅，妳終於醒了，真是太好了！」灶君手舞足蹈，奔至金魅旁邊，神氣大喊：「臭猴子，你別太囂張。我們兩個臭皮匠，足以勝過一個諸葛亮，把你打得落花流水！」

「誰……誰是臭皮匠……呼呼……」金魅雖然想反駁灶君，但體內瘧毒的影響猶在，說話力不從心，不停喘著氣。

燈猴嘿嘿狂笑：「哼，憑你們兩個，笑死我了！」

金魅嗔目切齒，毫無畏懼地說：「我……絕不會辜負祆學館學生會書記之名！一定要……要阻止你們的詭計！」

灶君也在一旁鼓譟：「沒錯，就是這種氣勢，跟他拚了！」

此時，遠方倏然傳來一陣震天吼聲，地面隨著這陣吼聲激烈搖盪，開始崩塌出無數裂縫。

燈猴聽聞地牛吼音，便輕蔑冷笑：「哈哈哈，毗舍邪快要醒了，我看你們還可以說大話到何時！」

4. 牛吼

在林投與灶君的掩護之下，婆娑與大家一同闖進迷茫灰霧之中。

不過，地震造成的煙塵四處瀰漫，難辨前路，大家只好憑藉椅仔姑的通靈感應，在灰濛濛的塵霧中謹慎前行。

越往前走，悶熱的空氣越來越沉重，彷彿前方有一座大型火爐，不斷散發出難以忍耐的高溫熱氣。

走了沒多久，眼前的迷霧似乎越來越淡，越來越稀薄。

這時，前方猛烈傳來一陣陣熱風，將塵霧吹散，視線逐漸清晰開闊。

濛濛塵霧雖未全部散去，但是視野已經好了許多。

在明朗陽光照射之下，大家總算看清楚周遭環境。此處位於大坑洞的底層，遍地砂石岩堆。舉目仰望，坑洞最上層看起來十分遙遠，猶如高山峻嶺環繞四周，實在很難想像魂樂車竟然是從那麼高聳的地方一路駛來此地。

「就在這裡，快來！」

大家循著魔蝠長老的喊聲，陸續走上一處突出的大岩塊之上。

大岩塊附近，籠罩著一層淡紅色的怪異霧氣。

踏上岩塊之後，眼前的畫面，讓大家震懾不已。

大岩塊之下，是一處極為陡峭的懸崖。懸崖的底部，竟然是一大片赤紅色的熱漿，血紅色的湖泊波濤洶湧，看起來滾燙無比，不停冒出灰白色的蒸氣。

原本以為此處已經是底層，沒想到在大岩塊之下，還有更深的地穴，而且地穴裡面充滿了赤紅色的高溫熱液。

燒滾炎漿之中，赫然聳立著一座棕黑色的巍峨大山。

那不是山。

仔細一瞧，那是一隻龐大如山丘的雙角牛獸，正沉睡於一片燙熱的漿液之中。

躺臥紅湖之中的地牛，似乎還未完全甦醒。它緊閉眼眸，呼氣如暴風，捲颳起一陣陣的炎熱熾氣。

這時，蛇郎拿出腰袋裡的巫煙管，點起火，一邊吞雲吐霧，一邊說：「這隻大怪牛，竟然能睡在滾燙炎漿裡，真是厲害呀！」

杜鵑搖搖頭，困惑不解：「我記得這裡應該不是火山地形，怎麼會有這麼多炎漿？」

「你們仔細看。」婆娑指著地牛身上，說道：「地牛身軀被刺入許多藍色的尖棒。那些滾燙的漿液，就是從尖棒刺進去的傷口中不斷流出來。我猜那些尖棒，應該就是興國用電曜晶石打造出來的能量轉移裝置。」

大家往下眺望，黑色的巍然大山之上，果然刺滿了無數根巨型的藍色晶棒，每枝晶棒都散發出瑩藍色的奇異光芒。晶棒插刺怪牛皮膚的傷口，不斷汩汩冒出赤紅色的炎漿，往下不停流淌，逐漸匯聚成一大片冒煙的熱液湖泊。

蛇郎舉起巫煙管，將一口靈氣吐進管中，煙管口便幻化出一尾白蛇。蛇郎一揮手，白蛇身形一越，就往對面的地牛飄浮而去。

豈料，底下紅湖滾燙蒸騰，流火四射，數道熱漿不停往上飛濺，一眨眼就融化了那尾靈氣白蛇。

蛇郎皺眉而言：「看起來，要過去地牛那邊，很有難度。」

此時，杜鵑驚呼：「怎麼……又暗下來了？難道塵霧又飄過來了嗎？」

「小姑娘，抬頭看看天空吧！」椅仔姑往前一站，昂首說道：「天色暗下來，是因為日蝕。」

椅仔姑之言，讓大家驚惶不已，慌張抬頭，瞇眼一瞧，原本天空中璀璨光輝的日頭，竟然逐漸黯淡。

此時此刻，日蝕開始了！

原本沉睡於炎熱漿液中的怪牛，似乎被日蝕影響，牛身竟然開始微微移動，激揚起一波波澎湃浩蕩的炎漿波濤。

日蝕之際，天地之間的至陽之氣急速減弱，造成陰陽失衡，靈氛混亂，更讓原本設置於地牛身上的無形封印，能量瞬間急速衰弱。

這時，位於炎漿湖泊另一面的懸崖，突然發出一排排強烈藍光，隨即一陣轟然炸裂，散發出一股龐大無比的氣壓，頓時震懾四周。

倏然，偌大牛眼一睜，鮮血般的赤紅雙目照射出一片紅光，獸首昂然抬起，造成炎漿飛濺半空，湧起驚滔駭浪，沖擊四處。

怪牛一吸氣，一張嘴，猛然吼出一聲轟隆鳴叫，如雷爆響。

震撼無比的龐大嘯音衝擊各處，烈風席捲四周。

剎那間，震天駭地，坑洞地層開始崩裂出數道大縫隙。

牛吼之時，大家連忙趴下，以免被驟然颳起的颶風捲走。

不知過了多久，吼聲稍歇。往前望去，才看到怪牛緩緩閉起嘴，眼皮半瞇，赤紅目光逐漸黯淡，獸首緩緩垂落，往下倒臥於紅湖之中，再度激起一片滾燙的炎漿波濤。

「快……快來不及了！」魔蝠長老心急如焚，說道：「仙姑娘娘，妳準備好了嗎？」

椅仔姑點頭說：「當然準備好了。」

魔蝠長老雙手一張，臂膀隨即幻化出一雙墨黑色的翅膀。

婆娑擔憂地說：「阿爺，你們千萬要小心……」

「長老，走吧！」椅仔姑跳上長老的後背，側身摸著婆娑的頭，溫柔地說：「請放心，我們又不是去赴死。若是事態難以掌控，我們也會見機行事。而且，只要有我的神算卜卦，肯定安全無虞。」

魔蝠長老即刻振動雙翼，浮空飛起。

長老向婆娑點點頭，便載著椅仔姑飛越懸崖，一邊閃避由下而上噴濺而起的滾燙熱漿，一邊朝地牛疾飛而去。

好不容易左閃右躲，長老總算安然飛至地牛上空。

長老即刻施展靈力，幻化出一大片半透明的封印罩，試圖籠罩住巨大如山的地牛身軀。長老背上的椅仔姑，也全身散發出金黃色的靈能光芒，緩緩將體內靈力輸送給長老，協助長老施展封印靈術。

婆娑張目眺望，滿心憂慮。

蛇郎收起巫煙管，走到婆娑身畔，安慰他：「魔蝠長老和椅仔姑都是大前輩，什麼場面沒見過？只要我們齊心協力，一定可以阻止地牛，不讓地牛毀滅整座鯤島。我相信這場災難，很快就會結束……」

此時，後方突然傳來說話的聲音：「沒錯，災難很快就會結束。在結束之前，我們必須好好忍耐。」

杜鵑愕然回首，來人正是一葉。

「大哥！」杜鵑一聲驚呼，泫然欲泣，腳步顫顫巍巍走過去，大聲問道：「大哥，為什麼你要做出這種事？」

蛇郎舉起手，攔住杜鵑，警戒地說：「別過去，他已經不是你認識的大哥了！他現在只是一個想釋放地牛作亂的危險分子！」

「你這樣說我，我真是無從反駁。」一葉笑了笑，搖頭說道：「只不過，方才你提到，地牛會毀滅整座鯤島，這個說法不太對。」

蛇郎火冒三丈，忿怒而言：「地牛威力非常強悍，要毀滅整座鯤島，絕對易如反掌。你解放地牛，就是讓整座鯤島陷入毀滅的危機！」

一葉淡然說道：「破壞，只是過程，而非最終目標。其實，我也像你一樣，不會坐視地牛徹底毀滅整座鯤島，畢竟鯤島是我唯一的家鄉。」

此時，婆娑開口問：「天空中的飛行船，是你的安排嗎？」

一葉頷首承認，說出自己的計畫：「除此之外，我也事先在各處安排緊急避難所，提供應急糧食與各種必要裝備。在我的規畫之下，鯤島應該至少有一半以上的人，都能平安度過這次災難。」

蛇郎一臉不屑地說：「你說能保護人族，只是說大話。只要地牛暴走，整座鯤島還是會被地牛毀滅。」

「因此，我才會費盡功夫，將這項寶物弄到手。」一葉從懸掛腰間的布囊裡，抽出一件白色大法螺。

婆娑訝異而言：「這是……古物博物館的左旋白螺？」

一葉右手握著法螺，將其舉高，緩緩說道：「你只答對一半。這是左旋白螺與右旋白螺合體之後的法螺寶器，具有鎮服地牛的神奇魔力。當初，靈界武神袄羅就是使用這項寶物，順利降伏狂暴的地牛。」

大家聞言，驚訝萬分，沒想到魔蝠長老曾說過的法螺寶器，現在竟在一葉手上。

蛇郎滿臉猜疑，開口詰問：「武神用法螺寶器降伏地牛，已經是數百年前的事情，搞不好這項寶物早就失靈了吧？」

「太歲與地牛皆為天外異星，唯有同樣來自天外隕石所打造而成的法螺可以克制其力。太歲歷經地底城崩毀，其實未死，也幾乎沒有受到任何傷害。先前，我已經將太歲引誘到附近的電曜晶廠，然後利用這件法螺，成功鎮壓太歲，證明此法可行，也證明寶器依舊擁有功效。」

聽聞太歲逃離崩塌的地底城，並且被法螺寶器制服，大家心中一驚。

蛇郎不甘示弱，怒眉喊道：「就算如此，我還是要阻止你的計畫！」

「為時已晚，你們死心吧。一切都在我的掌控之中，放棄掙扎才是最佳選擇。」

杜鵑擦拭眼淚，嗚嗚說道：「大哥……你別再錯下去了。我相信，你只是一時糊塗，才會鑄下大錯，現在回頭還來得及。就算地牛醒來，你也能夠立刻用法螺寶器趕緊控制它，是不是這樣？」

面對杜鵑，一葉緊繃的臉龐稍微緩和：「小妹，很抱歉讓妳捲入這件事裡面，我已經盡力不讓妳受到傷害了。接下來，請妳別插手。否則，我無法保證可以維護好妳的安全。」

「我不需要什麼安全的保證！我只希望……」

杜鵑還沒說完話，就突然推開擋在前方的蛇郎，往前急奔，伸出雙手，想搶走一葉手中的法螺寶器。

這時，電光石火之間，變生不測，燈猴忽地現身，跳至杜鵑背後，嘿嘿奸笑：「看招！」隨即雙掌一揮，迅雷不及掩耳，發出數團猛烈火球，襲向杜鵑！

猝不及防的攻勢，讓大家來不及反應，只見杜鵑即將被火球擊中。

杜鵑一聲驚呼。

一葉快了一步，竟以自身肉體為盾，硬生生接住了燈猴的攻擊。

「大哥，你……」杜鵑被眼前景象，嚇得說不出話來。

一葉口吐鮮血，銀白色的軍服一片焦黑，胸膛被熾熱火球炸得血肉模糊。

此時，大家腳下岩塊一陣搖晃，原來是燈猴火球衝擊太過猛烈，波及地面岩塊的脆弱部分。

一葉頹然倒地之時，他倒臥之處的岩塊一角，竟然開始層層瓦解，即將崩塌。

空中傳來嘎嘎鳴叫，結束偵察任務而回返的墓坑鳥，眼見一葉的危機，倉皇失措旋飛而下。

這時，一葉雖然倒地重傷，卻抬眼看著婆娑，說出斷斷續續的話語：「交給你……我安心……」

終於，岩塊一角無法支撐住一葉的重量，往下猛烈塌陷。

一葉淡淡微笑，將手中的法螺寶器往前奮力一擲。接著，他就隨著崩塌的土石，跌落懸崖深淵。

「大哥，快抓住我！」

杜鵑慌張大喊，卻晚了一步，只能眼睜睜望著對方的身影直直往下墜落，消失於崩塌土塊之中。

墓坑鳥雙翼一拍，飛下斷崖，也失去了蹤影。

5. 古謠

陡生變故，大家驚詫萬分。

蛇郎最先反應過來，瞥見被拋擲於崖邊的白色法螺，急忙說：「杜鵑，法螺在妳腳邊，快拿起來！」

但是，杜鵑卻兩眼無神，因為親眼目睹一葉墜崖而精神恍惚。

燈猴見到有機可乘，往前一躍，想要搶走法螺，沒想到卻被後方驟然飛來的一團火焰擊倒在地。

「早就跟你說過，偷襲就是要這樣不動聲色！」灶君氣喘吁吁跑來，罵道：「你真狡猾！跟你打沒幾下就落跑，現在看你能跑去哪？」

金魅也跟在灶君後頭，急忙奔過來。

燈猴忍痛站起身，掃視四方，見到對手越來越多，當機立斷，吱吱怒叫幾聲，就往另一邊逃竄離開。

「喂！還沒好好打一場，你怎麼逃走了？」灶君大聲呼喊，想要往前追逐，卻被蛇郎一把攔住。

「別管那隻臭猴子了，眼前這隻地牛才重要。」蛇郎手指前方，灶君放眼遙望，立即被前方的巨型怪牛嚇得渾身打冷顫，不斷往後退縮。

此時此刻，天昏地暗，天色越來越黯淡。

高空中的太陽光快要被黑影全部擋住，日全蝕時刻將近，天地之間的陽氣越來越衰弱。陰陽失衡，祆羅設下的封印能量也越來越不穩定。

地牛雖然依舊躺臥於炎漿湖泊之中，卻慢慢睜開赤紅雙目，似乎即將醒來。

同時，粗壯碩大的前蹄，往前緩緩抬起，激盪起滾燙的炎漿，讓赤紅湖水冒出一大片灰白色的蒸煙。

地牛行動之間，無形中製造出來的宏大威力所向披靡，強撼四周，不只捲起一連串狂飆的旋風，甚至連大家腳下的岩塊懸崖也開始搖晃坍塌。

地牛威能影響所及，整座大坑洞開始從底部崩頹瓦解，地層錯動分裂，四周響起雷鳴般的怒吼聲，震耳欲聾。

婆娑趕忙踏步上前，拾起法螺寶器，站到懸崖邊，舉起法螺，想要吹奏。

「等等，把法螺交給我。」蛇郎伸出手，向婆娑討取寶器，急聲解釋：「由我吹奏螺音，然後你施展金羽族特有的咒音異能。雙管齊下，看看能否奏效？」

蛇郎言之有理，婆娑趕緊將法螺遞給對方。

迫在眉睫，兩妖互視點頭，蛇郎即刻使盡全身靈能，奮力吹響法螺寶器。同時之間，婆娑也發動體內血脈異能，吐氣詠唱出金羽族特殊的禁忌咒音，想要牽制住地牛的動作。

嗡嗡螺音散發出強烈的靈能，婆娑的無形咒音也逐漸在空中浮現出七彩光輝，悠悠鳴盪四周。

但，兩妖奮力施展魔音，似乎毫無作用。

地牛依然持續動作，嘗試抬起前腳。

坑洞四周地動天搖，無數土石往下塌陷，連大家立身之處的懸崖也開始分崩離析，一片又一片的土塊不停崩落。

「怎會如此？」婆娑憂心如焚，沒有想到自己的咒音竟然毫無效果，甚至連法螺寶器也奈何不了地牛。

「那個……」金魅慌張退後，一邊閃避塌陷的地面，一邊向婆娑與蛇郎喊道：「會不會是……太遠了？」

金魅的懷疑，有所道理。

此處懸崖十分高聳，與炎漿湖泊中的地牛有一段不遠的距離。並且，婆娑與蛇郎雙雙負傷，靈能大損，無法將魔音能量發揮至最大，才會導致效果不彰。

蛇郎站到懸崖邊角，眺望遠方，魔蝠長老與椅仔姑仍在上空努力施展封印靈術，企圖壓抑地牛能量。蛇郎視線往下移動，俯瞰周遭，望見熱漿湖中有一塊突起的岩塊，恰巧位於地牛獸首附近，便指著岩塊說：「那裡！我們一起過去！」

婆娑即刻張開身後彩羽，拍翅起飛，並抓住蛇郎的手，一同飛下懸崖，前往下方的岩塊。

紅湖翻滾著高溫，炎漿熱液四處飛濺。婆娑飛行的途中，雖然努力想避開，但因為抓著蛇郎，無法靈巧飛動，一不小心，燒燙熱漿潑濺起來，竟燙傷了婆娑右側羽翼。

婆娑忍著疼痛，左搖右晃，好不容易一路滑翔，總算順利踏上岩塊。

岩塊周圍，赤紅飛濺，滿目朱紅。

高溫炎氣之中，巨大無比的怪牛頭顱橫躺前方，猶如煉獄景象，駭目驚心。

十萬火急，蛇郎趕緊舉起白色法螺，深深呼吸一口氣，凝聚體內所有靈能，貫注於吹嘴之上，嗡嗡然鳴奏出氣勢磅礴的螺音。

同時之間，婆娑也再度施展體內的金羽異能，詠唱出神奇咒音，繽紛彩光隨著咒音擴散而浮現空中，緩緩籠罩住地牛碩大無朋的頭部。

兩妖奮勇合力，魔音能量逐漸凝聚融合，匯集成一股浩瀚強大的靈力，往前貫注於龐大牛首之上。

一時之間，躁動的地牛，竟然被婆娑與蛇郎的魔音震懾住，暫時停止了動作。

兩妖眼見行之有效，更加拚盡全身靈能，傾力鳴響魔音。

這時，頭頂卒然一暗，茫茫天地頓時陷入無光的顫抖之中。

日全蝕，正是此刻！

受到日全蝕影響，地牛長期被壓抑住的能量猛然爆發，焦灼赤紅的炎漿從地牛的傷口中不斷激湧而出，焰流四射，浩蕩滔天，猶如暗夜中的死亡花火，綻放於一片墨黑之中。

厄禍持續進行，方才暫時停歇的地牛，竟再度緩緩動作，試圖抬高炎漿中的前腿。

兩妖急催魔音，卻毫無成效，無濟於事。

眼見地牛動作越來越激烈，兩妖卻無計可施，一籌莫展。就算竭盡靈能，不遺餘力繼續吹奏螺音、詠唱咒音，仍然毫無效果，只能束手待斃。

——這世界，將會毀滅嗎？我們將會……死亡？母親，您臨死之前，為何將我送走？就算會死，我也想要與您同亡，而不是孤獨活在這世上。我……我唯一的願望，只想見您一面啊！

婆婆的內心，霎時千迴百轉，萬般心緒滿溢而出。

婆婆漸漸停下咒音，閉起雙眼，想忘卻眼前的一切，想忘卻痛苦萬分的現實，想忘卻靈數早已安排好的既定輪迴。

——這一生，就這樣吧……

此時，冥冥之中，一片晦闇混沌的意識裡，驀然浮現一抹七彩身影，羽翼翩翩的鳥妖敞開雙臂，從天飛降，如夢似幻。

那名鳥妖的表情無比溫柔，眼眸藏著和煦的光輝，光輝之中彷彿可以包容世間萬事萬物。任何存在，無論醜陋或美麗、長久或短暫、邪惡或善良，皆幻化為鳥妖雙目之中的一道光芒。

剎那間，鳥妖輕啟雙唇，歌詠起那首婆娑永遠不會遺忘的謠曲。

心有靈犀，婆娑熱淚盈眶，總算明白了。

他睜開雙眼，深深呼吸，然後開始詠唱那首古謠。

母親留給他的古歌本所記載的那首歌。

一直以來，他魂牽夢縈的那首歌。

那首安眠之曲。

嘹亮的歌謠，迴響四周。

倏忽，地牛竟一時停止動作。

不可思議。

隨著高亢清脆的歌聲，地牛狂暴的樣貌竟然慢慢緩和，躁動不已的前肢也逐漸垂落，再度陷於赤紅熱漿之中。

蛇郎見狀，心領神會，重新調整呼吸，再度吹奏手中法螺。

蛇郎吹奏的曲調，正是婆娑詠唱之歌的旋律。這首歌的曲調曾流傳於人界，同時也是蛇郎與青兒相識之曲。

相異的生命、相異的時代、相異的空間所共同交會的心意，此時此刻匯聚成同一首命運之歌，激盪彼此神魂，互相述說曾存在過的愛與悲嘆、心願與遺憾，以及永無止盡的溫暖念想。

旋律悠揚，妙音靈動，高亢的歌聲無比清亮，螺音渾厚深沉，悠悠迴盪於灼火熱湖之上。

樂音有時流暢輕快，有時鏗鏘慷慨，有時珠落玉盤，有時峨峨洋洋，有時則轉調成舒緩幽雅的旋律。

縱使坑洞內高溫赤燒，婉轉樂音卻猶如清泉活水，遍灑周遭，舒緩了緊繃壓迫的氛圍，讓地牛不再躁動亢奮，緩緩回復原本沉靜躺臥的姿勢。

隱隱約約，遠處竟然也開始響起同樣的曲調，與婆娑和蛇郎的樂音互相共奏齊鳴。前後迴盪交響的樂章，逐漸集結成氣勢壯盛的天籟之音。

就算四周不停響起地盤崩裂的轟隆聲，這首樂音的曲調竟然越來越宏亮，雄渾而綿長，甚至逐漸遮蓋過地鳴聲響。

千鈞一髮之際，穿越時空而重現的古謠，竟然消弭了地牛的暴戾之氣。

兩妖見到此曲奏效，更加信心鼓舞，持續不停歇地奏唱下去。

不久之後，總算度過了日全蝕的時刻，天地逐漸恢復明亮，日蝕終於結束。

不知過了多久，樂音依舊周而復始，反反覆覆，循環無盡，悠遠悅耳的歌曲持續在這座巨大坑洞中不停迴盪。

這時，地牛半瞇雙目，眼瞳望向婆娑，彷彿在訴說什麼。婆娑心中似乎聽見了什麼聲音，但他不明所以。

接著，地牛雙眼緩緩闔上，再度陷入深深的沉眠之中。

恐怖的地牛藉由優美樂音的安撫，已經不再有任何騷動。

情況不再危急，兩妖雖然鬆了一口氣，仍舊持續奏唱樂歌。

但，方才混亂之時，滾燙的炎漿逐漸融化兩妖腳下的岩塊。此時，剩下一半的岩塊終於承受不住高溫，開始碎裂分解。

婆娑一驚，陡然停下歌聲，連忙張開身後彩羽，拍翅飛起。
但，婆娑的右翼早已被熱漿徹底融化，於是他只能依靠左邊翅膀，勉強飛升。
儘管如此，婆娑依然抓住一旁蛇郎的手，想帶他飛離即將崩毀的岩塊。
沒有想到，蛇郎毫不理會。
「蛇郎，快跟我走！」
蛇郎停下吹奏，仰望著在空中搖搖晃晃的婆娑。
「你只剩下一邊翅膀可以飛，難道還想帶我走？你現在光是要飛起來，就很勉強，根本無法支撐我的重量。」
「沒有嘗試，怎麼會知道不行？」
「你先走吧，我會自己想辦法。」
「還能有什麼辦法？快抓住我的手！」
「好，給你！」
蛇郎隨即將法螺寶器放在婆娑手上。
「蛇郎，你做什麼？」
「跟你在一起，跟大家在一起，我很快樂。我一直認為，你們就是屬於我的靈數。」
蛇郎微微一笑，雙眼明徹清晰，在祥和之中藏著平靜的喜樂與滿足。
此時，底下的岩塊即將崩解，婆娑心一急，決定用雙臂抱住蛇郎，無論如何一定要和蛇郎一同離開。

但，蛇郎卻用力推開婆娑的臂膀，婆娑頓時重心不穩，往後一倒，就被捲進一道蒸騰熱風之中，往上旋飛而去。

「蛇郎！」

飛出數丈之遠的婆娑，不可置信，再度振翅，往下方飛過去。

6. 共奏

日全蝕開始時，坑洞四周地層不斷崩落，林投顧守在魂樂車畔，萬念俱灰，以為世界即將毀滅。

方才，她與琥珀一番纏鬥。但因地牛能量暴衝，地面崩陷出一個大裂縫，將她與琥珀分隔開來。

地震轟隆，煙塵四起，這時她再也沒有望見琥珀的身影。

崩裂的地面，阻隔了所有出路，讓她進退不得，只能留在魂樂車旁，焦急等待。

天昏地暗之際，模模糊糊，林投聽見前方，傳來一陣樂歌的奏唱聲。

熟悉的樂曲，讓林投心頭詫異不已。

——這不就是……我們先前演奏過的曲調？

遠處傳來的樂聲，奏唱之時，不知為何，竟讓周圍地面崩落的速度減緩，地鳴也不再頻繁震響。

林投心中忖思，似乎有了領悟。

她走到駕駛座，越過菟蘿昏睡的身子，按下方向盤旁邊的按鈕，啟動魂樂車的演奏裝置。她打開車頂的轎前鼓與銅鑼器具，並讓車廂後方的巨大音箱與擴音喇叭進行運作。

然後，林投手持鼓棍，跳上車頂，隨著遠處的樂音節奏，賣力敲擊轎前鼓與銅鑼，讓音箱與喇叭將鑼鼓之聲傳送出去。

這時，地層劇烈變動，一塊巨大岩石往魂樂車所在之處傾倒，意外形成了一條可以通行的道路。

背著杜鵑的灶君，跟在金魅後頭，張大眼睛，跳過一層層的石塊之後，經由巨岩道路，總算來到魂樂車旁邊。

灶君見到魂樂車的舞臺裝置，一臉興奮：「哇，這車子的裝備太酷了吧？」

林投見到灶君前來，一邊打鼓，一邊著急發問：「你會不會演奏音樂？」

面對突如其來的問題，灶君一臉困惑，摸摸鼻子回答：「我會呀，畢竟我也在祆學館進修過一段時間……」

「那就別廢話，快來幫忙演奏！樂器在車內！」

「生死關頭幹麼要演奏？實在……」灶君打開車門，讓精神不濟的杜鵑躺在車後座，接著說道：「不過，反正都要去見閻羅王了，死前就轟轟烈烈演奏一段，有何不可？」

灶君打開後車廂，拿起電貝斯，就開始撥弄弦音，暢快地彈奏起來。

同時，金魅也拿起電吉他，嘗試彈奏。雖然她不熟人界樂器，但也看過蛇郎彈奏好幾回，於是稍微撥弄數聲，大致上掌握電吉他的演奏方式之後，便開始彈奏樂曲。此外，她也同時引吭高歌，應和著遠方傳來的樂曲旋律。

大家的演奏，飽含靈能，藉由音響與擴音喇叭的播放，洶湧澎湃地擴散出去。

前後呼應的樂歌，在坑洞之內迴盪不歇，音波旋繞往復，逐漸融匯成波瀾壯闊的魔幻樂章。

不知為何，隨著樂音演奏之聲，四周地層的崩塌速度竟然開始慢慢減緩。

大家見到此景，更加振奮心神，忘神演奏，竭盡全力發揮體內靈能，轉化為連綿不斷的樂音，震盪於天地之間。

不久之後，度過了日全蝕，天色逐漸轉亮，日蝕現象終於消失，輝亮爽朗的陽光再次回到這個世界。

儘管如此，大家依然不敢懈怠，持續演奏樂章。

演奏樂歌並非易事，因為必須一直催動靈力，將體內能量貫注於樂音之中。隨著時間越長，會越來越耗費體力。

不知演奏了多久，原本不斷轟隆作響的地震，終於慢慢減弱，直至平息。

正當大家演奏到筋疲力盡之時，林投驚呼：「那是什麼？」

灶君與金魅抬頭一瞧，遠方崖壁之上，突然出現了許多妖怪，連天空中也有為數不少的鳥形妖物振翅飛來。

金魅眼睛一亮，大喊：「一角獸會長！」

崖壁上帶頭的妖怪，正是祆學館學生會長一角獸。她率領著眾多妖怪，前來支援。

看到眾妖前來救援，大家總算停下演奏，稍作歇息。

這時，魔蝠長老從前方撲翅飛來，金魅開心地說：「長老，祆學館的妖怪們都來了！」

「我知道，我遠遠就看到他們，甚至連奏靈殿的妖怪也來了。所以，我才急忙趕來，想要帶領他們前往地牛之處。」

「小金魅，真是辛苦了。」坐在魔蝠長老背上的椅仔姑，柔聲說道：「接下來，就交給我們。我們會和奏靈殿的幫手一起施展封印靈術，先在地牛周圍設下幾道封印。」

灶君急忙問：「地牛怎麼了？」

椅仔姑答道：「地牛已經陷入沉睡，危機算是暫時解除。」

這時，林投跳下車子，張眼一望，緊張地問：「婆娑跟蛇郎呢？他們在哪裡？」

面對林投的問話，魔蝠長老竟然老臉一皺，淚眼汪汪地說：「地牛之所以陷入沉睡，其實是受到他們演奏靈謠的影響。但是，他們阻止地牛行動之後，地牛傷口中的炎漿瞬間爆湧，一下子就淹滿了底部坑洞，我根本沒辦法飛下去找他們……」

長老終於制止不住自己，嘩啦啦哭得一把鼻涕一把眼淚，斷斷續續地說：「所以，我才趕緊過來……想找幫手……看看那些來救援的妖怪能不能潛進炎漿中，去救他們……」

「長老，別哭了！」椅仔姑語氣驟變，手指前方，喊道：「看那裡！」

遠方空中，沙塵飛揚，有一抹身影，緩緩飛來。

大家驚呼他的名字。

終曲：新的旅程

久未踏入祆學館，我一走進去，就立刻來到歌謠社的社團教室。

社團教室已經一年沒使用，因此打開門扉的時候，揚起一陣陣灰塵。

——看起來，要好好清掃一番……

我環視整個房間，忖思接下來要如何打掃，同時也清點沿牆擺放的二胡、電吉他、電貝斯、小鼓、嗩吶……等等樂器。

今天就是休館月最後一天，明日將是祆學館的新學期，也是歌謠社必須努力招收新社員的日子。

社長苦心經營的歌謠社，絕不能因為社員太少而廢社。我必須負擔責任，好好延續社長的歌謠精神。

我凝視著這些樂器，心中期盼，會有新學員願意和這些樂器共度充滿意義的社團時光。

這時，剛被我關起來的門扇砰然一聲，猛然開啟，濛濛塵埃再度紛飛。

「菟蘿社長，快點快點！你是不是會使用婆娑留下來的電腦？」

林投大聲嚷嚷，急忙跑到電腦前方，開始胡亂操作。

「大姐頭，我不是社長。」

「既然蛇郎不在了，你不就是歌謠社的社長嗎？」

「蛇郎社長只是暫時缺席……」

「哎呀呀，你怎麼說都好！」

「大姐頭，妳怎麼知道我在這裡？」

「反正我就是知道嘛，快點幫我開啟電腦網路！」

我一頭霧水，問道：「到底怎麼了？」

「我聽到消息，我們的歌曲，在鯤島造成大轟動喔！」

林投繼續摸索電腦鍵盤，看起來即將按壞鍵盤上的按鈕。我趕緊恭恭敬敬請她站起來，換成我操作。

我伸出手，運使靈能，按下開機按鈕，機器開始運轉，隨即電腦螢幕就出現畫面。

「好了，要在網路上搜尋什麼？」我詢問林投。

「搜尋什麼？我只知道要找一個叫做什麼不什麼思的地方，就可以看到影片。聽說我們先前寫給震天霆的歌曲，被演唱之後，造成大轟動喔！」

「呃……你是說『不思議論壇』嗎？」

「對、對！好像就是這個名字，你快點找呀！」

面對袄學館蠻橫無理的惡鬼，我嘆了一口氣。

我即刻登入婆娑架設的網路討論區，最新貼文赫然就是林投大姐想找的影片，瀏覽人數竟然已經高達數千萬。

影片的名稱，寫著「鳳山城音樂祭：感恩演唱會」，貼文時間是今天早晨。

「大姐頭，妳消息真是靈通。」

「當然囉！我去找椅仔姑聊天時，才知道這件事。」

我有些懷疑：「椅仔姑怎麼會知道這個影片？而且，妳跟椅仔姑什麼時候這麼要好？」

「我跟椅仔姑本來感情就很好啊。不過，這件事不是她告訴我的啦。因為這陣子協助鬼市的重建工程，總算快要完工，真是累癱我。所以我就去找椅仔姑閒聊，順便想跟她一起去逛街散心，不過她卻說有事不能去。我不死心一直問，這時候杜鵑剛好用通靈手鏡聯絡椅仔姑，我才從杜鵑那邊知道這個消息。杜鵑還說，演唱會影片就是婆娑拍攝的喔。之後，椅仔姑掐指一算，叫我來這裡，就可以跟你一起欣賞影片。」

「喔……原來是這樣。」

「哎呀，你動作快點，我想快點看！」

「好，我現在就播放。」

影片一播放，就是王天宗的「震天霆樂團」在舞臺上表演的畫面，臺下則是一大片黑壓壓的人群。

王天宗他們仍然是黑衫皮褲，十足龐克裝扮。不同的是，他們在舞臺上演唱的歌曲風格，與以往截然不同。

震天霆樂團奏唱之歌，就是當時在地牛坑洞中，眾妖齊聲合唱的那首樂曲。不過，震天霆演唱的歌詞，是全新填寫過的詞句，也使用人界目前通用的語言。

全首歌都有歌詞的演唱，對於鬼市妖怪來說，習以為常。

但是，這數十年來，人界卻是首次大膽演唱這樣全首都有歌詞的樂曲，可說是非常驚人的創舉。

其實這首歌的填詞者，就是我。而曲調旋律，則由婆娑、林投和金魅一起重新編排而成。

「太……太感動了！我參與製作的歌曲，竟然……竟然被這麼多人觀看，我好開心啊！」大姐頭不禁手舞足蹈，一臉歡欣鼓舞。

歌曲表演結束之後，王天宗站向前，向臺下聽眾說了一些勉勵的話，也感謝這一年來協助救災的各界人士。

接著，王天宗返回演奏位置，繼續和成員演唱了好幾首有歌詞的歌曲，都是在描述歷劫重生的勇氣。

要演唱最後一首曲目之前，王天宗透過麥克風，感慨地說：「往年的鳳山城音樂祭會評選最佳樂團，不過因為很多變故，所以今年音樂祭只安排樂團演出，而沒有比賽環節。但在我心中，我始終認為今年的最佳樂團獎，只有妖幻樂團有資格榮獲。事實上，我們演出的第一首歌，就是來自妖幻樂團的詞曲創作，我衷心期望，未來有一天，妖幻樂團能夠有機會站上舞臺，將這首美妙精采的歌曲演唱給大家聆聽。接下來，我們最後一首歌，其實是受到妖幻樂團一位勇敢的女性成員的啟發，因而創作出來的樂曲。這首歌，可能跟剛才那些歌曲風格很不一樣。但我希望，能藉由這首歌，讓古老的傳說有傳承的機會，讓被遺忘的故事有了新的生命，這也是我在這場災難中學習到的其中一件事。這首歌，名叫〈林投樹下〉，謝謝大家！」

王天宗說完話，就與成員們開始奏唱樂曲。

這時，歌者換成了另一名女性成員康霆。她平時雖是鼓手，但開口一唱，唱腔卻極有性格，不論是輕柔婉約的音調，或是喜悲轉折的感嘆，皆能勾動聽者的情緒。典雅復古的編曲中，靈音如花瓣上的水珠滑動，絲絲入扣幽邃的女子心扉。樂曲流轉之間，我彷彿窺見了林投大姐的另一面，那面容不用再勉強自己微笑，不用故作堅強，更不用裝得什麼都不在乎——我常常感到心疼，因為我知道她總用開朗的笑容掩飾還沒癒合的傷口。

震天霆演唱的這首歌，很深刻地說出林投大姐的故事，大姐頭應該會很喜歡吧？

不久之後，演唱結束，影片也播放完。我有些遺憾，在影片中沒有看到拍攝者婆娑現身。感嘆之時，我突然察覺，一旁怎麼悄無聲息？

我轉頭望去，驚見林投大姐滿臉淚水，一動也不動。

「大姐頭，妳還好嗎？」

「我……我……我太感動了……嗚嗚……」大姐頭頻頻拭淚，慢慢解釋：「當時在鯤島的臨時醫護所，我有幫忙過一陣子，也照顧過受傷的王團長。那時候，他對我們妖幻樂團很感興趣，問了我許多問題，也問了我的身世。既然他早就清楚我們的妖鬼身分，透露一些事情應該也沒關係，所以就跟他聊了許多。我當時還開玩笑，問他要不要把我淒美動人的愛情故事寫成歌？沒想到……嗚嗚……」

林投大姐話沒說完，又開始哭哭啼啼。

「大姐頭……」

林投慢慢停止哭泣，擦乾臉上淚珠，表情堅決地說：「雖然現在，無暇分身去鯤島演唱。但是未來，我一定要重新站上舞臺，讓我的歌聲威震世間！菀蘿，你會支持我的夢想嗎？」

「呃……我當然支持。」

「好！那麼就再把影片重新播放一遍，我還沒看過癮呢！」

我呵呵一笑，再度按下重播鍵，與林投大姐繼續欣賞人界樂團的演出。

樂曲演奏之時，我不斷回想起一年前發生之事。

一年前，我們歌謠社前去鯤島旅行，沒想到卻被捲入一連串事件之中。我們的人族朋友一葉，竟然想在日蝕之刻釋放恐怖的地牛。

最後，在社長和婆娑的努力之下，大家共同唱奏那首久遠流傳下來的古謠，總算順利讓暴動的地牛恢復平靜，並且讓它再次沉眠。

但，危機解除之後，社長卻沒有回來……

當時，渾身傷痕的婆娑飛來與我們會合，淚流滿面地說，社長深陷於炎漿湖泊之中，需要趕緊救援。

趕來支援的祆學館與奏靈殿眾妖，有一些具備異能的妖怪急忙竄入炎漿之中，卻沒有尋獲社長。甚至連墜進炎漿中的一葉和妖鳥，也沒有找到遺骸。

從地牛體內流淌出來的炎漿高溫滾燙，很有可能一掉進去，立即就會融化，消失殆盡。

想到這裡，我不禁哀傷起來。

但我知道，我不能太過哀傷，也不能繼續消沉下去。

望著電腦螢幕上的演出，我仍然感到一絲絲的喜悅。社長當初想在音樂祭獲勝的願望，以另一種形式被認可了。而且，社長演奏過的最後一首樂曲，也以嶄新的形式繼續流傳於世間，相信社長一定會很高興。

而且，我們能平安無事，應該是社長最期盼的心願。

雖然當時在坑洞中，大家唱奏歌謠之時，我昏迷不醒，但後來我也從大家口中得知事情的經過。

我們能從這場劫難中倖存，真是非常不容易。有賴大家齊心協力，才能安然度過這個災劫。之後，在鳳山城郊區臨時搭建起來的醫護所，我們巧遇王天宗，他的手腳骨折，正在病床上療養。他一見到我們，一開口竟然就哼起大家在地牛坑洞中奏唱的樂曲旋律，並且詢問這是什麼歌。

聽他說，日全蝕之時，全島大地震，人們都以為鯤島即將山崩地沉，逃生無門。但是那時，島嶼各處地面，卻莫名其妙傳來這首奇妙之歌。

樂曲昂揚流轉之際，轟隆地震竟然緩緩平歇下來。

王天宗說，每個聽見歌曲的人，心中都充滿無盡的感激，相信冥冥之中是這首歌帶來了好運，才讓地震逐漸平息。

同時，王天宗也向我們報告鯤島災情。根據他當時收到的情報，地震影響所及，鯤島至少有五分之一的範圍受到了嚴重破壞。

鯤島東半部幾乎無損，中部災情最輕，像是鹿港城等等城市，幸運逃過一劫。南部的話，如我們先前所知，鳳山城半毀，琅嶠城則是陷落成大坑洞。最嚴重的災區，莫過於北部。受到地震影響，整座北城完全崩毀，地層陷落，並且沉入大海之中。以北城作為統治中心的興國皇族政權，因此完全瓦解。

王天宗困惑不解，據他所知，這次大地震的震央應該是在琅嶠城附近，為何反而是距離最遠的北城受災最嚴重？

接著，他又哼起那首日蝕時聽到的歌曲旋律，再次問我們，這首歌來自何方？

早已知道我們是妖怪的王天宗說，他有強烈的預感，認為我們一定知道這些問題的解答。

面對王天宗的發問，我們認為，身為人族的王天宗，有權力知道自己生活的土地發生了什麼事情。

於是，婆娑將所有事情一五一十告訴對方。

在坑洞內奏唱的歌謠，為何能夠傳播到鯤島各地？婆娑認為，這是因為坑洞中的龍穴通道能讓靈氣互相流通，當大家齊心奏唱出蘊含靈能的歌謠，也能藉由地下龍穴之間的通道傳播到島嶼各處。

至於北城受害最嚴重的原因，我們只能猜測，可能是一葉利用了某種特殊方法，讓地牛體內爆發的能量，能夠在北城造成最強烈的空間震動，導致北城底下的地層完全崩裂。雖然地牛引發的能量震動，本來就可以跨越空間限制，讓遠方土地受其影響。但是距離琅嶠最遠的北城，竟然受害最大，確實很怪異。因此我們只能推測，一心想要發起革命、調整世間秩序的一葉，可能利用了地牛暴發的能量，藉機剷除皇族政權核心。

王天宗聽完婆娑的講述之後，沉默了很久。接著，他勉強從病床上坐起來，低頭向我們道謝。

他說，非常感謝我們成功阻止地牛的危害，他心中充滿難以言喻的感謝之情。他還說，雖然鯤島被破壞得殘破不堪，但他會和同伴們一起把鯤島再次建設起來。

雖然，我一開始對王天宗印象不佳，但這些話卻讓我重新評價起他。

後來，我們在鯤島停留了一段時間，幫忙人族進行重建工作。

杜鵑始終自責是自己的大哥引發了這場災難，所以她日日夜夜投身於志工行列，在救護所忙進忙出，協助需要幫助的傷病者。她廢寢忘食，整個人忙到瘦了好大一圈，我們看了於心不忍，卻又不知如何勸她。

灶君在鯤島各地開設的灶仙樓分店，雖然很多店面被地震波及，但幸好大多無事，損害不大。於是灶君便利用自己的資源，幫忙救濟災民。

災劫過後，皇族死傷慘重，勢力已經徹底崩解，再也無法統理興國。雖然鯤島陷入無政府狀態，但民間卻有許多單位和熱心人士幫忙撐持社會運作。例如王氏集團的千金小姐王芸，就是協助各地建立臨時醫護所的最大推手。

我們在醫護所幫忙的時候，也聽聞一些朋友的消息。

例如，我們得知北城的周小茶一家，幸運逃過一劫。據說周家的人有幸逃離，是因為地震前夕，突然有一大堆髮絲從地上冒出來，將家中的人全部捲走。等到周家之人掙脫髮絲之時，竟然已經來到了北城郊區的山中，因此逃過北城崩毀的災難。

周家怪談，成為了醫護所人們口中的八卦。不過，只有我們知道為何會發生這種怪事。

至於琅嶠的巨大坑洞之中，恐怖的地牛依舊沉睡於炎漿紅湖之中。

為了以防萬一，祆學館眾妖合力在坑洞四周設下封閉結界，讓人族無法輕易進入。

並且，奏靈殿也決議正視地牛危害，於是讓殿內擁有高等封印靈術的妖怪高手，常駐坑洞之內，鑽研該如何以更加強大的封印術徹底禁錮地牛。

經過地牛這麼一鬧，妖怪的存在免不了被許多人類發現。

不過，目睹我們存在的人類並不多。就算好事者鼓吹妖怪真的存在，從災難中僥倖活下來的人們也無暇顧及此事。

所以，信者恆信，不信者依然不知我們的存在。

儘管如此，妖怪與人族終究殊途，我們也不能在鯤島停留太久。

這次地牛引發的災害，不只破壞鯤島，連遠在黑海中的鬼市也蒙受莫大損害，巨魔蜃一部分的蜃殼再度被地牛震毀。荊蘭姨母不斷傳來訊息，要求我回返鬼市，帶領玄荊世家幫忙修復遭受破壞的巨魔蜃。

我將此事告知大家，大家便決定一同回去黑海鬼市，協助鬼市重建。

王天宗獲知我們即將離開，趕緊來拜訪我們。他請求我們，重新編寫日蝕那天奏唱的歌曲。他希望，能夠將這首美妙的曲子，唱頌給更多人聆聽。並且，他也想藉由這首歌曲，鼓舞災後的人們，勇往向前。

婆娑聽到王天宗的請求之後，十分感動。婆娑說，他很希望這首歌能繼續流傳下去，所以很感激王天宗有這樣的想法。於是，我們答應了他的請求，將這首歌重新編寫成適合人族奏唱的版本。

離開鯤島的那一天，我在海岸發動魂樂車，催促大家上車。但是，婆娑卻站在車旁，表情十分複雜。

他說，他最後決定不離開。

他想留在鯤島，繼續幫忙人族重建，並且也想在島上展開旅行。他說，雖然目前已經找回能夠壓制地牛的法螺寶器，但是此法畢竟不是萬無一失。所以，他想在旅途中，找尋看看是否還有什麼方法可以徹底防止地牛再次鬧動。除此之外，他也想繼續尋覓，那一天在地牛坑洞中失蹤不見的琥珀。

而且婆娑還說……他不相信蛇郎已死。

婆娑猜想，蛇郎最後也許沒被炎漿淹沒，反而藉由坑洞內四通八達的龍穴通道，逃出生天。所以，婆娑也想四處探訪島嶼龍穴，找尋他的蹤跡。

婆娑的決定，我們不知該如何勸阻，也不知勸阻的理由。於是，我們懷抱深深的祝福，期望他在鯤島的旅途一切順利。

回到鬼市之後，金魅就重返學生會的行列，幫忙一角獸會長重建被地震破壞的祆學館。

林投身為祆教師，當然也不得閒，她與椅仔姑都被奏靈殿請去協助鬼市災區的重建工程。

魔蝠長老是目前最熟悉地牛的妖怪，所以便負責與奏靈殿討論如何封印地牛，總在鬼市與琅嶠之間不停往返。

我回到鬼市之後，在姨母的安排之下，開始試著管理玄荊世家一些事務，並協助修復受損的巨魔蜃。

時光匆匆，不知不覺，距離地牛災害已經一年過去了。鬼市各地，差不多回復到原本樣貌。

這一年來，婆娑有時候會請杜鵑幫忙聯絡椅仔姑，向大家報告他的旅途狀況。每當得知婆娑消息的時候，我總會特別懷念起昔日在歌謠社和大家開心作伴的日子。

本來，我以為自己再也沒有機會回到祆學館，但是姨母前陣子竟然特地跟我說，希望我回到祆學館復學。

我很驚訝，不懂姨母為何會做出這個決定。

面對我的發問，姨母沒有正面回答，只是叫我有空閒時就回世家走一走。

我心裡深知，姨母用心良苦。

於是，我才回到祆學館，來到歌謠社的社團教室，準備接下來的復學行程。

如今，在網路影片中，看到我們當初編排的歌曲在舞臺上演奏出來，我的心中充滿無限感慨。

這時，專心注視影片的林投大姐，忽然轉頭瞧了我一眼，沉吟片刻，才開口問：「菟蘿，你覺得婆娑現在會在哪裡？」

我想了想，微微一笑，答道：「我相信，只要他在的地方，一定會聽到很優美的樂曲。」

～END

《妖怪鳴歌錄Formosa》全書完，一～五章請見上冊「唱遊曲」

附錄一

後記：音樂小說中的臺灣妖怪

妖怪，究竟是什麼？

妖怪，擁有何種不可思議的能力？

我認為，妖怪主要誕生自人類的想像與創造，是人們為了與世間萬事萬物進行溝通對話，因而搭築出來的幻象之橋。

至於妖怪具備的能力，則是像明澈的鏡子一樣，能夠將人們潛藏於心中的恐懼、悲傷、苦惱或者是難以述說的念想——那些太過幽微無形的隱祕情感——以一種超乎常理的具體形象映照出來。而且更重要的是，妖怪之所以能夠在不同的時間、地域內遷徙並成長，其實是因為妖怪經常擁有讓人感到趣味、驚奇的特質，這種特質讓妖怪獲得了非常強韌的生命力。

我在這樣的想法之下，開始寫作妖怪小說，近年的新作品是《妖怪鳴歌錄Formosa》。在這部作品中，我試圖以各種方式實驗妖怪元素能夠在小說之中發揮、延伸何種可能性。解釋這部作品之前，我覺得有必要更進一步說明我對於「妖怪」的理解。

「妖怪」有哪些類型？

很多人疑惑妖怪是什麼，也會疑惑「妖怪」與「鬼」有何差別？

若要探究此事，必須先理解，不同的語言脈絡，會讓同一個名詞擁有不同的詮釋。而「妖怪」這個名詞，其實能夠從漢語和日語的脈絡去分析。

在漢語脈絡，研究者范玉廷將妖怪分為三種類型：「妖徵型」、「精怪型」、「異獸型」。而中國學者王鑫則補充第四種「異人型」。

在日語脈絡，「妖怪」一詞受到漢文化影響。根據王鑫分類，除了擁有漢語脈絡中的四種類型，還包括「亡魂型」的妖怪，所以共有五種類型。

不論漢語或日語，在不同的時代，「妖怪」描述的對象會有差異，甚至可能會用其他名詞來講述我們現在認為是「妖怪」的存在。

例如，以日本為例，在平安時代，日人習慣將魔物稱為「物怪」，江戶時代大眾會將妖物稱為「化物」。自從井上円了在十九世紀末提倡「妖怪學」，日本民眾才開始廣為流傳「妖怪」這個名詞。

范玉廷與王鑫對於「妖怪」一詞的研究，是目前最精簡扼要的說法。不過，若要檢視「臺灣妖怪」的定義，也許不能只單純採用某一種語言的概念，因為漢文化與日本文化皆對臺灣有深遠的影響，因此較佳的方式可能是容納這兩種語言脈絡，為「臺灣妖怪」構築出更全面的看法。

也因此，日本所謂「亡魂型」的妖怪，臺灣人稱之為「鬼」，如林投姐、陳守娘等怨魂，我也認為是臺灣妖怪的一種典型。

雖然以五種類型（妖徵型、精怪型、異獸型、異人型、亡魂型）來看待臺灣妖怪種類，會是絕佳方式，但我也不斷思考是否還有其他分類方法？因此，我編纂《妖怪臺灣》系列書的時候，嘗試以「妖、鬼、神、怪」四種概念來理解臺灣妖怪文化。不過近年來，我認為我的定義不夠清晰，也未明確納入原住民文化，所以正在逐步調整這種分類方法。

當然，對於怪異事物的指稱，也不一定要用「妖怪」這個名詞。不過，若想要將我感興趣的怪物、怪獸、鬼魂、精靈、怪談……等等怪異事物一網打盡，「妖怪」一詞可能是較好的選擇。而且因為歷史情境，臺灣深受漢文化、日本文化影響，我認為同屬這兩種文化語境中的「妖怪」一詞其實具有觸動人心的強大力量，所以我便初步決定以「妖怪」統稱臺灣怪異事物。

妖怪與藝術之間的火花

臺灣妖怪研究初始，許多研究者大多將目光聚焦於妖怪與民俗之間的關聯，這也是日本民俗學大師柳田國男提倡的調查路徑。不過，妖怪研究者小松和彥、湯本豪一則提出不同的想法，認為妖怪不僅限於民俗學，還會出現於各種不同領域，例如文學、繪畫、戲劇、日常用品……等等地方。受其啟發，我也認為臺灣妖怪文化的研究應該可以跨越不同領域，串聯不同學問，才有可能讓人們理解何為「臺灣妖怪」。

在這樣的想法中，我首先思考的是妖怪與藝術文化之間的關聯。

很多人以為，臺灣妖怪是新話題。事實上，百年以前，本土的妖、鬼、靈、怪等等故事，就在文學、藝術層面有所開拓。雖然相關的文藝創作斷斷續續，不成系統，人們偶一為之，但我們不能否認這些妖怪文藝作品的存在，是現今臺灣妖怪奇幻藝術的早期源流。

例如在繪畫領域，「十殿畫」與「外方紙」是臺灣妖怪形象最早的描繪。臺灣第一家雕版印刷行「松雲軒」在一八三〇年刊印《玉歷鈔傳警世》，書中出現十殿鬼怪、牛頭馬面，可能是臺灣人最早刻繪陰間怪物之畫。日治時期，西川滿將「外方紙」應用於雜誌插畫，或轉印成書冊版權頁形象，可說是先驅的妖怪文創達人。

在音樂領域，早期妖鬼故事經由「唸歌藝術」流傳。臺灣兩大奇案「林投姐」、「周成過臺灣」，日治時期就有唸歌。到了戰後，丘丘合唱團的〈虎姑婆〉是臺灣大眾最耳熟能詳的妖怪歌謠。閃靈樂團以林投厲鬼為主題的專輯《永劫輪迴》，則讓閃靈榮獲金曲獎最佳樂團獎。

在戲劇領域，日治時期有「林投姐」、「周成過臺灣」歌仔戲，甚至灌錄成唱片。戰後，這兩大奇案也依然備受矚目，改編臺語片之後，大受好評。除此之外，臺語片也有《虎姑婆》、《蛇郎君》等等奇幻電影。在電影藝術中，將臺灣鬼怪故事提升到新境界的導演，莫過於姚鳳磐，他製作了第一部以臺灣冥婚習俗為主題的電影《鬼嫁》，轟動全島，開啟他一系列的臺灣在地鬼怪傳說的電影創作。

研究臺灣妖怪文藝作品的過程中，我對於妖怪與藝術形式之間的關聯產生了濃厚的興趣。因此，當我開始構思《妖怪鳴歌錄Formosa》時，便決定嘗試將妖怪與音樂藝術連結在一起，想實驗看看兩者相遇之後會產生何種火花？

妖怪鳴歌的潛在旋律

《妖怪鳴歌錄Formosa》是臺灣妖鬼組成樂團的故事，也以奇幻架構講述威權與自由的衝突、人類與自然的對立、傳統與現代的矛盾……等等議題。儘管主題概念很嚴肅，但我很希望能以較為輕盈的方式來說明這些想法。

以及，為了讓小說更加立體，我也與音樂家邱盛揚合作。我與他討論該如何讓音樂應用於奇幻故事之中，並且一起實際製作「魔女月裡」、「蛇郎君」、「林投姐」等歌曲，希望讓妖怪與音樂之間的連結更加強烈、具體。

除此之外，這部小說作品有緣改編為手機遊戲，為了搭配手遊作品的推出，我也與邱老師共同創作手遊主題曲〈妖怪鳴歌錄〉，由我撰寫歌詞。不同於文學小說中的歌詞性格，手遊主題曲的歌詞必須更加直白簡潔、輕鬆愉快，這種特性與我的書寫習慣簡直天差地別。因此，我費了一番功夫，反反覆覆調整寫作風格，才終於完成這個作品。

關於我與邱老師的合作成果，請參考本書「附錄二」的內容。

我一直認為，創作就是一種「實驗」。只有不斷地進行實驗，才有可能找出說故事最適合的方法。因此，我在這部小說中，希望能夠挑戰自我，面對一些我以前從來不敢使用的小說敘事策略。我想要盡可能地採用五花八門的素材、截然不同的筆法，去探測臺灣妖怪故事能夠延展出何種形式？我期望能夠藉由一連串的寫作實驗，蒐集成功與失敗的數據，作為未來參考的指標，或是前車之鑑的警惕。

戰戰兢兢推出這個系列的第一本小說《妖怪鳴歌錄Formosa：唱遊曲》，始終忐忑我的創作實驗太過冒險。不過，在二〇一九年，這個作品有幸成為文化部中小學生讀物選介，以及臺灣文學館好書推廣書單，總算讓我有了一些信心，繼續埋首創作這本續集《妖怪鳴歌錄Formosa：安魂曲》。

對我來說，這個作品最大膽的嘗試，可能是決定書中共有六位妖怪主角，也就是婆娑、蛇郎、菟蘿、琥珀、林投與金魅。讓小說中出現這麼多主要角色，是我以前永遠不可能做出的危險決定。但是，為了實踐我理想中「最極限」、「最大化」去實驗妖怪小說的延展程度，我最後決定了這種角色設定。

這個設定，讓這部小說有了一些優點，當然也產生諸多缺憾。我覺得比較可惜的部分，在於無法讓讀者更深入了解這些主角妖怪背後的文化脈絡。

因此，以下簡述各個妖怪的潛在旋律，希望能讓讀者更加理解我塑造這些角色的用意。

＊＊＊

1. 地牛、金翾與婆娑

發想整部小說的起點，來自於地牛。

目前對於臺灣地牛傳說的研究，學者陳忠信論述最為全面。不過他認為臺灣地牛最早源自於原住民神話，這個說法目前已有疑慮。

在二〇一一年，葉春榮編譯的《初探福爾摩沙：荷蘭筆記》，書中有一篇大衛•萊特（David Wright）的文章〈漢人的宗教〉，描述十七世紀臺南漢人信仰的各種神靈，其中第五十七位神，名為「Tegoe」（地牛），意思是指翻身的牛（Transitory Bull），而第五十八位神則是「Kjenke」（金雞，或者指烏鴉）。這篇文章，可能是臺灣歷史上第一次記錄地牛神話的重要文獻，明確說明了十七世紀在臺漢人就有地牛信仰。

根據文章描述，當時的在臺漢人認為地牛會將地球扛在肩上，而金雞則來自天上。每當金雞啄地牛的身體，地牛就會晃動，同時也讓世界搖晃不已。所以每當漢人遇到地震，都會說地牛又被金雞啄了。

陳忠信撰寫地牛的論文時，葉春榮編譯之書尚未問世。如今藉由這份新出土的資料，應該可以確定現在臺灣廣泛流傳的地牛傳說，最早在十七世紀的漢人社會就有流傳，之後可能與原住民的地牛神話互相融合（或者原住民的地牛神話其實源自於漢人），形成臺灣特有的文化。並且，早期漢人地震傳說中會出現的金雞神靈，則在時間的洪流中消失了身影。

自從知道地牛與金雞的神話，我便慢慢幻想起兩者之間的故事，毗舍邪與金翾于焉而生。並且，我也創造出金翾之子娑娑這個角色。

2.蛇郎：

我認為蛇郎君是臺灣最具代表性的妖怪之一，但是現代很多人卻對這名妖怪毫無認識，我認為相當可惜。

蛇郎君的故事是異種相婚譚，不過在故事中，妖怪並非最可怕的存在，反而是人類的嫉妒心讓人不寒而慄。

蛇郎君的故事有許多可以深入探討的主題，不過礙於小說篇幅，必須有所取捨，所以我最終只能著重於蛇郎與人類女子之間的愛情關係。

3.菟蘿：

此角色的發想來自「兔兒神」，據說這位神靈掌管同性之間的姻緣。

關於戀慕之情，我很喜愛古詩十九首的〈冉冉孤生竹〉，詩中有一句「菟絲附女蘿」。取詩句首尾，遂成「菟蘿」之名。

4.琥珀：

臺灣無虎，不過因為漢人移民臺灣，遂將閩南的虎姑婆傳說攜來島上，因此虎姑婆故事便成為臺灣家喻戶曉的妖怪譚。

設計虎姑婆的妖怪角色，有很多種方法，最後我決定將臺灣石虎與虎姑婆的故事連結，創作出「虎魔一族」。

虎魔的「虎」，就是指石虎。我安排虎魔居住於「虎石峰」，「虎石」也暗喻石虎。虎魔一族面臨的困境，在於被人類侵占棲息地，這就是現今臺灣石虎面臨的生存問題。

5. 林投：

林投姐是臺灣女鬼傳說中最著名的角色，若要找尋一位鬼怪主角，林投大姐非她莫屬。

林投姐的傳說，是悲傷的戀愛故事。不過為了讓她復活之後的生命擁有新的意義，我希望她能擺脫悲情的臉龐，展露出活潑有朝氣的個性。

雖然林投姐傳說是臺灣以往很知名的女鬼怪談，但其實現今越來越少人知曉她的故事，我對於這則傳說的沒落一直感到很惋惜。於是，音樂家邱盛揚便提議製作一首屬於她的專屬歌曲，讓這一個古老的怪談能夠擁有一個全新的面目。

6. 金魅：

根據日治時期《民俗臺灣》的紀錄，這是一種會吃人的魔物，原文其實寫為「金⿺鬼系」，戰後才被譯為「金魅」。

據說被主人虐待的女婢，死後會化身為金魅，而這種妖怪會替人打掃作工。因此，小說中的金魅是女僕的形象。

＊＊＊

寫作這部妖怪小說，雖然過程中有很多挑戰，我也曾經有過放棄的念頭，但是所幸得到一些支持，才讓我將這部小說的續集完成。我由衷感謝一路上支持的朋友們，更深深感謝九歌出版社願意等待三年的時間讓我完成這部作品，感恩之情難以言喻。

這幾年的創作過程中，我一直認為，在這個變化莫測的時代，若能串聯不同的創作領域，進行跨界合作，深具意義。因此，在一些貴人的幫助之下，這部作品有了改編為手機遊戲與音樂劇的機會。手遊作品已在二〇一八年推出，天作之合劇場改編的音樂劇則預計在二〇二一年上演。除此之外，我另一部在聯經出版社發表的系列作《妖怪臺灣》也在二〇二〇年冬季改編為音樂劇，同樣也是音樂與奇幻故事的結合。

在瞬息萬變的年代裡，究竟奇幻故事可以擁有何種面貌？臺灣妖怪可以展現出何種特色？這是我一直以來心心念念的最大疑問，也是這部小說《妖怪鳴歌錄Formosa》最想要探討的終極問題。因此，為了能夠更加理解這個關鍵問題，我陸續訪問與我合作的創作者們，與他們討論奇幻故事、妖怪故事的創作經驗。我們的討論過程經過整理之後，我重新編輯為訪談稿，成為本書

「附錄三」的內容。期望這些討論的過程，可以作為未來創作的借鑒參考，讓臺灣妖怪的奇幻故事產生更多不可思議的樣貌。

對我而言，妖怪文化十分有趣，在臺灣歷史、民俗、藝術之中，還有許多妖怪尚未被發掘。我期待未來，能夠繼續找尋更多精采有趣的妖怪譚。

附錄二

作曲家邱盛揚的妖怪音樂錄：音樂與小說共奏魔魅奇譚

邱盛揚

〈林投樹下〉

和敬堯時隔三年再度合作妖怪小說歌曲，其實起因於去年（二〇二〇年九月）的一次談話。當時敬堯向我詢問〈月相思〉與〈郎君夢〉的播放授權事宜，因為彼此都忙於工作，也好一段時間沒見了，就熱絡地聊聊各自的近況。期間敬堯也說他終於快將《妖怪鳴歌錄》的下集寫完了！雖然從上冊發行到去年的時間點，這過程中間其實經歷許多的轉變，時空環境也不再相同，但我內心仍希望，音樂與妖怪文學的合作計畫還能延續下去，也相信以臺灣妖怪為主題的歌曲，仍會有它存在的價值，因此我就向敬堯提議創作《妖怪鳴歌錄》下冊小說歌曲的可能性。

敬堯給了我下冊的各章節草稿，我看了一下整體的故事架構，覺得若要像上冊一樣，在故事的重點段落加入新歌曲的橋段，應該是沒有空間的。而若歌曲要與小說產生連結的話，比較有可能的方式則是放在結局的篇章之中來呈現。

至於妖怪歌曲主題的選擇，其實在三年前的合作中，我就對於「林投姐」的故事情節印象深刻。林投姐應該是目前在臺灣的鬼故事說唱與演出中，留下最多作品的故事。而在《妖怪鳴歌錄》裡，作為六位主要角色之一，她也是存在感頗強的角色。同時對我而言，妖怪傳說要能夠化為歌曲，最重要的還是其本身的故事能否打動我。因此為她製作歌曲，便是非常合適的選擇。

而在歌詞語言的選擇上，相較於過去，我們合作的歌曲多以「華語」為主體來創作，這次一方面由於林投姐是流傳於臺南的傳說，一方面也是為了增加歌曲的本土性，因此選擇挑戰以全臺語的型態來詮釋，歌詞構成則是依據故事情節來形成段落。林投姐的故事有很多版本，我們討論後決定將各種版本裡共同的情節融入到歌詞大綱中，並以林投姐生前的故事為主，不包含復仇的故事情節。除了具有故事性之外，還希望能在視點上是從林投姐的感受出發，從第一人稱的視角去描寫，才較能增加聽者的移情與認同感。

在音樂設計上，配合林投姐故事的情節脈絡，歌曲前段會營造出林投姐墜入愛河的氛圍，中段的調子則會開始轉變，從苦苦守候、哀怨與懷疑，到歌曲後段的急轉直下，從知道真相後的幻滅，到萬念俱灰並憤恨化為厲鬼來收尾，這樣的曲式設計，也是希望能傳遞給聽者具有起承轉合的故事感受。

〈夢～金翺之歌～〉

除了以林投姐為主題的小說歌曲創作外，讀了敬堯的初稿之後，發現下冊小說的故事中，那首能夠安撫地牛的樂曲在劇情中占了很重要的部分。而按照小說情節，〈郎君夢〉的旋律其實就是來自於婆娑母親所創作的樂曲旋律，也就是那首能夠安撫地牛的樂曲。

所以我想，若能將這個曲子呈現出來，相信對於小說的描寫以及讀者的想像也會更加完整。因此我就再以〈郎君夢〉的旋律為基底，重新編寫成純音樂的演奏版本，如同引領地牛進入夢鄉一般，也帶領聽者進入清淡而悠遠的奇異世界。

〈妖怪鳴歌錄〉

《妖怪鳴歌錄》的上冊小說發行之後，同年的六月，我也與敬堯合作了遊戲同名主題曲〈妖怪鳴歌錄〉。

原本「妖怪鳴歌錄」最初的企畫核心，是小說、音樂歌曲以及遊戲三者的跨界結合。與小說歌曲〈月相思〉、〈郎君夢〉、〈林投樹下〉、〈夢～金翾之歌～〉相較之下，〈妖怪鳴歌錄〉的整體風格可以說是相當不同的。

為了符合遊戲中偏向日系動漫角色的形象設定，以及搭配遊戲動畫廣告的推出，我便在這樣的基礎下進行構思創作，去想像妖怪們不再待在陰暗的角落，而是在華麗的舞臺上盡情展示自己的畫面，並希望能夠寫出如同動漫OP般的暢快歌曲。

當時發行〈妖怪鳴歌錄〉之後，歌曲的迴響相當地好，我想也許是它更貼近年輕人與現今「動漫世代」頻率的緣故吧。有許多的聽眾向我說，這首歌帶給了他們源源不絕的能量，我十分開心。也許有那麼一天，臺灣的妖怪故事會更深植在年輕人的文化與生活之中吧！

＊＊＊

橫亙了四年，為了「妖怪鳴歌錄」，我已經創作了五首樂曲，伴隨著下冊小說的發行，也算是完成了一個階段的任務。

其實像這樣的音樂與妖怪文學的組合算是相當少見，我和敬堯也都知道在臺灣進行創作的辛苦，但相信這樣的嘗試本身就是一件具有意義與價值的事情。也希望「妖怪鳴歌錄」的跨界合作，能在臺灣的妖怪文學創作歷史中，成為一個特別的、完整的存在！

小說歌曲下載

手機掃描QRCode，ios系統可線上聆聽，欲下載歌曲請輸入網址（https://bit.ly/3dhqJVT）；Android系統手機掃描後可直接聆聽並下載。

小說歌曲樂譜

〈林投樹下〉

作詞：何敬堯
作曲：邱盛揚

府 城 花 窗 冷冷 的
月 昨 暝 的 夢 只 有 天 星 來 相 陪 夢 醒 時 遺 憾 長 抑
短 寒 夜 紅 花 的 年 華 任 風 吹 有 情 君 子 有 緣 相
會 月 下 良 辰 美 景 翩 翩 癡 迷 閣 開 的 花 願 為 你 光 彩 華
麗 迷 亂 的 影 癡 情 的 話 今 生 今 世 的
山 盟 海 誓 袂 反 背 鬥 陣 的 時 陣 有 偌 濟 甘 願 恬
恬 思 念 你 的 一 切 滾 滾 紅 塵 滄 桑 人 世 千 金 願 當 作
真 情 的 代 價 雖 然 離 別 等 你 的 船 帆 春 花 秋 月

〔樂譜第一面〕

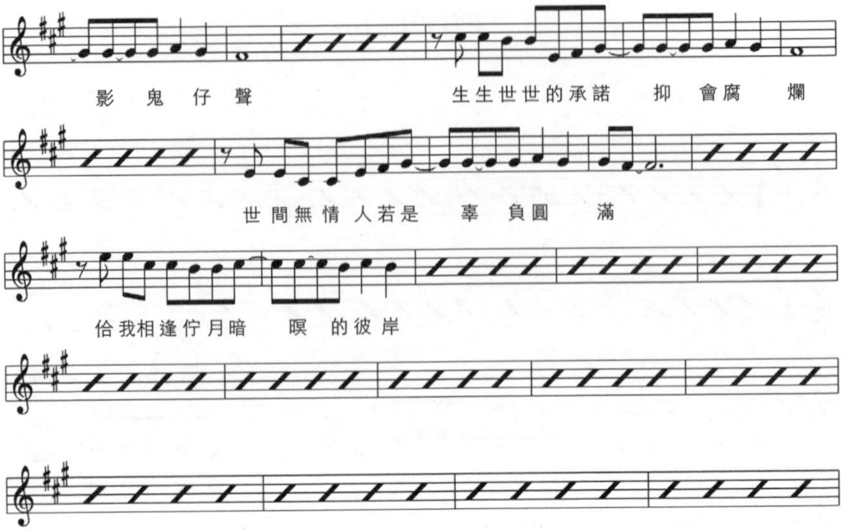
影 鬼 仔 聲
生生世世的承諾 抑 會腐 爛
世間無情 人若是 辜 負圓 滿
佮我相逢佇月暗 暝 的彼岸

〔樂譜第三面〕

等待是一首悲涼的歌 有年無
月思思念念 望你的形 影 約束 攏 是 假 你的
影跡毋知 叨位走揣 花言 巧語 遐 爾 濟 才知 一切是無 影
話真心是 一去不 回
茫 茫
渺 渺 無情 的 拖 磨 進退無路 淒涼的 寒 冬
風 吹 花 落 土 無彩工 悲歡離合原來
是一場夢 命運 戲弄墜落萬劫的火 林投 樹下無閣 執
迷 孤魂 來 贖 罪 閃閃爍爍 鬼火鬼

〔樂譜第二面〕

你的恐懼你的怨懟都是
我們的骨和血誰能看穿鏡子的另一面
遺忘的歷史和心願交由我們來承接高
歌一曲就能展翅高飛 衝破所有禁忌虛
偽不再獨自隱藏傷悲讓我們遨遊在鯤島的世界
推開夢想中的門扉成為目光的焦點再
一次點燃妖怪的光輝

〔樂譜第二面〕

〈妖怪鳴歌錄〉

作詞：何敬堯
作曲：邱盛揚

推開 夢想裡 的 門 扉 成為目光中 的 焦 點 再
一次點 燃 妖 怪 的 光 輝
海島 流 傳
有許多的妖 魅 林投 樹下鬼火飄 飛 黑暗的 影子躲藏在
黑 夜 傳說 雖 然在 歷史中 沉 睡 遺忘
了故事遺忘 了 久 遠 就 等待從記憶 中 回 歸 衝破
所有禁 忌 虛 偽 不再 獨自隱 藏 傷 悲 讓 我們遨 遊 在
鯤島 的 世 界 推開 夢 想中 的 門 扉 成為
目光的 焦 點 再 一次點 燃 妖 怪 的 光 輝

〔樂譜第一面〕

〈夢～金翾之歌～〉

作曲：邱盛揚

◎《妖怪鳴歌錄**Formosa**：安魂曲》小說歌曲〈林投樹下〉作詞：何敬堯　作曲編曲：邱盛揚

一、

府城花窗，冷冷的月
hu-siânn hue-thang，líng-líng ê gue̍h
昨暝的夢只有天星來相陪
tsa-mî ê bāng tsí-ū thinn-tshinn lâi sio-puê
夢醒時，遺憾長抑短
bāng tshínn sî，uî-hām tn̂g iáh té
寒夜紅花的年華任風吹
hân-iā âng-hue ê nî-huâ līm hong-tshue
有情君子，有緣相會
ū-tsîng kun-tsú，iú-iân siong-huē
月下良辰美景翩翩癡迷
gue̍h-hā liông-sîn bí-kíng phian-phian tshi-bê
閣開的花，願為你光彩華麗
koh khui ê hue，guān uī lí kong-tshái huâ-lē

二、

迷亂的影，癡情的話

bê-luān ê iánn，tshi-tsîng ê uē
今生今世的山盟海誓袂反背
kim-sing kim-sè ê san-bîng-hái-sè buē huán-puē
鬥陣的時陣有偌濟
tàu-tīn ê sî-tsūn ū guā-tsē
甘願惦惦思念你的一切
kam-guān tiām-tiām su-liām lí ê it-tshè
滾滾紅塵，滄桑人世
kún-kún hông-tîn，tshong-song lîn-sè
千金願當作真情的代價
tshian-kim guān tòng-tsuè tsin-tsîng ê tāi-kè
雖然離別，等你的船帆春花秋月
sui-liân lī-pia̍t，tán lí ê tsûn-phâng tshun-hue tshiu-gue̍h

三、

等待是一首悲涼的歌
tán-thāi sī tsit-siú pi-liâng ê kua
有年無月思思念念望你的形影
ū nî bô gue̍h su-su-liām-liām bāng lí ê hîng-iánn

約束攏是假
iok-sok lóng sī ké
你的影跡毋知叨位走揣
lí ê iánn-tsiah m̄ tsai tó-uī tsáu-tshuē
花言巧語遐爾濟
hua-giân-khá-gí hiah-nī-tsē
才知一切是無影話
tsiah tsai it-tshè sī bô-iánn uē
真心是一去不回
tsin-sim sī it khì put huê

四、

茫茫，渺渺，無情的拖磨
bông-bông，biáu-biáu，bô-tsîng ê thua-buâ
進退無路淒涼的寒冬
tsìn-thè bô-lōo tshe-liâng ê hân-tang
風吹花落土無彩工
hong-tshue hue lo̍h-thôo bô-tshái-kang
悲歡離合原來是一場夢

pi-huan-lī-hȧp guân-lâi sī tsi̍t-tiûnn bāng

命運戲弄墜落萬劫的火

miā-ūn hì-lāng tuī-lȯh bān kiap ê hué

林投樹下無閣執迷

nâ-tâu tshiū-hā bô-koh tsip-bê

孤魂來贖罪

koo-hûn lâi siȯk-tsuē

五、

閃閃爍爍鬼火鬼影鬼仔聲

siám-siám sih-sih kuí-hué kuí-iánn kuí-á siann

生生世世的承諾抑會腐爛

sing-sing sè-sè ê sîng-lȯk iȧh ē hú-nuā

世間無情人若是辜負圓滿

sè-kan bô-tsîng lâng nā-sī koo-hū uân-buán

佮我相逢佇月暗暝的彼岸

kah guá siong-hông tī guėh àm-mî ē pí-gān

◎《妖怪鳴歌錄》遊戲主題曲　〈妖怪鳴歌錄〉作詞：何敬堯　作曲編曲：邱盛揚

推開夢想裡的門扉
成為目光中的焦點
再一次點燃妖怪的光輝

海島流傳有許多的妖魅
林投樹下鬼火飄飛
黑暗的影子躲藏在黑夜
傳說雖然在歷史中沉睡
遺忘了故事遺忘了久遠
就等待從記憶中回歸

衝破所有禁忌虛偽
不再獨自隱藏傷悲
讓我們遨遊在鯤島的世界
推開夢想中的門扉
成為目光的焦點
再一次點燃妖怪的光輝

你的恐懼你的怨懟
都是我們的骨和血
誰能看穿鏡子的另一面
遺忘的歷史和心願
交由我們來承接
高歌一曲就能展翅高飛

衝破所有禁忌虛偽
不再獨自隱藏傷悲
讓我們遨遊在鯤島的世界
推開夢想中的門扉
成為目光的焦點
再一次點燃妖怪的光輝

◎《妖怪鳴歌錄Formosa：安魂曲》書中歌曲的參與名單

*〈林投樹下〉／〈夢～金翾之歌～〉參與製作名單

製作人：邱盛揚
歌詞：何敬堯
作曲／編曲：邱盛揚
演唱：羅香菱
臺語指導：許沛琳
臺語顧問：盧志杰
琵琶：侑庭Yoyo
嗩吶：溫育良
鋼琴／木吉他／電貝斯：邱盛揚
弦樂編寫／其他音源彈奏：邱盛揚
錄音師：彭成意、林尚伯
錄音室：強力錄音室、杰林錄音室
混音：邱盛揚
單曲封面繪師：葉長青

＊〈妖怪鳴歌錄〉參與製作名單

製作人：邱盛揚
歌詞：何敬堯
作曲／編曲：邱盛揚
主唱：符瓊音
和聲：林宗興
臺語詞／饒舌：Gaweed
電吉他：邱盛揚
電貝斯：林奧迪（佛跳牆）
鼓：江尚謙（佛跳牆）
合成器／鍵盤：邱盛揚
錄音師：彭成意、蔡周翰、柯川耀
錄音室：強力錄音室、Lights Up Studio
混音：林尚伯
母帶處理工程師：王秉皇

附錄三

跨界訪談錄：臺灣妖怪的改編齊奏曲

1.《妖怪鳴歌錄》手機遊戲：訪談製作人張偉峰

●緣起

二〇一八年初，《妖怪鳴歌錄Formosa：唱遊曲》出版前夕，遊梗科技工作室決定改編這部作品為手機遊戲，同年夏季便推出了這款手遊作品。為了了解遊戲改編的情況，我訪問遊戲製作人張偉峰先生，詢問有關這次跨界合作的經驗。

▲何敬堯訪問《妖怪鳴歌錄》手機遊戲製作人張偉峰老師

訪談日期：二〇二一年二月二十一日

◎您長久以來在臺灣遊戲產業界工作，能否簡略說明您對於遊戲業界的看法？

張偉峰：

臺灣早期的PC遊戲產業，真的是最充滿創意與爆發力的時代。遊戲團隊會主導整個遊戲作品，精心雕琢作品中的各種環節，並且開發出與遊戲互相搭配的劇情故事。

在遊戲團隊的齊心創作中，雖然不至於到十年一劍，但是兩、三年以上的開發時間都是常見的事情。

雖然當時開發遊戲，總是歷時長久，但是一群創作者都會團結一致，努力去打造出一個新世界。

近年來，手機遊戲開發礙於更多的商業與成本考量，漸漸都以知名IP去做結合與開發。因為直接找尋一個已經成功、擁有多數受眾的故事，可以大大降低風險與成本。但是這種方式，也容易讓遊戲開發漸漸變成只是為了服務某IP的工具。更別說是惡劣換皮免洗遊戲，不只會消耗遊戲創作者的熱情，也消費粉絲對原作的熱情。

◎請問您當初想要製作《妖怪鳴歌錄》手機遊戲的想法？

張偉峰：

當時，我已經在業界待了很長的時間，有了一些資源與經驗之後，我開始思考，我能在遊戲開發的過程中改變些什麼？能夠做出什麼有臺灣特色的作品？

如果遊戲是一種能夠幫助教育與學習的方式，那麼遊戲應該也能讓人對過去的傳統文化產生興趣。在這樣的想法之下，我覺得臺灣的奇幻故事是一個很好的方向，雖然開發過程吃力不討好，也必須要試試看。也因此，我便與何敬堯老師聯絡，並且開始製作這款改編遊戲。

製作遊戲的過程中，我很高興能夠再次找回創作遊戲的熱情。在開發團隊之中，與其說我們是共同創作的同事，不如說是一家人，共同成長並完成了一件驕傲的事情。雖然當時的開發過程中，每個環節都很辛苦，但是當初的酸苦，也成為現在甜蜜火辣的回憶。

◎能否簡述這款遊戲的遊玩方式？

張偉峰：

《妖怪鳴歌錄》的改編手遊，不像是RPG遊戲那樣需要不斷練功，最重要的部分是如何為臺灣妖怪打造一個新的形象。

我們擷取了小說中的「樂團」與「偶像」的元素，希望讓玩家可以嘗試將臺灣傳說中的各種妖怪轉型成偶像練習生。

原本妖怪可能是透過恐懼而誕生，但在遊戲之中，這種恐懼可以轉化為唱歌、表演的通俗娛樂形式，賦予妖怪新的形象。玩家可以成為妖怪經紀人，養成各自的妖怪偶像，然後再進一步以回憶的方式，去深入認識每個妖怪在臺灣留下來的文化故事。而這個部分，會有一個「說書人」的角色，這個角色會負責向玩家說明臺灣妖怪的原始傳說或文化意涵。

◎您觀察現今臺灣的遊戲產業，有何想法？

張偉峰：

在手機遊戲創作領域，夢總是很大很美。但在過度仰賴中國、降低開發成本的情況下，現今臺灣的遊戲研發狀況和過去相比，更加情勢嚴峻。除了獨立開發與博

圖片一：《妖怪鳴歌錄》手機遊戲的開啟畫面。

圖片二：《妖怪鳴歌錄》手遊的遊玩畫面，蛇郎、菟蘿、婆娑正在交談。

奕遊戲之外，越來越少大公司願意投資造夢。

雖然我不是預言家，但我認為現今以獲利為目標的遊戲開發形式，可能未來好幾年都不會改變。之所以會這樣，不是因為遊戲很好玩或者是很新鮮，而是遊戲開發市場已經精鍊出一種能保障獲利的博奕遊戲的公式。我覺得，這樣的情況，很難依靠某個救世主作品降世就能改變。

我也認為，遊戲開發團隊繼續團結，會是很重要的轉機。繼續凝聚創作的感動，就會變成一股能推動巨石的力量。而在這個路途之中，所有創作過的作品都會成為未來發展成長的養分。

圖片三：《妖怪鳴歌錄》手遊的遊玩畫面，太歲與燈猴計畫釋放毗舍邪。

圖片四：《妖怪鳴歌錄》手遊的遊玩畫面，說書人角色向玩家解釋各種妖怪的傳說。

2.《妖怪鳴歌錄》音樂劇：訪談作曲家冉天豪、劇作家林孟寰

●緣起

在二〇一八年夏季，天作之合劇場與我聯繫，表達想改編《妖怪鳴歌錄》為音樂劇的想法。因為這部作品除了描述妖怪冒險的故事，同時也以音樂作為重要主軸，因此我對於這樣的合作非常期待，也很好奇如何以音樂劇的形式講述這部作品？經過三年的籌備時間，天作之合劇場預計在二〇二一年秋季推出這部作品的音樂劇。正式演出之前，我訪問天作之合劇場的藝術總監冉天豪先生和劇作家林孟寰先生，邀請他們分享改編這部作品的經驗談。

▲何敬堯訪問《妖怪鳴歌錄》音樂劇的藝術總監冉天豪老師

訪談日期：二〇二〇年九月十五日

◎請問您，如何走上音樂的道路？並且成立天作之合劇場？

冉天豪：

我小時候對文學與音樂很感興趣，但因為沒有正式的音樂學習背景，後來大學就把外文系作為第一志願。因為不是音樂科系出身，所以一開始作曲都是自學。在大學時期，我參與了合唱團的演出，那時候我也幫音樂雜誌寫專欄，並且開始主持一些有關音樂劇、歌劇的講座。這些經歷，都成為我之後創作的重要養分。

至於音樂創作的開始，始於合唱團時期某一次的自告奮勇。我的第一首編曲挑戰，就是蕭泰

然老師的〈嘸通嫌台灣〉。我的臺語很不好，因為家裡沒有講臺語的環境，是因為創作的緣由，才開始去學臺語。

畢業之後，我在唱片公司工作一段時間，同時間接受劇團邀約，創作了人生中第一部音樂劇，那個時候大約是二十年前。後來就一直從事音樂劇創作至今。

在二〇一三年，天作之合劇場正式成立，是我與一些夥伴共同成立。在之前我都是受聘於其他劇團。後來，我想要開始創作屬於我們這個世代的音樂劇，所以才和同好一起成立天作之合劇場。

在天作之合，不同專長就負責不同的領域。像我的話，我擔任的是藝術總監與駐團作曲，我的夥伴魏谷是執行長，他出身科技業，負責劇團營運、行銷等工作。我們是高中同學，都在合唱團裡，對音樂都很有熱情，所以後來就一起成立天作之合。

◎請問您製作過哪些作品？

冉天豪：

天作之合成立至今七年，我們推出作品的速度大約是一年一部，未來希望能往一年兩部的目標前進。

我們其實不希望瘋狂地大量製作作品。臺灣早期的音樂劇發展，受限於經費與時間，在資源不足的狀態之下就要產出作品。所以，當時作品能夠生存的時間可能會很短暫。不像是百老匯的作品，演出週期甚至長達數十年之久。

為了讓作品可以更成熟，我們會將每個作品的創作時間拉長，有足夠的時間才能準備出品質好的作品。

像是我們的創團音樂劇《天堂邊緣》就是口碑劇碼，已經陸續演了三輪。還有一些經常加演的劇碼，像是《寂寞瑪奇朵》，也演了三年。

最近推出的是大型音樂劇《飲食男女》，改編自李安的同名經典電影。原作與臺灣的都會生活很有關係，我們進行了某種程度的改寫，讓這個故事更適合在舞臺演出。去年在北中南三地首演，口碑很不錯，有兩萬多名觀眾。今年再次演出，也有兩萬多名的觀眾。這個戲，很有可能成為我們經常巡迴演出的戲。

接下來我們的計畫，則是將《妖怪鳴歌錄》改編為音樂劇，這個作品將是天作之合的嶄新嘗試。

我們設定這是一個架空臺灣歷史的近未來作品，裡面也會包含許多臺灣的傳統要素。作品之中，會有很強烈的魔幻、傳說色彩，並且我們也希望賦予這個作品一種流行、年輕、同時具有史詩風格的樣貌。

◎想請問您，音樂劇在臺灣的發展是何種情況？

冉天豪：

以目前來講，臺灣觀眾對於音樂劇的接受度很高。

若是二、三十年前的臺灣，那時候大家對於音樂劇的概念則是比較模糊，會猜想是不是歌劇？到了現在，臺灣的音樂劇在亞洲的華語世界來講，發展得很好，可說是相對成熟。觀眾不會因為這齣劇不是《歌劇魅影》或《貓》就不買帳。儘管如此，在臺灣從事音樂劇的創作，最大的挑戰仍然是市場。這方面的問題，可以分兩個層次來說。

第一，臺灣沒有足夠的表演場館真的適合音樂劇演出，因為音樂劇對於舞臺規格的要求是滿高的。像是國外，大部分音樂劇的常駐劇院真的就是適合音樂劇表演。在臺灣，適合音樂劇演出的場館其實不太多。

第二，雖然臺灣的音樂劇觀眾有了，但仍然不足以支持好的音樂劇、音樂劇團永續發展。音樂劇若想要做到水準以上，耗費的成本極高，所以需要一段長期的演出，才能夠支持這些費用。如果耗費了很大成本製作，結果只演一、兩個週末，或者只演三、五場，這是絕對會虧本的事情。依照目前的算法，大型的製作，至少要演三十幾場以上，才有可能打平成本，才有可能有利潤。大方面來講，未來要有讓劇碼長期定點演出的民營劇院，才有機會讓臺灣的音樂劇像百老匯那樣，成為一種都市的常態型娛樂。

◎您對於音樂劇的創作，有何想法？

冉天豪：

對我來講，音樂劇是一種非常適合現代大眾接觸和享受的娛樂形式。聽看音樂劇，不需要像聽看歌劇那樣，需要一個很高的門檻。

音樂劇是一種娛樂文化，裡面有很多內蘊，包含嚴謹的傳統藝術，像是古典音樂和傳統戲曲的養分。不過同時，音樂劇也包含現代的、新穎的娛樂樣貌。例如，音樂劇會使用流行音樂或是注入當代社會議題。觀眾幾乎不需要事先做功課，只要進到劇院，不管是悲劇或喜劇，一定會看得懂，並且能夠享受其中。這也是我對於理想中音樂劇的想法。

我認為音樂劇是很有價值的一種表演形式，它提供了社會大眾——尤其是都會的觀眾——一種很好的娛樂，下班之後的一種心靈慰藉。而音樂劇還有一種很獨特的魅力，那就是現場的聆賞經驗。雖然我們也可以去看DVD或是電視、網路節目，但是進劇場看現場演出的經驗是無可取代的。對我而言，製作音樂劇，不只可以滿足自身的喜好，也是一種對社會有所貢獻的方式。

◎請問您，當初為何決定製作《妖怪鳴歌錄》的音樂劇？以及能否分享籌備這部作品的過程？

冉天豪：

當初會決定改編《妖怪鳴歌錄》，是跟近幾年臺灣流行的妖怪文化與研究有關。我們看了許多臺灣妖怪的研究以及相關的故事創作，發現這些妖怪相關作品，與各時期歷史的想像有關。我們想要發展妖怪創作，重點在於想要開發屬於臺灣的IP，這也是目前臺灣創作界共同的命題。一直以來，我們對於自身文化的探究是不夠的。

當時我的夥伴魏谷看到了《妖怪鳴歌錄》這本小說，覺得很有意思，所以我們就開始討論起改編的可能性。不過因為小說的故事架構頗為龐大，我們為了改編成適合音樂劇的演出，就有了某種程度的改編。

創作音樂劇的模式與一般戲劇模式不太一樣，因為音樂劇的文本包含劇本、音樂、臺詞和歌詞。我是作曲者，同時擔任此劇的藝術總監，所以也要統整劇本和臺詞、歌詞的創作。

將文本擬定之後，接下來還要進行大量的設計會議，討論舞臺、燈光、服裝……等等內容。當然還要找尋演員，決定樂團編制，最後再與導演討論，如何將這個作品呈現在舞臺上。

◎請問您，籌備這齣妖怪音樂劇的過程中，有何困難？

冉天豪：

我們一開始遇到的問題是，舞臺上的妖怪究竟是什麼模樣？是一個鄉野傳說？還是一個科幻故事？或者是類似日本動漫那樣的風格？又或者妖怪能夠展現出某種深層的象徵？

最後，我們回歸到原作。

原作之中，妖怪是發聲敘事者，講述臺灣歷史過程中經歷過的族群對立、政府的壓迫，以及對於自由的渴望，這些都是原作中的核心意念。在原作中，妖怪與這些議題互相呼應。而這些主題正是我們對於這個作品產生興趣的原因，也因此，音樂劇將會延續這些主題發展。

還有一些其他的難關，例如該使用什麼樣的音樂形式創作？多少程度去使用臺灣的傳統音樂？或者，採用比較流行、甚至具有未來感的音樂？這些都是很難的挑戰。

至於舞臺之上，我們要如何讓妖怪出現？妖怪是什麼模樣？還是說，妖怪只是一個抽象的概念？這也是很大的挑戰。

◎請問您，目前編排的音樂劇故事會有哪些情節？

冉天豪：

在音樂劇的創作中，我們做了一個很大膽的嘗試，也就是創作出一個全新的主角。

原作小說中，主角是數個妖怪，在故事中進行冒險。而在我們新版的創作中，會有一位新的人類主角，是這部音樂劇最重要的主角。

原作中的那些妖怪角色，則會與這位主角產生某些命運上的關聯，形成一個嶄新的冒險故事。

並且，音樂劇還有另一個關鍵的人類角色，也就是一葉。如同原作一樣，我們不希望將一葉塑造成一個絕對的反派。思考一葉的角色定位時，我會想到《復仇者聯盟》中的薩諾斯，他似乎很邪惡，但他的作為卻是來自一個崇高的核心理念。因為他已經看到生物殘殺的悲劇，所以才會認為唯一的解決方法是讓人類數量減少。他的目的是崇高的，也就是為了讓這個宇宙繼續往下走，需要必要的犧牲。一葉的形塑，很類似這個角色的概念。並且，一葉這個角色也會與主角進行對照。

音樂劇中的各個角色，互相會有激盪，甚至是對立。像是妖怪與人類的關係，或者是人類與人類之間的關係。

◎請問您，這部音樂劇還包含哪些有趣的元素？

冉天豪：

這部音樂劇的對象，可以是知青、熟男熟女，也可以是需要感官大解放的上班族。我希望這部音樂劇亦莊亦諧、老少咸宜，大家都能對這個作品產生共鳴。

原作中的妖怪故事皆有其迷人的傳說典故，不過我們並不會往古老鄉野風格的方向走，而是往更加都會、奇幻的方向走，試圖讓古老傳說與當代時空接軌，創造新時代的臺灣妖怪。

除此之外，音樂劇的許多細節裡，會埋藏許多屬於臺灣的核心元素。例如，我們會將臺灣獨特的南島文化放進去。更進一步，我們有一個很大膽的嘗試，也就是會在音樂劇中真正創造出「古袄語」這種語言。

我們邀請了一位語言學者和我們合作，試圖以南島語系為根基，融合我們對於未來臺灣的想像，進一步創作出傳說中妖怪們使用的語言，就像是《魔戒》的作者托爾金在他的奇幻世界中創造了獨特的「精靈語」那樣。

原作中，那一首可以安撫地牛暴動的歌，我們就會以「古袄語」來創作。觀眾可以在音樂劇中，實際聆聽到這首歌曲。

◎請問您對於近年來臺灣的妖怪風潮有何感想？

冉天豪：

我認為臺灣開始注視到自身文化中的妖怪，是一件好事。長期以來，臺灣妖怪是被忽略的，會被視為怪力亂神，只是穿鑿附會的荒誕傳說。但就算如此，這些鄉野傳說仍然非常具有開發價值。

像是原住民傳說之中本來就有很多妖怪的故事，而漢人的傳說中，像是虎姑婆、蛇郎君、水鬼是從中國傳來，卻在臺灣進行內化、在地化，形塑成屬於臺灣特色的在地故事。我認為這呈現了臺灣的文化特性，因為臺灣數百年來就是一個混血的地方，就是一個多元文化融會的地方，這就是臺灣。

雖然不同的文化，像是原住民、漢人、新住民……等等，有時候會發生矛盾與衝突，但是臺灣的歷史與美麗卻也因此持續豐厚，在此落地生根的，都是構成臺灣文化的一部分。我們不應該排斥所謂「血統不純」或是少數族群，各種存在都是臺灣的一部分。

臺灣的優點，就在於多元文化的相互包容與欣賞，不同的存在都會內化成屬於臺灣的樣貌。我們之所以想要將妖怪作為音樂劇的創作題目，就是希望彰顯這種獨特的臺灣價值。

▲何敬堯訪問《妖怪鳴歌錄》音樂劇的劇作家林孟寰老師

訪談日期：二〇二一年三月二日

◎您參與編劇的《通靈少女》深受觀眾喜愛，也曾多次將文學作品改編為舞臺劇。此次您作為《妖怪鳴歌錄》改編音樂劇的劇作家，請問您一開始接下此工作，有何想法？您對於臺灣妖怪，又有何看法？

林孟寰：

我接到天作之合冉天豪老師的邀請，擔任這齣音樂劇的劇作家。一開始接下這個工作，非常高興，因為我先前就讀過《妖怪臺灣》，而《妖怪鳴歌錄》已有音樂、手遊等跨界合作，如今再度會有音樂劇的改編，我很高興能參與這個創作工作。

長久以來，因為政治、文化的因素，我們關注的奇幻創作，通常是遠方的事物，如中國、日本、歐美。但是，我們對於自己土地上的事物，較為陌生。所以我們這一世代就會開始回頭找尋自己的文化，無論是從奇幻、妖怪、神怪、宗教信仰等等觀點，都希望透過在地的元素，重新建構自我認同。因此我覺得，以臺灣在地奇幻、妖怪為主題的創作，是一種認識自我的方式。

◎請問您，文學轉化為戲劇，有什麼重要的概念？

林孟寰：

我這幾年參與了許多不同媒材改編為舞臺劇、音樂劇的創作。改編過程要面對的第一個問題，通常是「多少東西忠於原著」？

不同的媒體，能夠承載的故事量很不一樣。例如張愛玲的《色，戒》只是短篇小說，不過卻能改編成兩個多小時的電影。《哈利波特》電影，會被讀者說哪些細節被刪除。改編的過程中，必須慎重去選擇哪些故事元素需要被留下，哪些需要大幅度改編，而且還要維持原著精神。

改編者對於不同媒體的性質，要很熟悉，才能知道該如何轉化故事。例如，小說可以用一段文字就描述了十年時間，但是在戲劇中，必須化為實際的動作，所以改編時就會有諸多不同考慮。

◎請問您，改編《妖怪鳴歌錄》為音樂劇的過程中，您有何想法？

林孟寰：

初讀這部小說時，真是覺得太豐富了，每個妖怪角色衍生出來的故事都很豐富。因此，改編過程中，勢必要挑選作品中的某些主題作為主要焦點才可以。

我們團隊討論許久，最後決定將主題定在「對立」這個概念。在我們這個時代，世界有很多變動，也產生很多壁壘分明的對立，非我族類就要跟你拚了。在這樣的情況下，不同族群、文化之間是否有和解的可能？我覺得這是小說中最重要的主題，而且也是住在臺灣的人一直不斷面對、正在面對的問題。

因此，我們開始討論這齣音樂劇如何呈現妖怪與人類之間的對立分歧。我們希望，這個主題能夠跟我們這個時代進行對話。

◎請問您，能否簡述音樂劇的概略故事？

林孟寰：

這次改編音樂劇的劇情，講述鯤島數百年前曾發生大地震，變動過後，鯤島居民分成了人類與妖怪兩個陣營。而現代的鯤島，由人類政府所管理，政府禁止任何與妖怪有關的事物，並且藉由保護人民遠離危險妖怪的理由，實行極權高壓統治。在這樣的情況之下，有一名人類卻對於妖怪很感興趣，並且認為自己身上的殘缺來自於妖怪的詛咒，於是違法親近妖怪，並透過網路上的「不思議論壇」接觸到神祕的妖怪，進而發現人類與妖怪之間並無太大不同，而且都有各自的困境……大致上，劇情會是如此設定。

◎請問您編劇時，如何與其他創作者合作？

林孟寰：

在音樂劇中，劇本、歌詞、歌曲是同等重要，所以我們不同領域的創作者，開了非常多的討論會議，詳細討論彼此該如何配合。

因為這齣戲劇是音樂劇的性質，音樂的比重會很大，所以並不是我想寫什麼樣的劇情就可以，我必須要傾聽天豪老師的意見，看看這段是否有音樂表現的可能？或者我編劇這邊需要創造一些情節，才能協助他鋪陳某段音樂。

我跟作詞夥伴討論時，會討論這名角色有何個性，會講什麼樣的話，角色如何講話到一半然後開始唱歌，進歌點在哪裡？唱歌的文字風格是什麼？這些都是需要密切討論的部分。

當我們把劇本完成到某一個階段，我們會邀請演員來直接讀劇。因為劇本最後呈現出來不會是文字，當演員讀劇時，我們就會知道這個臺詞是否恰當，是否需要調整。

◎請問您對於現今臺灣妖怪創作有何想法？

林孟寰：

現今臺灣妖怪是流行，投入創作的人也變多。但是我覺得很多創作者也許對於臺灣文化不太熟悉，雖然是寫臺灣妖怪，但會有濃濃的日本色彩。未來的臺灣妖怪創作中，如何關懷本土歷史人文，會是更重要的命題，而不是只用臺灣妖怪的皮，去寫不是臺灣文化情境的故事。我覺得這會是未來創作者需要挑戰的面向。

3.《妖怪臺灣》音樂劇：訪談國臺交團長劉玄詠、作曲家張菁珊、劇作家黃彥霖

●緣起

這幾年來，我陸續出版《妖怪臺灣》系列書，共有三冊，由聯經出版社發行。在二〇二〇年，國立臺灣交響樂團與故事工廠攜手合作，以這部作品為創作基底，推出《妖怪臺灣》魔幻音樂劇。我的這部系列作，其實是工具書的性質，該如何將這個作品改編為音樂劇，讓人十分好奇。因此，我訪談了國臺交團長劉玄詠、作曲家張菁珊、劇作家黃彥霖，請他們分享製作這部作品的經驗談。

▲何敬堯訪問《妖怪臺灣》音樂劇的國立臺灣交響樂團劉玄詠團長

訪談日期：二〇二〇年九月二十九日

◎請問您如何開啟這個改編計畫？

劉玄詠：

在二〇一七年，我去參加馬來西亞書展，當時聯經出版社的策略長張雪梅也有過去。那時候，我們聊起有什麼作品可以改編為音樂劇，雪梅便跟我介紹《妖怪臺灣》。書展結束之後，有一次我去臺北，和雪梅在誠品書店的三樓咖啡廳聊天，又再次討論起這本書。

其實，我一直想製作包含臺灣元素的音樂劇。臺灣有很豐富的歷史文化，而《妖怪臺灣》就是臺灣的故事，所以我覺得很適合改編成音樂劇。

之後，我負責某項計畫，本來預計選擇《妖怪臺灣》作為主題。不過，在部內討論的時候，有學者質疑妖怪不適當。

我雖然向與會者解釋，戲劇本來就是有很多幻想，並且妖怪也是有趣、吸引人的事情。就像陽間有生旦淨末丑，超自然世界也有愛恨情仇，例如厲鬼可能曾經在陽間受到迫害。以妖怪為主題，並不是只講鬼、只有負面。我的想法是，這些妖鬼故事其實是為了讓世人有所警惕，所以我認為這些故事有改編的價值。不過最後，我的提議還是被否決了。所以之後就選擇了其他主題來製作。

不過，很高興的是，在一年前，我們又有機會與《妖怪臺灣》結緣，開始思考如何改編這齣音樂劇。

◎請問您能否介紹這齣音樂劇的作曲家？

劉玄詠：

我們這次的作品，與一位很年輕的作曲家合作，也就是張菁珊。

張菁珊正在美國好萊塢製作電影配樂，她曾獲得蘇黎世電影節國際電影配樂比賽金眼獎，以及捷克、波蘭等地的電影配樂大獎。她原本是寫古典樂曲，也曾獲得二〇一六年國立臺灣交響樂團青年創作比賽的第二名。

今年我們製作《臺灣民謠》，與一些作曲家合作，張菁珊也是我們合作夥伴之一。在這次合作中，她很擅長安排不同樂器，讓不同樂器展現不同的想法，很懂得音樂轉折的編排，編曲極有特色。她是非常優秀的創作者，於是我們便邀請她來寫《妖怪臺灣》的曲子。

◎請問您，製作《妖怪臺灣》音樂劇，曾面臨何種困難？

劉玄詠：

我們製作《妖怪臺灣》音樂劇的時候，其實有被投訴。

我們被投訴的理由是，有人認為這齣戲劇以「妖怪」為名，會敗壞社會風氣。並且也質疑我們，為何要用「妖怪」來講臺灣的故事？為何要用「妖怪」來代表臺灣？難道，臺灣只有「妖怪」？有人以這些理由，向我們抗議。

所以，我們曾經考量過，是否要將劇名改成其他名稱？

最後，我決定仍然維持音樂劇名是《妖怪臺灣》，有三個理由。第一點，是為了忠於原著的原本名稱。第二點，則是我認為妖怪是一個焦點，可以讓人感興趣，同時我也認為我們的重點其實不只是妖怪，更包含人性、人心的呈現，透過妖怪來講人性的故事，傳達正面的想法。第三點，我認為妖怪的故事是屬於臺灣在地本土的故事，是很有價值的。

我也在想，之後若是抗議聲越來越大，我會邀請抗議者來觀賞表演，實際了解這個表演究竟是否恰當。

▲何敬堯訪問《妖怪臺灣》音樂劇的作曲家張菁珊老師
訪談日期：二〇二〇年十二月二十三日

◎請問您一開始接下音樂劇的作曲工作，您有何想像？

張菁珊：

我從小看日本宮崎駿動畫，所以接下這次作曲工作，一開始也是想到類似日本的妖怪。當然，我很希望這齣戲劇會讓臺灣人有共鳴，所以我在音樂裡面加了很多本土元素。我認為有別於西方時常把妖怪塑造成人類對立面的奇怪生物，臺灣的妖怪是有靈性的，雖然是不同於人類的另一種物種，但也與人類共同生活在這個世界中。

在音樂設計上，我希望把一個魔幻的世界呈現給觀眾。我主要想琢磨人類的情感，如同彥霖劇本中，妖怪其實是人類寫出來的故事，妖怪就是故事。所以，我偏向於先琢磨人類的情感，藉此烘托出妖怪。

◎請問您如何在樂曲中呈現「妖怪」與「臺灣」這兩個關鍵詞？

張菁珊：

在妖怪的部分，對應不同的場景，就會有不同的設計。例如人類世界的音樂，會偏向明確的大調風格或小調風格，不過在妖怪世界則是用比較傳統的音階，像是中國的五聲音階、日本的調式。我覺得比較傳統的曲調、音節比較能夠呈現出古老傳說的時代感。

除此之外，因為這個音樂劇會有親子觀眾，所以不能把妖怪描寫得太恐怖。所以我讓音樂的呈現方面偏向活潑生動，希望讓孩童也能夠對這個音樂故事感到有興趣。

在臺灣的部分，我思考了很久。臺灣擁有多元的文化，有西方人、漢人、日本人等等文化在臺灣發展，所以我決定不將曲風限制在某種特別風格，而是兼容並蓄。例如，妖怪花車的音樂裡面有中國大鼓與京劇鈸等設計，就是發想自廟會。另外，也有原住民音樂的設計，也就是八部合音。除此之外，也有一些音樂會呈現西方的管弦樂風格，不過仍然會穿插東方民族特有的調式。簡而言之，音樂設計與呈現方式可能是西方的方式，但內容則是充滿東方的韻味與素材。

◎請問您能否說明八部合音的樂曲設計？

張菁珊：

八部合音原本只是音樂劇中的一個小間奏，不過跟彥霖討論之後，就越發展寫得越完整，最後成為劇中很重要的曲目。原本的想法只有鯤島、巨鯨的想像，不過我則提出將巨鯨與祖靈結合的概念，於是就創作了〈祖靈與巨鯨〉這個曲子。

其實當時很猶豫是否要寫原住民的曲子，因為害怕冒犯原住民族群。後來，我寫了曲子之後，劇團也有找族語顧問討論這個作品。

〈祖靈與巨鯨〉這首曲子，創作過程很困難，我對於原住民各族的歌曲也研究了很久。最後，我只選擇七族的歌曲來編寫八個聲部。因為不同族的歌曲速度快慢、節奏都很不一樣，所以如何將這些截然不同的歌曲結合在一起是一個很大的挑戰，因為必須找到適合的穿插點可以剛好幾個聲部拼疊成和聲。不過因為最原始的八部合音是沒有伴奏的，所以與管弦樂團搭配就比較困難。在整個創作過程我會盡量保持原始歌曲的曲調旋律，只有非常不得已的狀況時，我才會去動到某一個音，使和聲合理化。

在八部合音的部分，一開始希望人聲越多越好，管弦樂越少越好。但排練時才意會到實際情況的可行性，在演出時可能會造成演員與樂團脫節的風險。所以後來我決定在樂曲前面部分、管弦樂較為單薄的時候，加入一些打擊樂器，讓演員可以快速辨認拍子在哪裡。但這樣也會有一些問題，那就是如何讓打擊樂器聽起來不像是節拍器？雖然最終目標是為了幫演員算拍子，但是也需要多花巧思，讓打擊樂器聽起來很穩定，但同時也富有變化性。這個難關，很具有挑戰性。

◎請問您，製作《妖怪臺灣》樂曲時，是否面臨困難？

張菁珊：

最先碰到的問題，其實是創作的過程很緊湊。一開始，要先等劇本出來。但是有了基本的劇本之後，劇本還會不斷修改，所以很多曲子已經寫了，但因為修改劇本的緣故，所以只能捨棄那些曲子。因為某些曲子被捨棄的關係，所以我必須重新思考整個作品的流暢性跟完整度。

第二個挑戰則是，我會跟作詞的天恆老師、導演彥霖不斷討論作品該呈現何種風格。他們會先從不同地方選取一些參考音樂給我聆聽，例如《歌劇魅影》、《獅子王》……等等，而這些經典作品的風格其實很不相同。因此，該如何寫出符合他們心中想像的音樂，又可以讓音樂符合這齣音樂劇的故事，讓音樂可以銜接故事，就是一個很大的挑戰。

並且，因為這次有國臺交管弦樂團六十幾個人的編制，所以如何突出管弦樂編曲，也是一個重點。我除了讓管弦樂團保持原有風格，也加入爵士鼓跟電貝斯。我認為整體效果是好的，可以讓管弦樂團不失優雅，但是也不流於太過通俗的感受。

因為我認為《妖怪臺灣》本身是一個比較中性的題材，不是太過偏向愛恨情仇的作品，也不是只著重於正面情感或負面情感，所以我在樂曲風格的選擇上會是中庸的角度，不會只以大調（偏向開心的旋律）或小調（偏向憂傷的旋律）為主。我不希望我在調性的選擇上，會影響觀眾對於這齣音樂劇的感受。

也因此，這樣的想法會讓創作變得比較困難。如何在一百多分鐘的曲子中，呈現出中庸的感受，但又要讓樂曲有趣、多變、引人入勝，這是挺困難的挑戰。

另外，因為我先前沒有寫過中文的歌曲，所以這次也是第一次挑戰寫中文歌。很多流行樂，為了讓旋律更加清晰、好記，會犧牲一些中文語調上聽力能理解的部分。但是在音樂劇的創作中，我希望這齣音樂劇，觀眾能夠不看字幕，只聽歌曲，就能夠聽得懂。於是我在很多旋律的設計上，也會以這一點做考量。

◎請問您期望《妖怪臺灣》音樂劇能傳達何種理念？以及能否談談您對於奇幻創作的想法？

張菁珊：

這次的作品，我期待讓觀眾能夠有身臨其境的感受，跟著女主角曉瑤一起去探險，並且讓觀眾可以親近臺灣的妖怪，也進一步產生共鳴感。

對於孩童觀眾來說，我想傳達的理念，應該是「妖怪並不奇怪」。妖怪可能與我們同樣，都是生活在這個世界的某一種存在。我希望不要將妖怪「妖魔化」，而是將他們視為想要與我們和平共處的另一半的世界的朋友。

此外，我覺得臺灣的奇幻文化，在地化是很重要的過程。關於《妖怪臺灣》音樂劇，有些人跟我說，聽起來很像百老匯，而我自己訂定的目標則是希望充滿臺灣鄉土味的百老匯。儘管如此，我覺得百老匯也不是一個能夠囊括這種音樂風格的一個詞。這個詞，可能也只是某人對於某些比較知名的百老匯音樂劇而想像出來的模糊定義。

西方的奇幻作品中，如果只講音樂風格，我覺得在音樂上已經呈現一個較為飽和的狀態。並且在好萊塢的產業之下，音樂也趨於一致化。所以我認為，臺灣如果能夠發展在地性的奇幻風格，會是一個比較健康的成長方向。

▲何敬堯訪問《妖怪臺灣》音樂劇的故事工廠劇作家黃彥霖老師

訪談日期：二〇二〇年九月十三日

◎請問您，如何與同伴進行《妖怪臺灣》音樂劇的創作？

黃彥霖：

在這個作品中，邀請了很多厲害的創作者來參與。例如，旅美的新銳作曲家張菁珊負責作曲，高天恆老師負責歌詞創作。很高興有大家的合作，才可以順利完成這部音樂劇。

在分工合作上面，最重要的還是故事要先出來。所以在前期作業上，大家都在等待我將故事勾勒出基本的輪廓。

我先寫出故事的大綱與架構，然後菁珊會提供她對於音樂的想像，天恆將故事劇情轉譯成音樂劇的歌詞，接著菁珊再對每一首歌進行譜曲。

我們的合作，其實就是不斷反反覆覆、來來回回的討論。在故事、音樂、詞之間，不停進行調整與磨合。所以，並不是說誰先把工作完成，然後再交給下一個人，而是我們不斷進行討論，再由討論中一步一步塑造出這個作品。

◎請問您，這齣音樂劇的故事一開始如何發想？

黃彥霖：

《妖怪臺灣》是內容豐富的妖怪文獻書，我在創作音樂劇的劇情時，一直思考該如何串聯這些妖怪傳說？

後來，我決定以妖怪作家的角色作為起點。

我想像，有一位女作家花了好幾年的時間，不停創作妖怪故事。但是，有一天，這名女作家卻真的闖進了妖怪的世界。

其實，這名女作家原本是在人類世界中格格不入，小時候經歷被欺負、被誤解……等等創傷，所以才想在妖怪世界有一個容身之處。

於是，主角在冒險過程中，嘗試面對自己的人生，與自己和解，與妖怪和解，並且與這個世界和解。

一開始，我先有了這樣的基本概念，然後再一步步將這個故事寫出來。

◎請問您，創作這齣音樂劇的過程中，有何感想？

黃彥霖：

我創作這齣音樂劇的時候，常常會想到我家族的一個故事。

我到高中的時候，才知道我有一個表姐。但是那位表姐，出生一個月就夭折了。大人講到她的時候，都會用一個理所當然的口吻說：「她被大媽接走了。」不過，我一直不知道「大媽」是誰。

之後，我才知道，我的舅媽有一個雙胞胎姐姐，三歲的時候意外夭折。所以當舅舅要去迎娶舅媽的時候，女方家裡提了一個條件。對方說，娶我們家女兒可以，不過必須姐妹一起娶。也就是說，除了跟舅媽結婚之外，也要娶舅媽的姐姐。

當時的情況是，結婚前一天，先迎娶大姐，也就是冥婚。然後，隔天才迎娶舅媽過門。然後，女方家庭還提了一件事，希望之後生的第二個小孩可以過繼給姐姐，算是幫她生的。舅舅也說沒問題。結果，第二個小孩出生不久，因為高燒不退，就去世了。

後來，大家都用一個理所當然的口吻說，應該就是大媽把小孩接走了。

這件事情最讓我印象深刻的，是大人講這件事情時候的口吻，是一種很理所當然的口吻。但是真的要講的話，這個事情裡面有很多複雜的情感。像是兩代人對於小孩夭折的情感。這件事情，其實是很痛苦的事情，他們該如何面對這件事？這件事情，有很多難以理清的情緒。最後，則用一個說法將這個事情包裝起來。

大家講到這件事的時候，都會理所當然認為是這個樣子，事情看起來很清楚。但是剝開的話，這件事裡面有很多難以去釐清、難以去面對的概念。

以我家族的事情為例，裡面有很多複雜的概念，像是那個時代對於女性的想法。如果女性不出嫁，會是不好的，仍舊要有一個安身之處。

這個事情可以很陰暗、很恐怖，因為小孩真的死了，是不是真的被勾走了？但是反過來說，這又很溫柔。因為使用了一種說法去處理這種失去小孩的情感，並且為了去世小孩的歸處而設想。

我覺得妖怪的故事，就跟這種民間的想法是很相像的。

當我們面對難以釐清的事情，面對不可名狀的事物、現象、情感的時候，這時候就會賦予「它」一個名字與形體，然後就覺得「它」可以被理解，可以被安置了。但其實剝開「它」的話，裡面有很多複雜的東西綑在裡面。

我覺得妖怪會讓我想到我家族的事情。妖怪也有一種雙面性，它們是陰暗的，但是同時之間也有某種柔軟的東西在它們身上，反映了那個時代的某種人情義理，反映了那個時代的困境與情感。

我創作這部音樂劇的時候，其實會一邊思考我家族的這個黑色故事，來幫助我理解妖怪的故事。我家族的故事是驚悚的，但同時背後也有他們那個時代處理某些難以去面對的事情時所採取的方式，像盒子一樣把這個事情安置起來。

這一次創作音樂劇，我希望也能夠呈現這個想法。透過妖怪的故事，妖怪會是一個出口，是一個縫隙，我們看到現實的背後沒那麼簡單，而是有很多東西暗藏在後面。看到妖怪，反而可以幫助我們離開那些黑色的狀態，然後在現實生活中，可以有更多的體悟，去面對生活中的危境。

妖怪是縫隙，是扭曲的景象，我們可以藉由它們，看見現實的另一邊其實還有更多難以辨識、有點詭譎、有點奇幻的世界。經歷過這樣的體驗之後，我們在現實中反而可以更有勇氣去面對生活的現狀與困境。

◎創作故事時，您是否遭遇什麼困難？

黃彥霖：

不同的妖怪有不同的故事，會與當時的時空背景、文化、地域、族群、習俗有相關。當我改編妖怪故事的時候，如果完全抽離這些妖怪的文化背景，是好還是壞？當我在創作的時候，是否該保留妖怪的某些具有意義的時空背景？對我來講，這個拿捏很困難。

我不太希望直接將某個妖怪的名字與形象搶過來，然後賦予一個完全不同的故事。但是我在創作時，勢必要做某些割捨。

另一個困難的地方，則是關於音樂劇的形式。

音樂劇在臺灣發展很多年，到了最近終於成為一種主流。在創作中，我們都會想，該如何創作出適合臺灣的音樂劇？歌舞該如何結合，才會適合臺灣觀眾？怎樣的形式，才符合我們這個時代？這些問題，我想應該是所有製作音樂劇的人都在思考的問題。

◎國外的奇幻文化與創作很興盛，無形中也成為臺灣創作者的「一道高牆」。請問您如何思考這個狀態？

黃彥霖：

我寫劇本的時候，常跟很多編劇聊天，發現我們有一個困境。

我們在臺灣，寫臺灣的奇幻、超級英雄，或者某些類型的時候，會碰到一個很大的困境，就是觀眾完全不買單。

觀眾可以相信，在紐約有外星人，在東京有超能力者在戰鬥。但是如果在臺北發生這種事，觀眾就會覺得怎麼可能？觀眾完全不會相信這種事。

至於為什麼會發生這種事，我也一直在思考。

比較容易想到的原因，是因為我們一直被文化殖民，看著大量的外國電影、動漫，那些故事發生的場景都是在臺灣以外的地區。所以一旦場景移到臺灣，我們就會覺得怪怪的。

我覺得還有一個原因。那就是，奇幻的故事必須與物質結合在一起。

譬如說，你走到一個五百年歷史的城堡，你會相信城堡內會有奇妙的故事。如果你走在京都的古老街道，你會相信某些神祕力量正在發生。但是臺北的話，這個城市很多有歷史的物質都被洗掉了。一旦那些物質都不存在的話，我們跟故事的連結就斷裂了。

我覺得這是一個很重要的問題，因為可以幫助我們連結的物質，被保留太少，被清洗掉了。導致那些有趣的想像，無法順利連結起來。我覺得這是很可惜的事情。

除此之外，我還有一個想法。我其實很相信，故事需要被反覆述說，才會進化。

例如，那些外國著名的民間故事、童話或傳說，都是經過不斷地反覆述說，在講述過程中，某些元素被排除，某些元素被保留，最後漸漸成為一個比較完整、深具特色的故事。我覺得，屬於我們的自己的故事被述說得太少。所以我認為，只要越多人說故事，說出屬於我們自己的故事，這些故事就會越來越茁壯。

九　歌　文　庫　　1　3　5　6

妖怪鳴歌錄 Formosa：安魂曲

國家圖書館出版品預行編目（CIP）資料

妖怪鳴歌錄 Formosa：安魂曲 / 何敬堯著 . -- 初版 . -- 臺北市 : 九歌出版社有限公司 , 2021.06
面；　公分 . -- (九歌文庫 ; 1356)
ISBN 978-986-450-346-9(平裝)
863.57　　110005866

作　　者 —— 何敬堯
責任編輯 —— 張晶惠
創 辦 人 —— 蔡文甫
發 行 人 —— 蔡澤玉
出　　版 —— 九歌出版社有限公司
台北市 105 八德路 3 段 12 巷 57 弄 40 號
電話／02-25776564・傳真／02-25789205
郵政劃撥／0112295-1

九歌文學網　www.chiuko.com.tw

印　　刷 —— 晨捷印製股份有限公司
法律顧問 —— 龍躍天律師 ・ 蕭雄淋律師 ・ 董安丹律師
初　　版 —— 2021 年 6 月
定　　價 —— 380 元
書　　號 —— F1356
I S B N —— 978-986-450-346-9　（平裝）